千里远景，如在尺寸之间。

另一半你

The Other Half *of* You

Michael Mohammed Ahmad

[澳]
迈克尔·穆罕默德·艾哈迈德
著

李尧
译

中国工人出版社

中文版序

墨与泪

写作在大多数情况下就像不由自主地迸发而出的哭泣，要么因为巨大的痛苦，要么因为巨大的快乐。记得儿子出生那天晚上，他的母亲躺在医院的病床上进入梦乡。我坐在黑暗中，臂弯里抱着小哈利勒，在左手拿着的手机上写字。那一刻，不知道为什么突然有一种强烈的、想要写作的冲动：一行行文字在手机屏幕上流淌而出。

重读留在手机上的文字，突然意识到我正在重温妻子简分娩，哈利勒出生时那个超现实的神秘的场景。往事的回忆最终变成《另一半你》。如果有灵魂，如果灵魂有可能变成文字，那么我的灵魂就存在于这本书里。

《另一半你》出版两年后，我的好朋友李尧教授提出将这本书翻译成中文。通过这个"进化成神"的过程，他带走了我灵魂的一部分，并且将其变成他的灵魂。现在，真诚地欢迎诸位读者进入我们共同创造的奇妙、美丽的世界。衷心希望你们喜欢我们的故事，感谢你们和我们一起踏上这段永无止境的旅程。

Salaam alaikum ——祝你平安。

迈克尔·穆罕默德·艾哈迈德博士

你们的孩子,都不是你们的孩子

乃是生命为自己所渴望的儿女。

他们是借你们而来,却不是从你们而来

他们虽和你们同在,却不属于你们。[1]

纪伯伦·哈利勒·纪伯伦

1　引自冰心翻译的《论孩子》(*On Children*)。原文为:Your children are not your children./ They are the sons and daughters of Life's longing for itself. / They come through you but not from you, /And though they are with you, yet they belong not to you.

目录

过去　　1

现在　　128

未来　　260

译后记　　359

过去

一

锈是我的血。星尘是我的灵魂。你是我灵魂的血脉。哈——利勒！气流从舌头根部爆发，一路向前，途经上颚，在牙齿上发出一声脆响。你从母亲的血肉之躯来到这个世界，就像赞赞水[1]从祖先的沙漠进涌而出。哈利勒。你被扔进母亲虚弱白皙、长着雀斑的臂弯里。阿金[2]对阿金，面团对面团。哈利勒。我看见你从她身上出来，我的脸贴在你的脸上。就这样，我们三个人就永远连在一起了。但是你知道吗，我的阿金，我的圣水，我的血脉灵

---

1 赞赞水（zamzam water）：赞赞水是穆斯林的圣水，来自麦加的一口古井。
2 阿金（aajin）：阿拉伯语"面团"。

魂，我的铁锈和星尘，如果不是那个戴着十字架的棕色皮肤的女孩，你可能永远不会像一支箭一样被射出，至少不会从你母亲和我的弓里射出——看起来像个白种人的小中东佬。你带我来到这里。现在让我再带你回去。

当我们的第三世界父母对互联网还很陌生的时候，我在一个拨号聊天网站上认识了她。这是像我这样在悉尼西郊长大、就读于庞奇博尔男子高中的黎巴嫩人找女孩儿的唯一的方法。我的网名是"黎巴嫩王子"。她是"沙漠姑娘"。她给我发信息说："我能成为你的公主吗？"我给了她我的手机号码，三个月来她每天早上一醒来就给我打电话。她告诉我她的真名叫萨哈拉，童年是在格里布[1]的一个妇女庇护所度过的，经常吸吮鸡骨头。她的声音活泼，每次咯咯地笑的时候，声音就像皮球一样弹跳起来。我告诉她，我大鼻子，鼻梁断过。她说她不在乎外表，所以我就约她见面。"我也不漂亮。"她给我打了预防针。那是我第一次想抱她。没想到一个女人会那么瘦，皮肤白皙，金发碧眼，扁鼻子。

2月1日，我十九岁生日那天，她同意和我在纽敦[2]一起喝杯咖啡，尽管我们俩都不是喝咖啡的人。"我可以在电影院附近的咖啡馆和你见面，Sin-Key。"我告诉她。萨

---

[1] 格里布（Glebe）：位于悉尼内城区。
[2] 纽敦（Newtown）：位于悉尼内城区。

哈拉笑了,说它的发音是"Chin-Kway"。她比我在班克斯敦[1]见过的任何一个黎巴嫩女孩都聪明。那些女孩儿拙嘴笨舌,总把"麦当劳"说成"麦克丹纳斯"。

我到的时候,萨哈拉穿着一件背心,正坐在咖啡馆的一张桌子旁边,读《无足轻重的女人》[2]。打从她抬起像西红柿一样的脑袋看我那一刻起,我就知道我爱上了她。她那双棕色的大眼睛又明亮又忧伤。深邃的瞳孔,让我看到她的整个童年——父亲当着她的面打母亲,藏在床底下的鸡骨头。也许爱情是点点滴滴的积累,我喜欢把她在电话里讲的只言片语拼凑起来,现在更喜欢眼前的她。或许爱情只是一个整体,我已经爱上了她的全部。无论如何,她对我来说都是美丽的。

萨哈拉笑得像个孩子,用我已经熟悉的好听的声音说:"你好,巴尼。"对于一个黎巴嫩女孩,她肩膀宽阔,身体壮实。而通常,她们往往只是胸部丰满,别的地方都很瘦弱。就黎巴嫩基督徒而言,她皮肤黝黑,是一个晒黑了的沙色女孩儿,仿佛镀了一层铜,在阳光下闪着金辉。浓密的深棕色头发,浓重的眉毛,蒜头鼻子,脸颊有点虚

---

[1] 班克斯敦(Bankstown):位于悉尼西区,距离悉尼市中心二十公里。是澳洲最著名的多文化郊区,当地居民来自世界各地,包括越南、黎巴嫩和中国的越裔、黎裔、华裔居民。

[2] 《无足轻重的女人》(*A Woman of No Importance*):奥斯卡·王尔德(Oscar Wilde,1854—1900)于1892年创作的戏剧。

肿。萨哈拉对我的凝视就像两缕阳光,太过强烈,我的眼睛无法承受。好像完全违背自己的意愿,我的目光从桌子旁边落到她的脚上。她的腿很粗,就像肩膀和手臂一样壮实,而且她把腿上的汗毛剃得只剩下残留在毛孔里的黑点。她穿着黑色人字拖,第二个脚趾比大脚趾长。让我想起《杀死比尔》中乌玛·瑟曼的脚趾。电影里的新娘在黄颜色汽车里盯着脚趾,想让它们抽动。萨哈拉的大脚趾上长着细细的黑色绒毛,一路向上攀缘经小腿,直达牛仔短裤。我又一次想起班克斯敦和我一起长大的姑娘们。那些女孩把头发拉直,染成金色,穿着特别暴露的背心和紧身牛仔裤。浓妆艳抹,把自己打扮得像个小丑。身体的每一个部位——腿、胳膊、腋下、眉毛和唇髭都要打蜡。萨哈拉是另类:她身上有太多格里布的东西,不适合做黎巴嫩人,又有太多的黎巴嫩"元素",不适合做嬉皮士。

凝视着她的眼睛,我的心在胸膛里呼喊,好像要从肋骨之笼里挣脱出来。你看,哈利勒,我已经知道我不能和一个不是阿拉伯穆斯林阿拉维派[1]的女孩在一起。萨哈拉是黎巴嫩人不假,但这并不重要。我们的父母和祖父母是同一个村庄的人,有着相同的肤色。而她是基督徒,

---

1   阿拉维派(Alawite):伊斯兰教什叶派的一个分支派系。

即使她改信穆斯林也没用,因为她永远不可能皈依阿拉维派,而阿拉维派是什叶派的一个分支,只能通过我们的血统传承下去。我的耳边响起父亲的声音。

十个斋月[1]前,我们在拉克巴麦当劳吃清真芝士汉堡时,他对我说,"你可以喝酒,可以赌博,也用不着祈祷,我给你举办最大的婚礼,给你买最大的房子,但有一个条件:绝不能娶'外人'"。他说的"外人"就是不属于阿拉伯穆斯林阿拉维派的人。父亲给我讲过一个阿拉维派人的故事,那个人愚蠢地娶了个"外人"。结果被剥夺了身份,逐出家门,后来被安拉的雷电击中,因为玷污了我们神圣的起源。相比之下,他向我保证,如果和我们部族的女孩结婚,要容易得多:"你会自由、富有、安全、被保护、被包容、被爱。"

在接下来的二十四个月里,萨哈拉和我秘密约会,我们大部分时间都在住房委员会为她家提供的房子里见面。在她的床上,也就是放在地板的一个床垫上,她和我分享了她的故事。她的母亲洛拉是三胞胎中的一个,共有二十一个兄弟姐妹。她孤身一人来到澳大利亚,不管父亲是否祝福,义无反顾地嫁给了她爱的人。那人叫安

---

[1] 斋月(Ramadan):伊斯兰教历的九月。

东，是个出租车司机，来自贾巴尔·莫森[1]，用皮带抽了她九年。对于这个家，萨哈拉最早的记忆是一个深夜，趁父亲出去拉活儿，她和母亲逃到避难所。等到住房委员会给她们母女提供房子时，父母已经离婚了。从那以后，她再也没有见过父亲，也没见过父亲的亲戚——他们骂母亲是妓女；也没有见过母亲的亲戚，因为她不顾家人反对，选择了错误的男人，对她横加指责，还和她断绝了关系。这些年，萨哈拉的母亲在住房委员会提供的这个住宅区结识了一些和她处境相似的移民妇女。她们都在格里布角路[2]唯一的烤肉店找到了工作，白天在那儿干活儿，闲聊。与此同时，萨哈拉上了格里布高中，所有科目都不及格，九年级时辍学，在欧田磨麦当劳找到一份晚上上班的工作。这种安排意味着我几乎不会见到女朋友的母亲——她白天外出工作时，萨哈拉在家；母亲回来时，萨哈拉上班，我和她一起离开。可是有一次，我在沙发上睡着了，萨哈拉没有叫醒我，径直去上班。她妈妈回来之后给我盖上毯子，悄悄地看电视，直到我动了一下，从睡梦中惊醒。那个身材娇小、橄榄色皮肤的女人深深地叹了口气，把手放在胸前，用阿拉伯语说："这个家属于那些

1　贾巴尔·莫森（Jabal Mohsen）：利比亚首都的黎波里附近的城镇。
2　格里布角路（Glebe Point Road）：在悉尼大学对面。悉尼最受欢迎的独立书店Gleebooks所在地。

被父亲抛弃的孩子。如果你父亲不要你,你可以留在这里,和我们一起生活。"

"*Ba'ed al-shar*。"[1]我睡意蒙眬地咕哝着。"但愿这样的厄运晚点到来。"她的女儿虽然没有中学毕业,却是一个明事理、懂人情、做事非常认真的女孩儿——所以第二天早上我在萨哈拉的床垫上解释为什么要用逗号,下午在她的厨房解释为什么要把逗号拿掉。萨哈拉为我做了意大利肉酱面,她自己不吃,因为她是素食主义者。我用冰箱里的黎巴嫩面包和手边的蔬菜为她烤了一个自制的比萨。结果时间太长,都烤煳了。萨哈拉哈哈大笑着说:"下次别加逗号了,把你的比萨拿出来吧。"

作为家里第一个上大学的人,我可以糊弄父母,谎称大学生要在校园里待好长时间。不去听讲座和上辅导课的时候——一个星期两天——我就和萨哈拉一起躲在格里布她的家里。我写关于《包法利夫人》《安娜·卡列

---

[1] *Ba'ed al-shar*:阿拉伯语,"但愿这样的厄运晚点到来"。

尼娜》《罗密欧与朱丽叶》《蕾丽与马季侬》[1]的论文时,她用宛如男人的手抚摩着我的后背。我们命中注定会像这些文学作品中的悲剧人物一样历经磨难。总有一天,族人会把我们彼此撕裂。谣言已经像疥疮一样蔓延开来。在百老汇购物中心,亚斯玛恩姑妈看到我和一个脖子上戴着十字架的女孩儿手牵着手。于是,亚斯玛恩姑妈告诉阿米娜姑妈,阿米娜姑妈告诉玛利亚姆姑妈,玛利亚姆姑妈告诉易卜拉欣伯伯,易卜拉欣伯伯告诉奥萨马伯伯,奥萨马伯伯告诉我的教父。教父让他的女儿通过我的妹妹约切维德告诉我——她俩去同一家美发沙龙做头发。约切维德回到家里,黑头发间露出一缕缕金丝,眉头紧皱,嘴唇颤抖,传达了教父的命令:决不允许你和那个婊子来往,让我们蒙羞受辱。听到这些话就像有把叉子插进我的脖子。约切维德只比我小一岁,长着和我一样的鹰钩鼻子。她只有五英尺四英寸,这是黎巴嫩姑娘的

---

[1] 《蕾丽与马季侬》(*Layla and Majnun*):是波斯诗人内扎米(1141—1209)诗歌艺术的巅峰之作。这部爱情叙事诗原是流传很广的阿拉伯古老传说。它叙述的是阿米里亚部落的酋长非常富有,但没有儿子;他便每天向老天爷祈祷,最后终于得到了一个儿子,取名盖斯。盖斯在学校里与妖媚多情的蕾丽同窗共读,整天耳鬓厮磨,渐渐相爱得情深意浓,难舍难分。然而,蕾丽的父亲否定了这门婚事,并逼迫她退学回家。盖斯无比痛苦,终日在蕾丽家周围徘徊,人们称他为"马季侬"(阿拉伯语"疯子"的意思)。蕾丽被迫嫁给一个贵族后,马季侬独自一人逃到荒野,流落大漠,与野兽为伍。蕾丽所嫁非人,一心想念马季侬,坚决不与丈夫同床,最后抑郁而死。马季侬闻讯前来奔丧,扑倒在情人的坟墓上恸哭不止,最后也因悲伤过度而死(引自"百度")。

平均身高。她轻轻地握着我的手,抬起头看着我说:"我宁愿做妓女也不愿做奴隶。"听了这话,我就明白,我有希望得到兄弟姐妹的支持。爱到体育馆健身的哥哥比拉尔对我说,"萨哈拉是个好姑娘,兄弟。"露露,我喜欢摇滚乐的十六岁的妹妹说:"听说她不剃腿上的汗毛,太酷了,"阿比拉,性格内向的十二岁的妹妹说:"萨哈拉的名字听起来像个餐厅。"胖乎乎的三岁的妹妹阿曼尼问:"你有咸味儿醋熘土豆片吗?"

二十一岁生日的时候,萨哈拉给我买了一把牙刷。淡紫色,毛很硬。我每天早上都是到她家之后再刷牙,晚上刷牙之后才回家,回到拉克巴区父母和五个兄弟姐妹身边。他们以为我整天都待在学校。我喜欢那把牙刷。喜欢那种感觉:萨哈拉的浴室里有一把属于我的牙刷和她的牙刷依偎在一起。我喜欢那把牙刷,也很喜欢牙刷相拥而眠的地方——镶着蓝色瓷砖、窄小的浴室,窗台上摆着一溜蜡烛。我们在那间浴室里共度了很多美好时光。我背包后面的口袋里装着一个打火机,可以随时为萨哈拉点燃蜡烛。她会把我的衣服脱掉,只剩下四角短裤,我也会把她的衣服脱掉,只剩下内裤和胸罩。你知道,我们曾约定结婚之前不能肌肤相亲。我半裸着站在她的浴室里,温热的水流过浓密的黑色卷发,流过细细的手臂和平坦的胸膛。萨哈拉给我搓澡,两只沾满肥皂的棕色的手就像麦加的泥土。然后她就走到热水之下，我站在她身后帮她洗头。她的头发是深褐色的——等到落日余晖透过浴室的窗户，淹没蜡烛的火焰，明亮的光线落到我们头上，她的头发变成蜜色。我记得她护发素的味道。黄油、糖和牛奶——她的气味。

萨哈拉笑的时候，脸颊隆起，闪闪发光。我把脸颊贴在她的脸颊上，两个人的脸蛋儿压平，仿佛融合在一起。我俩不在一起的时候，我每两个小时给她打一次电话。我需要知道她是否安全。

"嘿，萨哈拉。"

"嘿，巴尼。"

"再见，萨哈拉。"

"再见，巴尼。"

如果她不接电话，我就会惊慌失措，心怦怦直跳，手心出汗，胡思乱想：她出什么事了？被车撞了？被抢劫了？被强奸了？受伤了？死了？不在了？父母和兄弟姐妹在客厅里吵吵闹闹的时候，我会爬到床上不停地给她打电话。我知道萨哈拉的电话要响多少次才会转到语音信箱。十二下。每次我都数着，直到听见她的声音："请放心，巴尼。其他人请留言。"我会挂断电话，再打一次。她终于接电话时，我的痛苦骤然消失，理智顿时恢复，心率放慢，思想变得清晰。她是安全的。她有二十六个未接电话,因为她在看电影,电影院里没信号,但她很安全。我从床上坐起来,把手机紧紧地贴在耳朵上。

"嘿,萨哈拉。"

"嘿,巴尼。"

"再见,萨哈拉。"

"再见,巴尼。"

然后我们会同时挂断电话,我的房间里顿时变得安谧宁静。每次挂断电话,都是这样,除了这一次。我盯着衣柜镜子里的自己,想知道萨哈拉怎么会爱上一个鼻子长得像回旋镖的男孩。这时卧室的门突然打开,父亲站在门口,脸色铁青,脖子上的血管扑扑跳动,挥舞着手臂,愤怒地叫喊:"人们议论纷纷!"

我跳了起来,脚刚着地,就开始抽筋儿。从我第一眼看到萨哈拉,就知道这一天迟早会到来,再多的牙刷也无法让我做好迎接这一切的准备。父亲很久以前就告诉我,他是我所有力量和弱点的源泉——那时我只有六岁,在亚历山大[1]我们家第一座房子外玩弹子。我们和祖母住在一起。还有伯伯奥萨马,他的妻子和三个女儿。我的伯伯易卜拉欣——一个离异的瘾君子,住在后院的车库。他的两个女儿,一个星期有三个晚上跟我们住在一

1　亚历山大(Alexandria):悉尼内西郊外的一个居民区。

起。还有我最小的叔叔阿里。这时,从和我们那条大街相连的小巷走来一个醉鬼。那家伙五大三粗,留着M形小胡子,咕哝着对我说:"把你爸爸的破卡车从我的汽车道上开走!"可是爸爸压根儿就没有卡车,我们这条街上也没有汽车道。就在那个家伙凑过来摸我的脸时,爸爸从屋子里冲出来,猛地一拳,把他打倒在马路牙子旁边。父亲一只手拎起我,好像我是一块面包,把我抱回家,说:"如果那个人敢碰你一下,我就杀了他。"从那以后,我很怕爸爸,不像害怕狂吠的狗和猥亵儿童的坏蛋,而是像害怕太阳一样。它给了我生命,也可以轻而易举把我烧成灰烬。

我还待在卧室。走廊里,母亲和五个兄弟姐妹挤在爸爸身后,脸色苍白,好像《布雷迪家族》[1]里的人物。也许他们为我将被迫放弃心爱的女人而感到难过,也许害怕看到如果我拒绝放弃她,爸爸会做什么——把我赶出家门,和我断绝关系,眼巴巴看着老天惩罚我。爸爸五指分开手掌猛击门框,妈妈抓住他的胳膊,想把他拉开。她也不希望我娶个"外人",但如果父亲接受萨哈拉,她会遵从他的意愿。二十二年前,父亲向她求婚时,她看着

---

[1] 《布雷迪家庭》(*The Brady Bunch*):从1969年到1974年美国广播公司播出的一个受欢迎的情景喜剧,该剧围绕一个有六个孩子的、重组大家庭的故事展开,被认为是最后的旧式家庭情景喜剧之一。

他那像土豆一样隆起的二头肌，回答说，"真主啊，如果你打我，会把我打飞，我愿意嫁给你。"母亲就是这样衡量男人的力量——和自己的力量相比。三周后他们就结婚了。比拉尔九个月后出生。我比他晚生十二个月。约切维德又比我小十二个月。

"怎么了？出什么事了？"我对父亲说，牙齿咯咯作响。装傻充愣，想先摸清楚他知道多少——也许他只是在我的背包里发现了打火机，以为我在抽烟。"我不接受这个女孩。"他坚定地说，声音就像拉克巴清真寺[1]的瓦哈比派教徒一样清晰、准确、掷地有声。

我倒在卧室的瓷砖上。那瓷砖又大又白，和悉尼内西郊外所有黎巴嫩人房屋里的瓷砖一样。我的双膝碰撞着瓷砖，哀号："求你放过我，放我去见她，放我走。"

"你会给亚当家带来耻辱。"父亲说。这是我们家人唯一害怕的事，不是真主安拉或者先知穆罕默德，除了阿拉伯人的语言，什么都不怕。爸爸眉头紧皱，砂岩般的脸上一副绝望的表情，眼睛像深不见底的黑色的漩涡，鼻子像长矛一样突出。"我只求你一件事，"他说，声音有些颤抖，"只有一件事。"就好像我打破了"十诫"。

1　拉克巴清真寺（Lakemba Mosque）：澳大利亚最大的清真寺之一，位于新南威尔士州的拉克巴（Lakemba）郊区，主要被黎巴嫩籍澳大利亚人使用。

"哦,爸爸。"我叫道,趴在他的脚踝旁边,母亲和兄弟姐妹在一旁看着,"你要我做的这件事——是我的一切。"

二

哈利勒,我的心在身体外痛苦地挣扎。知道吗,你就是一切。第二天早上我给萨哈拉打电话,告诉她我要去跟她和她妈妈一起住。她呜咽着说:"我的家庭已经破裂,巴尼·亚当,别让我再破坏你的家庭。"那一刻我就知道——就像知道自己总有一死一样——这个在一无所有中长大的女孩比我能给她的任何东西都更宝贵。她说再见时,我想起她的睫毛。有一次,我躺在她家客厅的地板上想休息一会儿,结果渐渐入睡。过了一会儿觉得什么东西轻轻拂过我的脸颊,睁开眼,看见她蹲在我身边,眨着眼睛看着我,用睫毛亲吻着我。她挂电话的时候,我正站在班克斯敦一个停车场的屋顶上,看太阳升起时把天空染成粉红色。我的心怦怦直跳,喉咙发紧,喘不过气来。一个小时听不到她的声音,我就没法儿活。哦,最慈悲的、最宽容的安拉,可怜可怜我吧——没有萨哈拉,我怎么能度过一天、一个星期、一个月、一年和永恒呢?

两小时后我打电话给她。电话响了十二下,转到了语音信箱:"请放心,巴尼。其他人请留言。"两天后我又打电话给她。十二响过后,又是语音信箱的声音:"请放心,巴尼。其他人请留言。"两周后,响了十八下,然后哔哔哔响了三次,自动断开。两个月后,再也没有响过。

我想消失在拉克巴大街,在戴着头巾和留着胡子的男男女女的人流中走好几个小时,寻找一个胸前戴着十字架、脸像西红柿的女孩。可是只碰到五年前在班克斯敦社区艺术中心遇到的那个同性恋"中东佬"。那时候,我一直试图通过阅读陀思妥耶夫斯基、福克纳和海明威的作品,把自己与庞奇博尔男子高中那些黎巴嫩学生区别开来。后来有一天,我和巴基在班克斯敦火车站的月台上站着的时候,他把我抱在怀里,夸我作为黎巴嫩人,可真漂亮。他是第一个那样"爱"我的人,还是个同性恋,该死的同性恋。不过,这次巴基也帮不了我——他也完蛋了。和他交往了三年半的男友——国王十字医院一名做结肠镜检查的盎格鲁人把他给蹬了,和一位北悉尼的瑞典整容医生相好了。

巴基和我一样,行尸走肉般在拉克巴四处游荡。他的黑眼睛深陷在眼窝里,厚嘴唇耷拉着,满是胡楂的脸颊下垂着。从那时起,在他服用治疗狂躁抑郁症的药物期间,我每周都去贝尔莫他父母家中接他一次,带他出去散步。我不得不紧紧地挽着他的胳膊,确保他不会在车水马龙的马路上摇摇晃晃,倒在车轮之下。我们散步的时候，我唠唠叨叨地说，他一言不发地听，或者至少我是这样理解他的无动于衷，认为他是在侧耳静听。我问："现在萨哈拉用逗号吗？"他没有回答。我又问："萨哈拉现在要去掉逗号吗？"他还是没有回答。

我们那一带无法再找到她的踪影，我就试着在西悉尼大学班克斯敦校区那群完成文科学位的工人阶级少数民族学生中感受萨哈拉的存在。和我一样，他们是家里第一个高中毕业后继续接受教育的人——这是祝福，也是一种诅咒。一方面，父母对我学业优秀非常自豪。开斋节的时候，他们在阿拉维派清真寺晃来晃去，告诉所有的兄弟姐妹、堂兄弟姐妹、远房表兄弟姐妹以及我们的族长和长老们，我注定要领导这个部族。另一方面，他们感到困惑、失望，甚至羞愧。因为我得到学位只是用来挑战他们最基本的信念。

妈妈说："我接受不了同性恋。"

我说："恐同症。"

爸爸说："女人不需要受教育。"

我说："父权制。"

妈妈说："希望我的孩子们白皮肤蓝眼睛。"

我说："白人至上主义。"

爸爸说："只能和阿拉维派通婚。"

我说："萨哈拉。"

萨哈拉在亚当家。萨哈拉在阶梯教室。罗兰教授是爱尔兰人，长得像毕灵普上校[1]，声音听起来像连姆·尼森[2]，衬衫的腋窝下有块汗渍。他讲《罗密欧与朱丽叶》时，我在笔记本上一遍又一遍地写：萨哈拉，萨哈拉，你为什么是萨哈拉？萨哈拉在她的床上。萨哈拉在我的肋骨上。萨哈拉在我的心里。萨哈拉在我的笔端。"沙漠姑娘"问："巴尼，你小时候想做什么？"我说："写诗。"她问："你能给我写个故事吗？"我回答说："你就是故事。"她说："可我没什么特别的。"我回答说："笔也没什么特别的。"她说："把它写下来。"我说："已经写了。"

我像一个失败的"案例"在大学校园里游走，盯着周围年轻的棕色皮肤的女生和棕色皮肤的男生。他们看上去都那么阳光，胸前抱着课本，乌黑的头发抹了发胶、摩丝，打蜡、剪短，打扮得漂漂亮亮。但我一直告诉自己：没有人能永远这样光鲜亮丽。我像一朵枯萎的花，没精打采地站在学生活动中心的长队中，等待提交以缺席形式毕业的表格。还有一个月我就要成为我们家族历史上的第一个大学毕业生了。我能想象到这样的画面：父母亲、兄弟姐妹、七大姑八大姨、堂兄弟、表姐妹在礼堂里

---

[1] 毕灵普上校式的人物（blimp）：英国报章漫画人物。
[2] 连姆·尼森（Liam Neeson）：1952年6月7日出生于北爱尔兰巴利米纳，爱尔兰男演员。

鼓掌、喜极而泣，在我走上讲台从校长手里接过学位证书时争先恐后地拍照。但每次我脑海里出现这样的画面时，心都一阵绞痛，眼睛抽搐，手颤抖，胃痉挛。我为什么要给他们这种满足感呢？我想。他们炫耀我所受的教育，同时又阻止我利用这些教育来改善我的生活！

我在学生活动中心排了将近十分钟的队，才注意到站在前面的是一个留着长长的黑色卷发的女士。"我认得这卷发。"话刚出口，她就转过身来，尖尖的鼻子像除颤器一样出现在眼前。莱拉·海米——莱拉·海米太太又来到我身边。我从十年级起就没见过她。她是我的高中老师，把我介绍给她最喜欢的作家：詹姆斯·乔伊斯[1]，在生者和死者之间游走；加夫列尔·加西亚·马尔克斯[2]，在一个长着巨大翅膀的老人旁边飞行；还有弗拉基米尔·纳博科夫[3]，被困在欧洲野牛和天使之间。经久不变的色彩的秘密，预言性的十四行诗，艺术的避难所。日复一日，我

---

1 詹姆斯·乔伊斯（James Joyce, 1882—1941）：爱尔兰作家、诗人，二十世纪最伟大的作家之一，后现代文学的奠基者之一，其作品及"意识流"思想对世界文坛影响巨大。代表作《尤利西斯》。

2 加夫列尔·加西亚·马尔克斯（Gabriel José de la Concordia García Márquez, 1927—2014）：哥伦比亚作家，拉丁美洲魔幻现实主义文学的代表人物，二十世纪最有影响力的作家之一，1982年诺贝尔文学奖获主。代表作有《百年孤独》（1967年）、《霍乱时期的爱情》（1985年）。

3 弗拉基米尔·纳博科夫（Vladimir Vladimirovich Nabokov, 1899—1977）：俄裔美籍作家。纳博科夫在1955年所写的《洛丽塔》，是在二十世纪受到关注并且获得极大荣誉的一部小说。

满怀激情地阅读、感叹，幻想莱拉·海米太太开车带我奔驰在无尽的沙漠之路上，远离黎巴嫩人和法规。天天如此，直到她到另一所高中当校长。

"哦，真主！太好了！"她用尖细的声音对我说。六年的时间，她一点也没变，皮肤依然光滑、紧致、白皙。"巴尼，你成功了！"

队伍慢慢向前挪动着，莱拉·海米太太向我讲述了她的生活，而这些事当我还是她的学生时，她绝对不会告诉我。她高中刚毕业的时候，经常被父亲殴打，还给她包办了一门亲事，强迫她嫁给表哥。二十岁时，她实在受够了，和父母断绝关系，与表哥离婚，上了大学，开始了她新的人生之旅，成了我的英语老师，结识了她的第二任丈夫，一位来自尼日利亚的工程师。那之后，她成了希尔郡一所高中的校长，现在是博士研究生，学习文学。她说这些话的时候，我默默地看着她，我的整个人生都毁了。你看，我一直想知道过去的爱重回你的世界会发生什么。你会再次心潮澎湃吗？不。只要你还长眼睛就不会。只要你心里还装着萨哈拉就不会。我有太多的事情想告诉莱拉·海米太太：高中毕业那天，我喝了一整瓶伏特加，都吐在了卧室的瓷砖地板上；我第一次参加业余拳击比赛，打断了队长的鼻梁骨；我在心理学入门课提交了一篇题为《弗洛伊德操了我妈》[1]的论文，教授给了我F；在哲学入门课上，同一篇论文，教授给了我"优秀"；有一天，萨哈拉读完《无足轻重的女人》，对我说："奥斯卡就是喜欢生殖器，对吗？"

莱拉·海米太太和我走近接待台时，时间已经不多了。一位满脸皱纹的白人老太太坐在那儿，一副屈尊俯就的样子，对前面所有学生说的话，都可以用五个字概括："你不能到场。"

莱拉·海米太太开始摆弄她脖子上戴着的那个形状像一只邪恶的眼睛的金吊坠，笑着说："当然不能，没有我，你们的活儿也够多的了。"

柜台边那位满脸皱纹的老太太喊道："过来，过来，下一个！"莱拉满头卷发的大脑袋又一次对着我，尖声细气地对那个老太太说了几句话，拿起几张纸，从我身边走过——走出学生活动中心，走出我的生活——莱拉·海米太太又给我当了一次老师："再过几年见，巴尼·亚当，想象一下那时候你会在哪儿……"我尽量不回头看她，但又无法抗拒，目光把校园扫视了一百八十度，想弄清楚她去了哪里。可只看到一个肥胖的Lebo[2]站在我后面，

---

[1] 这是一个玩笑话。巴尼拿研究心理学和哲学之间的区别开玩笑。在心理学中，这样的标题被认为是低级错误，但在哲学中，会被认为非常有创意。

[2] Lebo：西悉尼少数民族群体的俚语，意思是阿拉伯人和穆斯林。

翘着眉毛笑，好像一直在看我，心里想：哥们儿，你他妈的，真是个笨蛋。

下午晚些时候，我会去拳击馆。过去三年我一直在那儿把自己训练成一名业余拳击手，但我不是挥拳猛击，而是直接朝他们走过去，让 Fobs、Wogs、Nips 和 Lebos 出手[1]，直到他们打破我的防守，把我的鼻子打扁，血流满面。我眼泪汪汪，鼻孔一跳一跳，痛得要命，让胸中的郁闷在痛苦中释放，努力不去想萨哈拉一边吃零食一边看《欲望都市》[2]的情景。

我回到家，径直走进卧室，哭到深夜，心紧紧地攥在拳头里，鼻子里的血都干了。父母、哥哥和四个妹妹都在无声的呼吸中熟睡时，萨哈拉来到我的身边。亦真亦幻。但我了解她。我听出那低语是她的声音："巴尼·亚当，亚当的孩子，由大地的尘土和生命的气息形成的孩子。"我熟悉她的爱抚——那是温暖的抚摩。我熟悉她的微笑——那是惨淡的苦笑。我熟悉她的眼睛——又黑又圆。那眼睛看着我，告诉我她们是我的，我就知道那是

---

[1] Fobs、Wogs、Nips: 西悉尼少数民族群体的俚语。Fobs 是太平洋岛民，Wogs 是希腊人和意大利人，Nips 是亚洲人。

[2] 《欲望都市》(*Sex and the City*)：美国系列电视剧，于1998年6月6日在美国首播。该剧改编自《纽约观察家》专栏作家坎迪斯·布什奈尔的同名专栏。2019年9月，该剧被英国《卫报》评选为二十一世纪一百部最佳电视剧之一，名列第五十七位。

她的眼睛；那眼睛充满爱意看着我，我就知道那是她的眼睛。而此刻，明眸含情脉脉地看着我。她慢慢眨着一双大眼睛，像一轮满月，圆圆的、闪闪发光。再睁开的时候，眯着眼看我，睫毛下面，一圈圈光环。她的手坚实有力，但放在我身上的时候那么轻柔，不慌不忙，长长的金色手指像细沙一样在我背上流淌。每一片指甲都延伸到我的骨头上，仿佛可以渗入我的皮肤，穿透我。但在向我显示她是幽灵之前，她缩回了手指。我的整个身体燃烧着，悸动着，尖叫着，想和她的身体缠绕在一起，她又对我笑了笑——那种爱开玩笑、厚脸皮的小姑娘的笑。她低头看着我，喃喃地说："又大又瘪的鼻子——这一切都是为了住房委员会提供的破房子，都是因为穷？"

第二天夜里，她又来了，没有嘴唇。萨哈拉走到我面前，把她的身体给了我。我抱着她的腰，头顶着她的子宫，脸贴着她的皮肤。一声有力的心跳在我耳边响起，炸出一堆木屑。我更用力地往她身上压，脸颊、下巴和耳朵都深陷在她的肉里，再次寻找那声音。我突然向前倒下，直直地穿过她，她就不见了。不知道她在哪里，和谁在一起。也不知道她在做什么。也许她很孤独，很害怕，也许她被强奸或谋杀了。也许她受伤了。我可怜巴巴地希望她一直受伤——为我而受到伤害。可是，也许她过得很好，也许她已经找到了另一个男人，那个男人可以自由地爱她，而她已经忘记了我，把我丢到脑后，对我的思念已然消失在虚无之中。

一个周四的下午，我怀揣这样的幻象从大学回家。父母和我的教父阿布·哈桑坐在客厅里。他是个又矮又胖的男人，看起来像丹尼·德·维托[1]。我十四岁那年，他成为我的精神导师，任务是教我如何按照我们民族的行为准则做人。那一天，教父阿布·哈桑递给我一个有棱纹的避孕套，说道："你想交往多少荡妇都行，如果你能搞到的话，但记住娶白人女孩是罪过。"这个人坐在他那幢三层楼房的客厅里的椅子上——那椅子像个宝座——大肚皮耷拉在膝盖上。他说这番话的时候，阿蒂克斯·芬奇[2]一定正躺在坟墓里打滚。他的妻子走了进来，用银托盘端给他土耳其咖啡和香烟，然后又回到厨房。教父向空中吹了个烟圈儿，对我说："先知穆罕默德讨厌炫耀。不要

1　丹尼·德·维托（Danny De Vito，1944— ）：美国演员、导演。他在纽约大学攻读表演专业，毕业后就进入演艺圈发展。丹尼·德·维托利用自己身材矮小的优势，成为一个红极影坛的喜剧大师。作品有《出租车》《宝石罗曼史》《尼罗河宝藏》等。

2　阿蒂克斯·芬奇（Atticus Finch）：小说及电影《杀死一只知更鸟》的主角。阿蒂克斯·芬奇是美国南方小镇梅岗城的一名律师，为人正直沉稳，常常不计报酬为穷人们伸张正义。是小镇为数不多的反对种族歧视者。在一起强奸案发生后，他受地方法院的委托，为黑人罗宾逊进行辩护。虽然他的行为引起了小镇上许多人的不满，但他并不在意人们的抗议，继续仔细地对案情进行调查，最终正义战胜邪恶。被人们称为"法律界的英雄人物"。一位圣母大学的法学教授说："阿蒂克斯·芬奇是荣誉的楷模。"

以为你上大学就比我聪明。"

他总是和我这样说话。总是。除了来我们家做客的这个周四下午。父母亲在一旁眼巴巴看着，教父让我在餐桌旁边坐下，一边拨动手里的念珠，一边故作轻松地微笑着看我，用阿拉伯语说："巴尼，没有人像你的父母亲一样永远深爱着你。请让我们在这个富饶的部族里给你找个漂亮姑娘。用不了一个星期，你就会忘记那个崇尚十字架的女孩儿。"

哈利勒，我可以给你一大堆为什么说"是"的理由。当然没有一个理由值得你尊重。也许因为绝望中的我，没有把事情想清楚。也许因为二十一岁的我在人生的二十一年中没有任何一个时刻能把事情想清楚。也许，尽管我生父母的气，但也想让他们高兴。因为我仿佛看到，就像我们之前一代代古阿拉伯人一样，家里人和上百个亲戚一起，在我的婚礼上快乐地扭着屁股，挥舞着胳膊。也许我生那个脸像西红柿的女孩儿的气。她就那么不理我了，我想惩罚她。也许……也许，正如教父所说，我相信一个来自我们部族的漂亮女孩会帮助我忘记那个戴着十字架、腿上汗毛很重、腋毛浓密、肩膀宽阔、穿着背心、在住房委员会提供的房子里长大的"外人"。她叫什么名字来着？

三

我的混血的儿子,半个"家人",半个"外人",你是阿拉维派的后代。你的祖父母从小就教导我,我们只能和阿拉维派人结婚。不是因为《古兰经》这么说,而是因为和外族结婚会污染我们的纯种血统,这种血统可以追溯到先知穆罕默德。下一秒我就到了拉克巴公立学校,周围是数百名逊尼派孩子。他们看到我母亲和姑姑们每天早上把妹妹、弟弟、堂姐、堂妹和我送到学校门口。最终这些逊尼派的孩子们得出一个结论:"你不是真正的穆斯林——你家里没有一个女孩戴头巾!"我回到家,把逊尼派孩子说的话告诉父亲,他回答说,"逊尼派是狗屎。"

后来我发现,你祖父的母亲在嫁给我祖父之前是逊尼派。"为什么爷爷可以娶一个'外人'?"我问爸爸。

"因为他值得。"爸爸肯定地回答,"你是谁呀,凭什么问他的事?"

他接着给我讲起祖父的事。我就是以他的名字命名的。巴尼·亚当非常聪明,他能背诵逊尼派和什叶派的经文,就像中东任何一个清真寺的伊玛目[1]一样流利。他

1　伊玛目(imam):伊斯兰教的阿訇。

非常强壮，可以把两袋一百公斤重的面粉背在肩膀上。1969年，他离开黎巴嫩来到澳大利亚，在悉尼雷德芬区做了两年面包师。他没明没黑地干活儿，只为了攒钱。他把家人——妻子和十一个孩子中的八个带到这里。另外三个孩子多年前死于麻疹，被埋葬在的黎波里[1]的埃尔-格拉巴公墓。一天晚上，巴尼·亚当坐在客厅的沙发上抽烟，看着孩子们在面前的地板上玩纸牌，突然心脏病发作，撒手人寰。

"在没有父亲陪伴的成长过程中，我非常害怕。"父亲一边对我说，一边开车沿着休谟高速公路驶向巴斯山。妈妈坐在副驾驶座位上，对着遮阳板上的镜子往眼睛上涂睫毛膏。我无法想象父亲害怕什么。他是我所认识的最有权势的人。他下巴的山羊胡子和嘴唇上的小胡子论年头，比我年纪还大。他的鼻子又大又结实，一定是从法老那里继承来的。爸爸似乎总是皱着眉头，即使微笑的时候，尖利的眉梢也会耷拉下来，我常常不敢直视他的眼睛。盯着他就像盯着地心，如果时间太久，就会被火化。他的力量来自肌肉发达的手臂，一块块的肌肉仿佛米开朗琪罗雕刻出来的一样。因为有这样一位父亲，我

---

[1] 的黎波里（Tripoli）：黎巴嫩第二大港口城市，黎巴嫩北方省省会。位于黎巴嫩西北部地中海东岸阿里河河口，又名"塔拉布卢斯"，是黎巴嫩北方商业、工业和旅游中心。

天不怕地不怕，当然除了怕他。但我的孩子，你什么都不用怕，包括我，尤其是我。

我们把车停在一个叫阿布·卡里姆的人的车道上时，一轮满月已经升起，天气闷热，给人一种黏糊糊的感觉。在阿拉伯语中，阿布（Abu）的意思是"……的父亲"，后面跟着这个人长子的名字。这就是我父亲叫阿布·比拉尔的原因，因为我哥哥叫比拉尔。我叫阿布·哈利勒，因为我是你的父亲。然而，阿布·卡里姆的情况有所不同。他有三个女儿，没有儿子。他没用大女儿的名字，而是用了想象之中儿子的名字。

我母亲听她姐姐说，阿布·卡里姆的三个女儿都很瘦，正在上大学。老大娜达二十一岁，已经结婚了。老二汉娜二十岁，身高六英尺多一点，比我高五英寸。这五英寸对我来说无疑太高了点儿。妈妈的姐姐告诉我们，最小的女孩迪玛可能最适合我——十九岁，和我差不多一样高，在西悉尼大学学习护理专业。第二天晚上，父亲给阿布·卡里姆打电话，用阿拉伯语说："如果您愿意，我们想和儿子巴尼一起去拜访您。"2008年，大约有三万阿拉伯阿拉维派穆斯林生活在澳大利亚，大家都知道这种拜访的意思是：我们想撮合我们的儿子和你的女儿成亲。

阿布·卡里姆住在一栋橘红色的双层砖房里，车道上停着一辆塔拉贡牌面包车。父亲告诉我，阿布·卡里姆用

27

这辆车接送残疾儿童上下学——在我们这个大多数人几乎没有受过教育的社区,这是一份比较体面的工作。"你看,这是一个非常高尚的人,一个信奉真主的人,"爸爸解释道,用棱角分明的下巴朝那辆车指了指,"你要是能成为他的女婿,那就太幸运了。"他带了一公斤名为znoud el-sit的黎巴嫩甜点,翻译过来就是"女士的手指",因为那是一种看起来像阿拉伯老妇人手臂似的金黄色油炸菲罗糕点卷[1]。倘若在老家的村子里,我们可能会带几只羊羔和一只山羊送给阿布·卡里姆,但在这个居住区,即使是"女士的手指"也让人觉得太具"民族特色"了。这儿的黎巴嫩女孩儿更喜欢头发拉直器、化妆包、麦当劳优惠券或者坐着我的日本丰田赛利卡2000兜风。

爸爸前面带路,走进小院儿,走上几级台阶,与门口蹲着的两个水泥狮子"擦肩而过"。在西悉尼,几乎每个阿拉伯人房子的前院都有一对石狮,包括我们家。这是因为狮子在穆斯林文化中象征着勇敢和力量,但对我们部族来说,狮子还有另外一个象征意义:叙利亚的阿拉维派总统和他的父亲都姓"阿萨德",意思是"狮子"。母亲走在父亲身边,穿一件镶着闪闪发光饰物的紫色长

---

[1] 按照作者的解释:阿拉伯妇女皮肤呈金色,年老之后,手臂皮肤会变得非常松弛下垂,故有此说。

袍和高跟鞋。高跟鞋让她离地两英寸，但她仍然不超过五英尺三英寸。

我慢慢地走在他们后面，穿着崭新的白色耐克气垫跑鞋、深蓝色牛仔裤。崭新的黑色紧身T恤，是从蕾姿专卖店花十二块钱买的。这是我和同龄男孩儿相比唯一的优势：精瘦，腰部以上和所有轻量级拳击手一样结实，可以和犯罪团伙成员一样比个高低。我的鼻子太大了，没遮没拦，来个"斗鸡眼儿"自己都能看得见。鼻子太歪了，左眼比右眼看得更清楚。但我至少可以把胡子刮得干干净净，拔掉两条眉毛间的毛，这样看起来就不会像《芝麻街》[1]里的伯特。那天我还在班克斯敦理了发，理成典型的班克斯敦阿拉伯人发型，模仿《新鲜王子妙

---

[1] 《芝麻街》(Sesame Street)：美国公共广播协会（PBS）制作播出的儿童教育电视节目，该节目于1969年11月10日在全国教育电视台（PBS的前身）上首次播出。它是迄今为止，获得艾美奖奖项最多的一个儿童节目。这个节目综合运用了木偶、动画和真人表演等各种表现手法向儿童教授基础阅读、算术、颜色的名称、字母和数字等基本知识，有时还教一些基本的生活常识。其中许多的滑稽短剧和小栏目都已成为其他电视节目竞相模仿的典范。

事多》[1]和《街区男孩》[2]中的人物——用剃刀剃掉脑袋两边的头发，只在头顶留下一片卷曲的头发，用发胶定型后，像玻璃一样闪闪发光。

爬上楼梯的时候，我"耻骨区"兴奋激动，内心深处焦躁不安，两种感觉交织在一起。一方面，我看到的可能是未来的妻子，她丰乳肥臀，朱唇皓齿，会让我疯狂地爱上她；另一方面，我觉得自己是个彻头彻尾的失败者，让父母用这种第三世界老掉牙的方式包办我的婚姻，就像一个绝望的丑陋的家伙找不到自己的女人。说实话，我当时真的很绝望，但不是为了找女人，而是想忘掉萨哈拉。我再也不想感受心碎的痛苦。唯一可行的办法就是控制自己的视线，只把目光聚焦在父母和教父能容忍的女人身上。

爸爸敲了敲前门，几秒钟后，阿布·卡里姆和他的妻子埃姆·卡里姆出现在走廊里。埃姆相当于阿布，意思是

---

[1] 《新鲜王子妙事多》(*The Fresh Prince of Bel-Air*)：又译为《贝莱尔的新鲜王子》，是1990年迈克尔·彼得斯执导，美国华纳公司出品的系列电视喜剧。在这部电视剧里，史密斯是一个来自黑人贫民区的高中生，他来到贝莱尔的叔叔家生活，就读贝莱尔的富人中学，与那些从小生活在富人区的同龄人碰撞出一个又一个的笑话。该剧播出后大受欢迎，也让史密斯完成了从歌手到演员的转变，获得踏入好莱坞的机会。

[2] 《街区男孩》(*Boyz n the Hood*)：1991年美国哥伦比亚电影公司出品的电影。该片真实地再现了二十世纪九十年代美国黑人的生活环境与社会地位。上映后广受好评。

"母亲",但我们从来不称你妈妈为"埃姆·哈利勒",因为这会让她脸红。埃姆·卡里姆比她的丈夫至少高一英尺,和这个男人在一起看起来很可笑,就像妮可·基德曼和汤姆·克鲁斯[1]站在一起一样,只是没有名气,没有健康的皮肤和灿烂的微笑。我明白了他们家的二女儿怎么长得这么高,也明白了为什么家里人建议我和小女儿约会,至少我可以直视她的眼睛。如果我娶了那个大高个儿,就会发现自己的脑袋刚到她的乳沟。不管走到哪儿,黎巴嫩人都会指着我们,说我是刚会走路、还在吃奶的小屁孩儿。

阿布·卡里姆和埃姆·卡里姆都穿得随随便便,丈夫穿着白色短袖衬衫、浅灰色裤子,妻子穿着绿色长裙,就像《辛普森一家》[2]里玛姬穿的那条,只不过裙子领口把脖子裹得严严实实。

"Salaam alaikum[3]。"父亲对阿布·卡里姆说。他把甜点递给他,走进屋,这样就可以互相亲吻对方的脸颊,

---

1 妮可·基德曼和汤姆·克鲁斯(Nicole Kidman and Tom Cruise):美国华纳兄弟公司出品的惊悚剧情片《大开眼戒》中的主要演员。影片于1999年7月13日在美国上映。该片讲述了一对医生夫妻经历一场如梦似幻的奇怪冒险后,才认识到什么是最值得珍惜的婚姻。
2 《辛普森一家》(*The Simpsons*):由丹·卡斯泰兰尼塔,朱莉·卡夫娜,南茜·卡特莱特,雅德丽·史密斯主演的美国电影,时长120分钟,广受欢迎。
3 Salaam alaikum:阿拉伯语,愿和平与你同在。

然后他们把头向前倾，这样就可以同时亲吻彼此的肩膀，这是阿拉维派男人的习惯。与此同时，母亲和埃姆·卡里姆拥抱在一起，她们的头前后摆动，在彼此的脸颊上吻了三次。

现在轮到我走上前和未来的亲戚打招呼了。"Salaam alaikum."我说，伸出手和阿布·卡里姆握了握。他把那盒甜点放在另一只手的手掌上，就像托着一盘比萨一样。他的鼻孔耷拉着一根挺长的黑鼻毛，我真想把它拔下来。"Ahla, ahla,"握手时他说，"欢迎，欢迎。"

接着我转向他的妻子。她咧开涂着厚厚口红的嘴唇，露出洁白的牙齿，对我笑着。我把手放在胸口向她打招呼，在伊斯兰文化中相当于挥手问好。

我跟着有可能成为我岳父岳母的老两口和父母穿过走廊。走廊铺着白色的大块瓷砖。贫民区的黎巴嫩人都把地板设计成这样，现在我们这么多人从潮湿的瓷砖地板上走过，面对Wog人的一大威胁[1]。白墙上挂着阿拉维派族长的照片和画像，和我们家挂的那些画像一模一样。阿拉维派教徒痴迷于挂这些皱着眉头、秃顶、白胡子、橄榄色皮肤的男人的画像。我认为这是一种补偿方式，因

1　Wog是个贬义词，指有阿拉伯、希腊和意大利背景的人。这些人喜欢用瓷砖铺地，而瓷砖很滑，所以家里铺瓷砖特别容易滑倒，尤其是擦了地之后。

为与逊尼派和什叶派相比，我们的宗教领袖太少了。

进入客厅，阿布·卡里姆和埃姆·卡里姆走到左边，我的父母走到右边，这样两个年轻女孩就站在了我的面前。其中一个又高又瘦——正像姨妈说的那样——身体前倾，似乎很不自在。身材高大的阿拉伯女孩确实处境艰难，因为阿拉伯男人，无论是从"地区分类"还是身高来看，都介于黑人和亚洲男人之间。这个叫汉娜的女孩穿一件宽松的黑色连衣裙，长袖，裙摆长及脚踝。她脖子细长，白皙的脸，长长的黑睫毛，长长的黑头发。我喜欢她的谦逊和对黑色的痴迷，也喜欢她的嘴唇，亮粉色，挂着浅浅的微笑。这似乎是她为自己嘴巴预设的表情，给我的印象是她天生属于那种情绪化的人。也许因为她为自己让人尴尬的身材局促不安，这身材让我们部族里的男人望而生畏，排斥。也可能是因为她想让自己努力达到"黎巴嫩好女儿"的标准，而她真正想要的只是和她的高中恋人约会——身材修长，帅气十足、想要成为她的白马王子的恩里克·伊格莱西亚斯[1]。

站在汉娜旁边的是一个和我差不多高的女孩，她的父母以同样的热情、过分的强调，异口同声、一字一顿地介绍道："这个——是——我们的——迪——玛！"女孩

---

[1] 恩里克·伊格莱西亚斯（Enrique Iglesias）：西班牙男歌手。

穿着紧身牛仔裤和淡粉色V字领紧身衬衫。她的皮肤比姐姐还要白皙，是澳大利亚人那种饱经风霜的肤色，只是没有雀斑和瑕疵，一双橄榄绿眼睛。迪玛的表情比她姐姐严肃得多，红褐色的刘海遮住了一部分脸，红唇紧闭，好像在做鬼脸。她让我想起一个超模，花太多的时间在她的外表上，所有的欢乐仿佛都从她的脸颊上被吸走了。只有迪玛的鼻子暴露了她的阿拉伯人特征，又细又长，中间偏左一毫米。我仿佛看到我的生活和这个女孩一起展开：给大鼻子阿布和大鼻子艾米让路。

我们互相介绍的时候，两个女孩儿谁也没和我说话，我也没有和她们说话。只是眉目传情。我在想，是的，没错儿，不管怎么说，她和其他女孩一样好；汉娜可能想，谢天谢地，他们是在让我妹妹而不是让我解决这个矮子；迪玛可能想，鞋子不错，可是瞧瞧那该死的牛仔裤！儿子，我知道对你这个时代的小孩儿来说，这一切太过时了，太令人生厌了。但我向你保证，我们被一千五百年的传统约束着，都知道我们在做什么。以前我们都见过年轻的叔叔、姨妈、哥哥、姐姐，表兄妹和远方的堂兄表妹都是从这边敲门进去，从另一边推门出来，穿着西装，披着婚纱，部族的人大声欢呼："利——利——利——利！"为减少制造爱情的麻烦，我们专门设计了一整套办法。

首先，男女双方见面，尽量少说话。其次，如果"一见钟情"，私下里告诉父母彼此的看法。最后，是多项选择：如果双方都说有好感，就会在下次见面时细聊；或者如果两个人中有一个说不，没感觉，没兴趣，就各奔前程，只有在下一次阿拉维派的婚礼上相遇。如果真的发生了这种事，大家都装聋作哑，以礼相待，因为毕竟谁都没有直接拒绝对方……

通名报姓之后，迪玛和我互相看了几眼，埃姆·卡里姆便让女儿们去厨房待着，邀请我跟父亲和阿布·卡里姆一起坐在客厅的一张沙发上。埃姆·卡里姆和母亲坐在我们对面，大声谈论一个名叫埃姆·哈罗恩的女人。她最近和丈夫分道扬镳，带走了孩子和房子。"Sharmouta[1]，"埃姆·卡里姆嘲笑道。

与此同时，父亲和阿布·卡里姆交换了对穆斯林阿拉维派社区的批评意见：

"女孩子们都是半裸的。"阿布·卡里姆说。

"男孩子们喝得太多了。"父亲说。

"孩子们'妈的''妈的'不离口。"

"阿訇们都住着三层楼的房子。"

这样又持续了二十分钟，两个人一边点头，一边拍手打掌，哈哈大笑。我静静地听着他们说话，低着头，双

1　Sharmouta：在阿拉伯语中是"荡妇"的意思。

手放在两腿之间，这也是从那些经常随父母来我家向我妹妹约切维德求婚的年轻人那里学来的相亲之道。我的父母和迪玛的父母已经明白，我们是来自"好家庭"的"好孩子"，所以那天晚上我唯一的工作就是证明我能长时间老老实实坐着，不发牢骚，也不会拉在裤子里。

最后，迪玛端着一个托盘走进客厅，托盘里放着一把黎巴嫩咖啡壶，看起来像一盏精灵灯[1]，还有五个用金色阿拉伯文字装饰的黎巴嫩小咖啡杯。她在她父亲和我父亲面前温柔地弯下腰，说："Itfadalouh"，这是一种正式的说法，意思是"给你"。然后把壶、杯子和一些南瓜子放在我们之间的小咖啡桌上。与此同时，"长颈鹿"汉娜端着咖啡走进客厅，摆在两位母亲面前。

迪玛给我的父亲和她的父亲倒完咖啡之后，转向我，温柔地微笑着用阿拉伯语问："你喝黎巴嫩咖啡吗？"她出生在澳大利亚，我知道她能说一口流利的英语，但在父母面前，我们只说阿拉伯语——也许因为阿拉伯语听起来比英语更花哨，我们都想说自己心目中老祖宗的"高级语言"，从而给父母留下深刻印象。我凝视着迪玛那双绿眼睛，很和气地回答道："嗯，shukraan——喝，谢谢。"我一直把注意力放在她身上，她也一直把注意力

---

[1] 精灵灯（genie's lamp）：阿拉伯故事中，装精灵的瓶子或灯。

放在我身上,她弯着腰,给我倒了一杯浓浓的黑咖啡。

事实是,在那一刻之前,我从未喝过黎巴嫩咖啡。我连白人喜欢的咖啡也不爱喝,但我不想给这个可怜的女孩添麻烦。如果我说不喝,她就得回到厨房给我拿别的东西,比如茶、果汁或软饮料。这样就可以在我、我父母和她自己父母面前把自己塑造成一个受过良好教育、听话顺从、值得尊敬的淑女,将来可以成为一个贤妻良母。她给我倒完咖啡后,回转身,手里拿着空托盘朝门口走去,屁股像肚皮舞演员一样左右摇摆。我必须克制住当着她父母的面儿盯着看她的后背和屁股的冲动。我不想让他们觉得我是个卑鄙小人。他们只想把女儿嫁出去,让她有个归宿,我却完全被她的身体迷住了。这身体或许有一天会生下我的孩子。这是一个非常复杂的"谈判"过程。在我们"恋爱"的这个阶段,迪玛和我不能单独交流,但必须通过这些微妙的互动尽可能多地了解对方,以便决定是否愿意结为夫妻。

迪玛从门口走出去之后,就再没进来。我静静地坐着,看着咖啡渐渐变凉,父亲讲了一个关于伊玛目·阿里[1]的故事——一个伟大的哲学家和战士,先知穆罕默德

---

[1] 伊玛目·阿里(Imam Ali):是先知穆罕默德的女婿和表弟。他也是什叶派穆斯林的第一位领袖,逊尼派穆斯林的第四位哈里发。

的女婿和表弟。穆斯林阿拉维派以伊玛目·阿里的名字命名，我的人民相信，先知穆罕默德于632年去世后，阿里是伊斯兰教的合法哈里发[1]。许多阿拉维派人脖子上戴着伊玛目·阿里的剑，作为对他忠诚的象征。我们相信，这把名为佐勒菲卡尔的剑是穆罕默德送给阿里的，是真主安拉的命令，由天使吉布雷尔带给穆罕默德的。我父亲说："有一次，伊玛目·阿里非常生气，他把佐勒菲卡尔朝地上甩去，如果不是吉布雷尔在剑落地前用手接住它，这把剑会把世界一分为二。"这种关于伊玛目·阿里的故事是部族中年长的男性每次谈话的主要内容。即使以前同样的故事听过不下一百遍，但每当有人开始讲述，在场的所有人都静静地听着，就像第一次听到一样，为唤起了伊玛目的记忆和精神而兴奋。作为一个讲故事的人，父亲寻找一切可能的机会讲述阿里生活中的事件和教义，展示自己对阿里的忠诚。作为听众，阿布·卡里姆以一种沉默的敬畏之情坐在那里，微笑点头，就像在听他最喜欢的童年歌曲一样，以此来展示他对阿里的忠诚。

讲完故事，父亲站起身来，示意我和妈妈该走了。我和父母穿过走廊，走到房子的前门时，一只粗短的手搭在我的肩膀上。阿布·卡里姆从我身后凑过来说："愿

---

1 哈里发（caliph）：伊斯兰教主。

真主保佑，总有一天我会参加你的婚礼。"

回家的路上，妈妈迫不及待地说："姑娘很漂亮，不是吗？平心而论，她是很漂亮。"

"她很漂亮。"我鹦鹉学舌般地说，表示对妈妈的审美标准不以为然。这并不是说我不觉得迪玛长得漂亮，而是我不觉得她比任何不刮腿毛、脸像西红柿的女孩更有魅力，我知道妈妈永远不会理解这一点。

"你不喜欢她？"父亲问道，在休谟高速公路上他尽可能把车速放慢，这样我们就可以探讨这件事情——即使我们在右面的车道上，紧跟在后面的汽车匆忙超车，他也不在意。

"我没跟她说话。"

"她肯定喜欢你，她一直看你的新鞋，"母亲说，"你想结婚前把鼻子整整形吗？"

"什——么？"我大声说，就像被人打了一拳。我知道人们或许认为我这个大鼻子好像断过一样难看，但从来没想到有人会直接站出来建议我做鼻子整形手术，尤其是妈妈。别人都说你丑的时候，最应该站出来夸你的不是妈妈吗？

"如果有问题，而且你有能力解决，那就应该解决它。"爸爸目不斜视，漫不经心地补充道。他竟然好意思让我去给鼻子整形，我这个大鼻子分明是从他那儿遗传来的。他为什么不整整自己的鼻子？当然，问这样的问题是对父亲的不敬。在伊斯兰教中，人们认为鼻子是身体上最可嘲笑的部位。

"两个月后，我们做 Arit Fatiha，然后搞一个 khitby。"爸爸对妈妈说，好像我已经不在他们跟前了。"Arit Fatiha"是诵读古兰经的仪式，真主给迪玛和我祝福，让我们可以约会。"khitby"是订婚派对——你的祖父母已经在计划我的婚礼了。我并没有因此而生气。在我成长的那个家庭里，经常听到父母讨论六个孩子未来的婚姻。我知道这是我们这个部族很典型的习俗。记得在我最小的妹妹阿曼尼出生的那天，母亲还在医院的病床上躺着，就在和姨妈们争论，这个出生才十三个小时的女孩十六岁的时候会嫁给她们家的哪个儿子。可是，从另一方面讲，我觉得这次谈话非同寻常。父母不顾一切，想尽快让我结婚。不等我有机会爱上另一个"外人"，就让我娶妻生子。

家人在各自房间里进入梦乡时，我却彻夜难眠，想弄明白阿布·卡里姆说的那句话是什么意思："愿真主保佑，总有一天我会参加你的婚礼。"他的意思是"恭喜你，你将成为我的女婿"，还是说"对不起，祝你和其他女孩好运"？也许迪玛只看了一眼我这个小个子、大鼻子和喇叭口牛仔裤，就走进厨房，在姐姐面前大哭一场，然后漫不经心地回到客厅，端着黎巴嫩咖啡，挤挤眼，咧咧嘴，向父母发出信号，意思是：不，不可能，我他妈的不可能嫁给他，再过一百万年也不行，我宁愿死，要让我嫁给他，现在就杀了我吧。

第二天一大早，妈妈打电话给埃姆·卡里姆，想弄清楚他们家的态度。站在那里看她拨号的时候，我不由得想起和萨哈拉在她卧室的床垫上摔跤的那些美妙时光。她是我见过的最强壮的黎巴嫩女子，棕色小腿汗毛刺人，大腿像木头一样坚硬。萨哈拉尖叫着，咯咯咯地笑着，想用脚把我推开，我却想把她按在床上，直到谁也不再挣扎。我躺在她身上，两个人都气喘吁吁，紧贴在一起的胸膛不停地起伏。我一直在想迪玛怎么看我，压根儿就没想过自己对她的看法：一个柔软、瘦削、皮肤白皙的女孩，与我仍然爱着的那个女人相比，就像一个一碰就碎的瓷娃娃。

电话刚一接通，妈妈就开始说话。这当儿，我一直在心里和自己争论：她不是萨哈拉！但萨哈拉已经不再是你心里那个萨哈拉！萨哈拉不见了！再也找不到像萨哈拉那样的女孩了！你再也不会像爱萨哈拉那样爱别人了！迪玛就在眼前！她和别的姑娘一样棒！她和别的不是萨哈拉的小妞一样好！就娶她算了！如果她答应了，就娶她吧！至少每天夜里都能有个女人入怀！至少父母会高兴！至少教父会高兴！至少神会高兴！

最后，我把注意力集中在妈妈身上，她把无绳电话夹在左耳和左肩之间，像个喜欢飞短流长的人一样摆弄着大拇指。我仔细听她对着电话不停地"嗯，嗯"着，最后说："Salmo"，意思是"向大家问好"。然后挂断电话，咬着嘴唇，对我不无同情地笑了笑。"嗯——反正那姑娘也不漂亮。"

四

你爷爷开了一个名叫"奇迹之洞"的军用物资处理商店，位于拉克巴的坎特伯雷路。上大学期间，我周末到商店干活儿。提交毕业表格后，就开始在店里全职工作，赚点钱，为以后结婚做准备。父亲每天付给我一百五十元的现金，这对于一个住在家里的小伙子来说相当可观。父母为我支付所有的账单，为我做饭。除了晚上到青年俱乐部[1]训练和读书外，我什么也不做。我最后一次把钱浪费在非常愚蠢的事情上是高中刚毕业的时候，和庞奇博尔男子高中的黎巴嫩同学出去喝酒，回家后吐得昏天黑地，爸爸清理呕吐物时，骂我："真丢人。"从那以后，

---

1 青年俱乐部（PCYC）：是悉尼的一个青年俱乐部。它的意思是"警察和社区青年俱乐部"。俱乐部里有很多拳击馆。

我全身心地投入拳击、学习和商店的工作中。爸爸和任何一个阿拉伯穆斯林一样，自尊心很强。他是个Brown man[1]，年轻时就开始学拳击，深知拳击场能让我保持健康的体魄，远离街头那些小混混。他没文化，年轻时没上过学，但深知学校能使我超越部族里那些自诩为学者的人。作为一个贫穷的Brown man，他来澳大利亚时除了指甲缝里的泥土外一无所有。现在，他每天晚上都感谢真主安拉，因为小生意赚了足够的钱养活妻子和四个女儿，并为两个儿子提供工作。

2008年5月，我从自家的生意中攒下足够的钱支付我的第一辆车，支付大学学费，并最终支付了我的婚礼、蜜月和买房的定金——所有这些都让我成为一个真正的男人。

但爸爸不只是一个真正的男人，他还是一个真正的阿拉伯人。他像五世纪的沙漠商人一样经营着"奇迹之洞"——没有收银机，没有电脑，任何产品上都没有价签。每两个星期，一个名叫沙迪的顾客来买一把三十元的折叠式小刀。沙迪递给父亲一张五十元的钞票。爸爸拿起那五十块钱，打开钱包，掏出二十块递给沙迪，然后把那五十块放进钱包，又把钱包塞到口袋。没有收据，没

---

[1] Brown man：是对有阿拉伯、南美和南亚背景的男性的统称。

有塑料袋，没有退税小票。

商店里很乱——二手背包和睡袋堆在角落里；陆军士兵穿的衬衫、背心、裤子和夹克堆在粗糙的支架台上；数百把猎刀、砍刀、双筒望远镜和指南针堆放在一个油漆剥落的木头展柜里；煤气炉、帐篷、野餐用的比利罐、铸铁罐和餐具散乱地放在混凝土地板上。父亲已经把地板漆成棕色。还有露营用品，包括刀叉和勺子、气垫床修理工具、狗哨和挂在砖墙螺丝钉上的防潮火柴。顾客在架子上、柜子里翻来翻去寻找想要的东西时，经常会被绊倒。我曾经试着把商店里出售的东西整理得有条不紊，但每次刚腾出一个地方，爸爸就会立刻再塞上一件新东西，比如巴拉克拉法帽[1]。在我们拉克巴，像卖羊肉串一样地卖这种帽子。这也正是爸爸喜欢的地方——尽管商店乱作一团，但他总是知道哪样东西在哪儿，做起生意得心应手。三一文法学校正在参加军训的学生一个接一个地进来。他们会问："有钩索吗？"父亲知道那玩意儿就挂在罗盘、一次性雨披和军用迷彩颜料后面的挂

---

1 巴拉克拉法帽（balaclava）：源于克里米亚（Crimea）地区的巴拉克拉瓦（Balaclava）。克里米亚战争（Crimean War）期间，由于气候寒冷，当地居民都戴着这种帽子以保护脸和脖子不受到寒冷和强风的侵袭。后来英军入乡随俗，并且将这种帽子带回英国。巴拉克拉法帽本来仅是供登山运动员和滑雪者在寒冷的天气围戴的羊毛头罩。但后来，其含义得到了进一步的延伸，人们把具有巴拉克拉法帽特征（遮住脸部，只露眼鼻）的头罩，统称为巴拉克拉法帽。

钩上。

父亲和哥哥去和供应商谈生意或者在悉尼街头摆摊设点儿时，我一整天都在照看"奇迹之洞"。大多数顾客都是狡诈的阿拉伯人，他们讨价还价，没完没了，好像爸爸的商店是集市上的地摊。顾客中也有很多屁股窄窄的亚洲人、咖喱人[1]、太平洋岛民。他们进进出出，但没有一个顾客像澳大利亚人那样让我心烦。

周三早上，也就是迪玛拒绝我整整一个星期后，一个名叫卢克、满脸雀斑、红头发、每个月都要换一种新颜色军裤的人走进来，买了一把虎刀。这把刀有三英寸长的不锈钢锯齿刀片和黑色金属刀柄。这个卢克临走之前，那双浅棕色的眼睛直勾勾地望着我。"你有太太吗？"他问。

"我想结婚。"我回答道。那一刻突然意识到，如果迪玛对我感兴趣，我就会用"我订婚了"这样的话来回答他的问题。可是迪玛拒绝了我，尽管我并没有因此而受伤。我想结婚，我相信娶谁都一样，只要她是同部族的人，只需父母不停地提着礼物登门拜访，直到有人答应。

"你想结婚？"卢克嘲笑道，"像你这样健康的年轻人为什么只想着结婚？我像你这么大的时候，只会操

---

[1] 咖喱人：俚语，对有印度背景的人的蔑称。

荡妇。"

卢克的话让我的小兄弟变得蔫头耷脑——我想这状态和他说那番话的目的恰恰相反——但他提出的确实是一个重要问题：我为什么想结婚？从某种意义上讲，我把结婚理解为是对萨哈拉的回应——她让我如此心碎，我拼命地想找个女孩取代她——但是，话说回来，如果部族接受了萨哈拉，我现在已经和她订婚了，卢克会很困惑，为什么我这个年纪的人那么想结婚。就拿庞奇博尔男子高中说吧，我们学校每个黎巴嫩小伙子十八岁之前都和他一模一样，和尽可能多的"荡妇"上床。然而，到了二十多岁的时候，所有人都结婚了。我只能对卢克说："我想，这是我们的文化传统吧，伙计。"

"嗯，昨晚我得到女朋友的处女宝了，"他回答道，微笑着露出一排参差不齐的獠牙，"你知道真正让我心烦意乱的是什么吗？我们做爱的时候，她快乐极了。我心里想，我还以为你是个好女孩儿呢，你这个荡妇。"莫名其妙，是吧，哈利勒？我也是。我知道黎巴嫩男人讨厌女人将他们"拒之门外"，但从没听说过白人小伙子讨厌女人让他们得逞。

同一天，就在我关门打烊之前，又进来一个白人。这个家伙个子不高，脸色红润，就像皮革一样坚硬。他买了一顶宽边迷彩帽。"需要什么东西遮挡遮挡。维多利亚的森林大火太可怕了,伙计。"

我立刻给他贴上典型的丛林袋鼠"斯基普"[1]的标签,鼻音很重,像个傻瓜。每当遇到这种澳洲人的时候,我总是用最没教养的澳大利亚人的口音回答他。"是啊,我们幸运的Oz[2]没有发生真正的大灾难,是吧,伙计?"

"我们到这儿才两百年,伙计,"他反驳道,仿佛这是严肃的学术讨论会,而不是随便开开玩笑,直到他掏钱付款,"还不知道这个国家的婊子会把我们怎么样呢。"

"是啊,但是土著人在这里已经几万年了,不是吗?"我说道。话音儿刚落,就意识到看错了对象。我从六岁起,就目睹了父亲整天参与这种讨论,仿佛那是他自娱自乐的一种方式。但与我不同的是,无论顾客嘴里说出什么屁话,父亲都能随声附和。

这个白人的目光变得犀利而阴沉,就像一个恶魔从他身上掠过。"可是那些土著人在这儿待了那么久,什么他妈的也没干!"

哈利勒,我们是达鲁格人[3]卑微的客人。他们是你出

---

[1] 斯基普(Skip):虚荣贫穷白人的贬义词。
[2] Oz: 俚语,意思是"澳大利亚""澳大利亚的"。
[3] 达鲁格人(Darug):是澳大利亚的一个部落的土著人,共同的语言、牢固的亲属关系把他们团结在一起。他们以狩猎、捕鱼和采集为生,分散在今天悉尼的大部分地区。

生的这片土地传统的守护者，你父亲是个懦夫。我本应该对那个白人说，"当你们这帮乌合之众在树上荡秋千的时候，黑人在这里种地"，但我只是凝望着他冰冷的蓝眼睛，像"众议院阿拉伯人"[1]一样点点头说，"没错儿。"你看，这个小买卖是我们移民家庭的面包和黄油，他是我们的顾客，而顾客永远是对的……

那个白人男人狡猾地对我眨了眨眼，然后走到商店后面，在一堆帽子里翻了半响，终于找到一顶海军蓝的。"伙计，这顶多少钱？"他边问边把帽子戴到大脑袋上。

我本想告诉他我不是他的"伙计"，但却说："二十块。"他毫不犹豫地掏出钱包，递给我两张十块钱的钞票。我把钱放进口袋。就在这时，五个身穿黑色穆斯林服装、棕褐色皮肤的男人走了进来。他们在门口停下来，开始端详左边靠墙摆着的一溜铸铁燃气灶具。他们用母语交谈，语速又快又不连贯。这让我想起高中时的印度尼西亚朋友奥萨马，因为他说母语时拿腔拿调，我们管他叫"金花鼠"。他不甘示弱，管我们大家都叫"沙猴子"。这真的说不通，因为他看起来也像个"沙猴子"。

"这是干什么呢？开他妈的祈祷会呢？"那个白人大

---

[1] 众议院阿拉伯人（House Arab）：由"众议院黑鬼"（House Negro）而来。"众议院黑鬼"指为了讨好白人而背叛本民族的黑人。"众议院阿拉伯人"是指为了讨好白人而出卖其他阿拉伯人和有色人种利益的人。

声说，刚买的迷彩帽在他半边脸投下阴影。他一边骂骂咧咧，一边从那几个人中间挤了过去。印尼人还在互相交谈，不理会那个家伙。最后，他们中的一个转向我，指着一个双环煤气灶，带着亚洲口音说："这个多少钱？"

"五十五块。"我回答道。那五个没留胡子、脸圆圆的男人异口同声地朝我尖叫起来，"啊，太贵了，便宜点！便宜点！打折，给折扣！"

"五十。"我说。

"四十五，"其中一个说道，"就这样吧，四十五。"

他们离开商店的时候，满心欢喜，觉得比我聪明。因为成功地说服我给他们打了十块钱的折扣。然而他们有所不知的是，我从六岁起，就在父亲的商店里学着做生意，一眼就能看出哪位顾客支付全价毫无怨言，哪位顾客会讨价还价，不到最后一分钱决不罢休。碰到这样的顾客，我总是在他讨价还价之前，抬高价格。凡是店里没有标明价格的商品一律加价百分之二十，有时二十五，有时三十。究竟加多少，取决于他们说话的口音。

那天晚上，和周一到周五的每个晚上一样，关门打烊之后，我沿着坎特伯雷路慢跑，经过拉克巴麦当劳，朝贝尔莫方向跑去，然后左转进入伯伍德路。快速跑过"老旧小区"，经过尤库布·阿萨德医生的诊所。自从五千名白人在克罗纳拉骚乱[1]，高呼"黎巴嫩人，滚蛋！"之后，他经常出现在电视新闻节目里，试图缓解阿拉伯人和澳大利亚人之间的紧张关系。接着我跑过一连串的商店，包括一家寿司店，三家韩国烧烤店，一家黎巴嫩炭火烤鸡店，两家由贝尔莫的老派希腊人经营的咖啡馆和坎特伯雷"牛头犬队"专卖店——贝尔莫是"牛头犬队"的地盘儿，这支足球队的阿拉伯人哈兹姆·埃尔·马斯里在2009年足球超级联赛中赢得有史以来的最高分。跑过这家商店之后，我放慢了速度，小跑着经过贝尔莫火车站，最后开始步行，进入贝尔莫青年俱乐部时喘了口气。

自从高中毕业以来，我一直在这里和一个名叫里奥的前职业拳击手一起训练，为参加马鲁布拉南悉尼青年队每月一次的拳击比赛做准备。在此期间，我参加了十五场业余拳击赛，赢了其中的十四场。三年半前，我在第二场业余拳击比赛中输给一个名叫克里斯托弗的亚洲人。他右臂有个耶稣的文身。我不在乎裁判给他多少分，反正那一场比赛结束时，他流的血比我多得多！里奥认为我能取得胜利是由于"天赋"，而不知道父亲从我五岁起就开始教我拳击。那时候爸爸买不起任何拳击器材，

---

[1] 这里是指2005年悉尼的克罗纳拉骚乱。五千名澳大利亚白人在海滩上游行，高呼"不要黎巴嫩人"之类的口号，并对中东长相的人进行人身攻击。

教我阻挡对方击打的方法是不断地拍打我的头，教我出拳的方法是遮住他的脸和肋骨，让我赤手空拳地打他。因此，当我开始训练，轻拳出击、戴着头盔和十二盎司重的拳击手套参加比赛时，我觉得简直就是一场小打小闹的"枕头大战"。最后里奥想把我教成职业选手，但是和所有在贝尔莫青年俱乐部训练的蠢货不同，我是一名大学生，我相信自己有比靠打脑袋谋生更多的选择。

我现在坚持训练的唯一原因是，我相信，作为丈夫和父亲，意味着你需要健康的体魄，使自己成为一个能战胜其他男人的男人。很小的时候，生活就教会我这个道理：第一次是我看到父亲揍了一个留着M形胡子的醉鬼；第二次，就在那件事情过后几个星期，母亲和父亲，还有我们几个兄弟姐妹一起，正在纽敦的一条街上走着，一个留着"骇人长发绺"、面无血色的吸毒家伙朝母亲的脸上咬了一口。爸爸一把抓住他的衬衫，提溜起来，扔进停在路边的一辆车里。那个家伙像蟑螂一样一跃而起，飞快地跑过马路。我记得我在想，求真主安拉，等我长大了，让我成为爸爸那样的人吧。

贝尔莫青年俱乐部的前院是一个篮球场，周围有十英尺高的铁丝网围栏。那里总是有四五个Fobs[1]和希钦

1　Fobs：这是一个俚语，指来自太平洋岛国的人，如汤加人、萨摩亚人和斐济人。

斯先生一起打篮球，这个基督徒我以前管他叫圣诞老人，因为他又胖又善良，是个虔诚的"香草"[1]。

篮球场那边就是大楼的入口，一条长长的走廊通向接待处，还有一条走廊通向举重室和拳击馆。身材魁梧的萨摩亚[2]妇女陶莎·菲亚的胳膊像装满温水的塑料袋，正坐在接待处后面盯着电脑屏幕。"你好，陶莎·菲亚。"我说着，向她出示了我的会员卡，然后匆匆走过。她从电脑屏幕后面迅速探出脑袋，喊道："别再喊我的名字，你这个嬉皮士。我告诉过你叫我奎因·拉蒂法[3]。"

拳击馆里，教练里奥正站在拳击台上，给他训练的另外一个拳击手拿着防护垫。那人名叫齐亚德·塔贝克，是个瘦长的阿拉伯人。里奥低着下巴，喊着基本的组合："一——二！"意思是让他出左刺拳和右勾拳；"一——二——右侧低头避闪！"意思是一记左刺拳、一记右勾拳、一记铲拳[4]，以及另一记打到目标时会像枪声一样响彻拳击馆的右勾拳。"一——二！"里奥大声叫喊

1　"香草"（vanilla）：俚语，表示某人是白人或白种人。
2　萨摩亚人（Samoans）是太平洋中部萨摩亚群岛的民族。该民族共有22.2万人（1978年），其中约有15万人分布在西萨摩亚，3万人分布在东萨摩亚，4万人移居新西兰和斐济等国。
3　奎因·拉蒂法（Queen Latifah）：著名黑人女演员。
4　铲拳（scoop）：铲形勾拳，是一种低位直拳。虽然它的名称里有"勾拳"二字，但是其轨迹呈直线，也就是沿直线向前向上打出。

着，咬紧牙关。齐亚德连打两拳，防护垫噼啪作响，但他的右臂没能及时收回。里奥迅速打出一记左勾拳，正好打在齐亚德的右下巴上——没有太用力，只是轻轻一击，提醒他要时刻保持警惕。

我刚从庞奇博尔男子高中毕业就遇到了里奥。那时候，我想和那些骂我是狗的黎巴嫩人一决高低，因为高中毕业之后，我把他们从我的生活中剔除出去，不再和他们来往。我第一次走进拳击馆的时候，里奥正和一个职业拳击手站在拳击台中央。他从拳击台绳子上俯视着我，就像一头公牛，目光闪闪，眉毛，扁平的鼻子，张开的鼻孔。"什么事儿？"他问。我立刻感受到他的英勇无畏——一个仿佛被锋利的刀雕刻出来的人。

"我想……想学拳击。"我抬起头盯着他，结结巴巴地说。"好呀，废话少说，上场就是了。"

他教我怎样把左脚放在前面，右脚放在后面，这样被击中时就不会摔倒。教我出拳时身体前倾，这样一来就能把浑身的力量都聚集在指关节上。还教我如何闪避、如何倒地、如何旋转。"打呀，打呀，打呀！"他叫喊着，告诉我，只有对着他的脸出拳，才能打出一记干净利落的上钩拳。但他没有喊"上勾拳"，也没有举起防护垫，而是向我的太阳穴打了一记有力的右勾拳，打得我脑袋嗡嗡直响。"挡道的家伙。"他不无嘲讽地说。打了一个回合后,我已经气喘吁吁,胸口好像压了一块铅。"总是要弄明白其中的道理……"里奥一边把他结实的手臂搭在我的肩膀上,一边把我拉到他身边,"油箱里加满油的丰田塔拉戈总能打败油箱空空如也的雷克斯!"

里奥一看到我走进拳击馆,就在拳击台上大喊:"热身,你这个小家伙!"接着,他又朝齐亚德喊道:"一——二!"齐亚德迅速干净利索地打出一记左刺拳,接着又打出一记略显笨拙的右勾拳。

贝尔莫的拳击馆很旧,砖墙开裂,空气中弥漫着一股混合着血腥、汗臭和用旧了的皮手套的难闻的气味。拳击馆的后墙上挂着一排生锈的镜子,供做空拳攻防练习之用。最左边的角落挂着拳击手练习快速出击用的小吊球,天花板上的金属横梁上挂着一套干瘪的拳击袋。

我站在沙袋和举重练习凳之间,在接下来的二十分钟里跳绳——从左脚跳到右脚,再从右脚跳到左脚,绳子在脚下和头顶上翻飞。这是我每天做热身运动的主要内容,一边跳,一边认真观察、研究周围拳击手的一招一式。

奥贝德先生年轻时曾是一名业余轻量级冠军。这会儿,他正和他十七岁的儿子吉姆·奥贝德在镜子前做空拳攻防练习。爷俩都很矮,身高只有五英尺五英寸,肌肉结实、青筋凸显,棕色的皮肤被雕刻得宛如一幅世界地图。

吉姆正在为2012年伦敦奥运会进行训练，一心一意想成为"木头崇拜者"——这是贝尔莫阿拉伯穆斯林对赢得金牌的阿拉伯基督徒的称呼。

在镜子前锻炼的还有乔凡娜，一个脸色苍白的意大利女人。她是唯一每隔几周来一次拳击馆的女人。她躺在水泥地板上做仰卧起坐，就像阿拉伯女孩一样——没有瑜伽垫。乔凡娜穿着肉色紧身背心，腹肌起起伏伏。我加快了跳绳的速度，脚每次跳跃离地面都不超过一英寸。拳击馆里有她，就会制造出一种特别愚蠢的紧张气氛。不仅因为她是一个女人，还因为她金发碧眼，虽然很瘦，但乳房特大，就像吃了激素的奶牛一样。你可以看到所有男人都在看着她，尤其是她在拳击台上和里奥一起跳来跳去做防护和击打的动作时。我也被她硕大的乳房深深吸引，常常想倘若我的脸贴在她的胸膛，会是什么感觉。但和周围其他拳击手不同，我总是太害羞，不敢让人看出我在注意她高耸的双乳。六个月前，乔凡娜来拳击馆的第一个晚上，让我教她如何缠绷带[1]。我把她干燥的双手绑成两个白色的拳头，我不敢直视她，一直盯着地面。

---

[1] 拳击运动员在戴拳击手套时，里面还会缠绷带，尤其是训练的时候，主要的目的是保护手腕和手关节。

我来回走动，目光转向在武术家李谭指导下练习击打沙袋的三个亚洲人。吊在房梁上的绳子噼里啪啦、噼里啪啦地响着，就像我在用手击打那几个拳击手，皮条宛如瘦弱的胳膊，手上套着十六盎司的笨重手套，击打沙袋。李先生原本是一名跆拳道大师，他手下所有的选手都是越南人——至少我是这么认为的。实际上他训练的是来自不同国家的亚洲人，但我永远分不清越南人、中国人、日本人和除黎巴嫩人以外的其他"nese"[1]的区别。当然，这是种族主义，但话说回来，李先生的拳击手也分不清黎巴嫩人、叙利亚人、约旦人、伊拉克人、沙特人和巴勒斯坦人，他们管我们大家都叫"黎巴嫩人"。他们甚至认为里奥是"黎巴嫩人"，实际上，他是希腊人，兄弟。

我在原地跳绳，加快到冲刺的速度。我感觉到身后那几个动作迟钝的太平洋岛国人一个接一个打吊球，动作猛烈而迅速，就像一支军队在向拳击馆进攻——我能听到那个太平洋岛国人没能控制住吊球，球从手中滑出来，下一个太平洋岛国人接着打。手套与防护垫和沙袋碰撞的声音在拳击馆回荡，我的心在胸口颤抖，手腕旋

---

[1] "nese"：中国人（Chinese），日本人（Japanese），黎巴嫩人（Lebanese）都以nese结尾，故有此说。

转,胳膊肘绷紧,脖子伸长,额头上点点汗水闪闪发光。我现在跳得飞快,足可以来个"双摇",绳子嗡嗡嗡地响着,双脚落地时,绳子已经在头顶盘旋了两次。这样跳了十秒钟,二十分钟的热身就结束了。我停下来,双脚最后一次重重地落在地板上,绳子从身边垂下来。我大口大口地喘着气,发现一个越南人正盯着我看。"跳得真快,黎巴嫩人。"他说,然后朝沙袋下半部分重拳出击,打出一连串小坑。

回到拳击场上,齐亚德已经完成了他和里奥的防护训练,健壮的长胳膊耷拉在拳击台的绳上,噘着嘴对我说,"喂,老伙计,想打几个回合吗?"

齐亚德和我第一次"打几个回合"是在三年前。他比我高得多。跟我站在一起就像罗威纳犬[1]遇见矮小的比特犬。两分五十秒的时间里,他用勾拳猛击我的头部和肋骨,但都被我用右手挡了回去。然后用左手顶着他的下巴反击。这一手我是从穆罕默德·阿里[2]那里学到的。我看过他和乔治·福尔曼[3]一百多次比赛。前八个回合,阿里

---

[1] 罗威纳犬(rottweiler):一种德国古老犬种,属于十分优秀的护卫犬,个头很大。
[2] 穆罕默德·阿里(Muhammad Ali,1942—2016):美国著名拳击运动员、奥运冠军、外交官,享有"拳王"的美誉。
[3] 乔治·福尔曼(George Foreman,1949—):美国职业拳击手,被认为是世界上最好的重量级拳击手之一。

一直站在拳击台上，回击大乔治一次又一次的攻击。而大乔治之前和别人比赛的时候，不到三个回合就把对手都干掉了。最后，阿里趁福尔曼精疲力竭，连连出击，将他打倒在地。然后，他的肩膀抽动了一下，考虑是否打出最后一拳，但他选择了不打，因为他意识到，这一拳打出去会破坏他——一个战无不胜的选手可以跪倒在全世界面前的完美形象。但我不是穆罕默德·阿里，在这一回合的最后十秒钟里，我已经筋疲力尽，一直吃肯德基和麦当劳毒害了我的身体，我把屁股从齐亚德身上扭开，头垂在绳索之间，深吸了一口气。就在那一刻（只需要片刻的时间），齐亚德十分凶猛地向我扑过来，就像对付一棵树一样，十二盎司重的手套打在我的肋骨上。我像沙袋一样倒了下去，肺里的空气仿佛瞬间完全被吸走了。我试着吸气，但却吐在拳击台上——两片原汁原味的鸡肉、热薯片、土豆、肉汁和凉拌卷心菜像腹泻一样从我嘴里喷吐出来。我继续呕吐的时候，里奥叫正在拳击馆里的人都过来观看。"瞧，如果你把自己的身体当屁股一样对待的时候，就会发生这种事！"

那是我唯一一次倒在拳击台上。

"好呀，来吧。"我对齐亚德说。在接下来的三轮比赛中，每轮三分钟，休息三十秒。他用右拳打我的脑袋，我用左拳回击，打他的下巴。心怦怦直跳，汗流浃背，但从未放松过警惕。齐亚德快速出击,打了我一个左刺拳,我从右边滑了过去。他不失时机,朝我打了一个颇有力度的右勾拳,把我的左手手套压到我的脸颊上。我眨眨眼,仿佛倒在萨哈拉的床上。我想把她的胳膊按在床头板上,她笑着,扭动着,把枕头堵到我脸上,尖叫着,"狗,兄弟,狗。"直到我们笨手笨脚地依偎在一起,亲吻起来。我睁开眼睛的时候,放松了警惕,齐亚德在我的头上至少打了四拳。我的鼻子被打破了,但我对疼痛已经完全麻木,什么也感觉不到,只是觉得少了什么东西,就像乳牙从牙槽里拔出来那一刻的感觉。

"别他妈的打了,狗屎堆!"里奥朝我尖叫,我把双臂锁在齐亚德的双臂之间,下巴顶在他的肩膀上,想要阻挡他。"别再说什么狗屎堆了!"我咕哝着对教练说,血从护口器里飞溅出来,"没有别的屎,全他妈的是狗屎,狗屎。"

夜深人静的时候,我跑过完全用混凝土建造而成的前院,跑过守卫家门的两只石狮子,走上台阶。每一级台阶都用修正液写着"黎巴嫩人的规矩"。我径直走进敞开着的前门。走廊左边挂着一幅写着安拉的九十九个名字[1]

---

[1] 安拉的九十九个名字:《古兰经》中安拉指的是真主。穆斯林没有真主的图片或图画,所以他们在客厅里挂着用阿拉伯语写的真主安拉的名字。

的字画，右边装饰着一座清真寺形状的钟。空气中弥漫着肉糜、炸大蒜和洋葱的味道。走廊的尽头是两间主卧室：我的卧室在右边，父母的房间可以俯瞰阳台。

再往下是浴室和约切维德的卧室，奶奶去世前，和她一起住在这间屋子里。我听见爸爸妈妈、兄弟姐妹和电视里的足球解说员都在走廊尽头的客厅里为哈齐姆·埃尔马斯里欢呼。这幢房子另外一边是父亲十年前扩建的房子，里面有一间洗衣房和一间阳光房。阳光房已经旧了，现在改造成三个最小的妹妹露露、阿比拉和阿曼尼的大卧室。与扩建部分相连的还有我哥哥比拉尔的房间，里面除了一张床、一个衣柜和锻炼身体用的举重练习凳之外，什么也没有。

我一进家门就来了个急转弯，快步走进我的房间，一眼就看见桌子玻璃板上有一个A4纸的信封。里面是我的学位证书，一张厚厚的纸，上面印着银光闪闪的西悉尼大学的校徽，校徽的图案应该是代表一只凤凰。还有大大的黑体字"巴尼·亚当"和"文学学士"。毕业证是由校长、副校长和一个所谓学术登记人签署的。日期是2008年4月25日。我的第一反应是把毕业证拿到客厅和家人一起分享我的快乐，庆祝我是"亚当之家"第一个获得学位的人。但是嘎吱嘎吱地打开卧室的门时，听到一万名观众的欢呼和评论员的尖叫声："他的脚伸到他两腿之间了","没人能像他那样熟练地抓住滑溜溜的球","他在他体内,他一直在体内"。我想起罗兰教授在课堂上读D. H.劳伦斯的《恋爱中的女人》选段。那门课叫"性与文本性"。一个全裸的男人与另一个全裸的男人摔跤,穿透他,一个人融入另一个人,巧妙地征服他的身体,以死灵法术迅速抓住他肉体的每一个动作,转化它,抵消它,犹如一阵狂风玩弄他的四肢和躯干。罗兰教授建议把这本书命名为《恋爱中的男人》,全班同学和他一起哄堂大笑。但我知道,绝不可以和家人一起嘲笑橄榄球联盟,说他们就像所多玛和蛾摩拉[1]一样,同性恋"泛滥成灾"。我仿佛已经听到父母气得发疯,指责我腐蚀了我的小妹妹们:"你为什么把这些肮脏的思想带到我们神圣的家?"

为了纪念这一时刻,我关好卧室的门,决定把这个消息告诉生命中唯一能理解我的人:一个精神不正常的同性恋。他是希腊人,名叫巴基。我给他发了一条短信,上面写着:刚收到文学学士学位证书,兄弟。十秒钟后,他回我短信:欢迎加入俱乐部。我们可以用文学学士学位证书擦屁股。我打开衣柜放内衣的抽屉,把证书塞到十条

---

[1] 所多玛和蛾摩拉(Sodom and Gomorrah):淫荡的地方,罪恶之城,一个到处都是性行为不道德的人的地方。根据《圣经》的说法,这两个城市在亚伯拉罕的年代就已经消亡。

黑色游泳裤下面。狗屎。都是狗屎。

五

我每天都在帐篷、睡袋、移动厕所和防蛇咬工具包之间忙来忙去做生意，脑海里却回荡着击打小吊球的响声。每天如此，直到站在拳击馆的水泥墙前，让小吊球撞击我的拳头。星期四晚上，哥哥五点半就来了，接替我，上晚班。他看上去像一朵云，结实的胸膛、粗壮的肩膀凸显在白色紧身背心外面。接下来的三个半小时里，他会在没有顾客买东西的时候做肱二头肌弯曲和肩部按压的动作锻炼身体。我把健身包背在背上，径直朝门口走去。比拉尔问："你去哪儿，兄弟？"这个问题显然多余，我要去的地方他心知肚明。过去四年里我每晚都去，有时候他还和我一起去练习。里奥为他举起防护垫时，拳击馆里的人都会把头转过去看。因为他出拳击打的声音比任何别人都响亮，都有力。"贝尔莫。"我说，走上坎特伯雷路，一队摩托车隆隆驶过。哥哥在我身后打了个嗝，"不管你怎么练，兄弟，我还是会把你打晕。"

慢跑十分钟后，我便来到贝尔莫青年俱乐部的入口处。走近前台时，我在健身包里摸索着，发现一个白人女孩正坐在"奎因·拉蒂法"的座位上，在电脑上打字。

"我是来训练的。"我一边对她说一边拿出会员卡。

她慢慢地抬起手，从我手里拿过来，我们彼此对视着。我注意到她的鼻子左边有一个小肿块。她开始查看会员卡。"原先在这儿工作的那个大块头女人哪儿去了？"我问她。

"嗯，她回萨摩亚[1]去了。"女孩说。我喜欢她回答问题前"嗯"一下的样子，好像不好意思告诉我，她抢了一个Brown woman[2]的饭碗。

"我是巴尼·亚当。"我对她说，"我这个人爱说话，所以从现在起可能会对你唠唠叨叨。"女孩点点头，什么也没说，只是把会员卡还给了我，然后又回过头盯着她的电脑打字。

我走进空荡荡的拳击馆，吸了一口气。拳击台弥漫着昨晚的血、汗和鹿皮手套的气味。练习拳击用的袋子像倒挂的死牛。现在是差十分六点，再有十分钟，棕色皮肤的教练、棕色皮肤的职业拳击手和业余拳击手就会到达。今晚的比赛很特别，因为普通民众，主要是年长的白人承办者想借此机会发现下一次比赛的冠军，或者下一个冠军的受害者，所以都来观看这一系列的对练比赛。

1　萨摩亚（Samoa）：南太平洋中部群岛。
2　Brown woman：是对有阿拉伯、南美、太平洋岛国和南亚背景的女性的统称。

第一场比赛是在两个太平洋岛国人之间进行的——一个是萨摩亚人，个子矮，壮得像公牛。另一个是汤加人，又高又瘦，活像后腿站立的巨蜥。两人各显其能，疯狂地打了三个回合。站在下面的拳击手、教练、承办人、看热闹的人自然是男人多于女人，乱哄哄地叫喊着，瞎出主意："打呀——操——打——傻逼——低头——弯腰——左刺拳——滑——狗屎——快打——快打——听我的！"比赛最后，三位裁判一致做出决定：矮个子太平洋岛国人获胜。我以前从未见过这三位裁判，他们坐在拳击台一张搁板桌子前面，脸色苍白。

接下来是李先生训练的一个瘦削的越南拳击手杜克和来自苏丹的名叫埃德斯的小伙子之间的比赛。埃德斯同样瘦削，但是个肌肉发达、青筋毕露的小青年。埃德斯虽然年纪不大，但已经让人难以置信地参加了一百二十七场业余比赛，将于今年晚些时候成为职业拳击手。九个月前，我在南悉尼青年队的第十二场业余比赛中遇到了埃德斯。他告诉我，在非洲时，父亲让他和哥哥每天晚上为晚餐而打架——胜者吃，败者饿。我对埃德斯说，这个故事延续了种族主义者对黑人的刻板印象，他回答说："拳击种族主义者。白人看着黑人自相残杀。"

埃德斯是一名坚韧犀利的拳手，他向李先生训练的那个小伙子迅速逼近，把他压在绳索上，不给他任何移动的空间，用刺拳和上勾拳准确而有力地打了他整整两分钟，直到李先生用母语尖叫了几声，听起来像是骂人，然后认输。

第三场比赛进行时，里奥和我坐在拳击馆后面的一张木凳上。里奥给我的手缠上了绷带。潮湿的空气中传来十二盎司重的手套相互击打的声音、拳击台上两名拳击手的咕哝声，以及站在拳击台旁边观看比赛的男人和男孩们无情地尖叫："他妈的，把他的心挖出来！"平常和里奥在一起，面对的都是瘀青、骨折、割伤和红肿，此刻是我和他在一起最温馨的时刻：他静静地坐在我面前，呼吸平稳，给我的手包扎绷带时，眼睛盯着指关节，每个指关节之间都有深棕色的老茧。白布条在我的左手掌上绕了三圈，我什么也听不见，只觉得萨哈拉在哼《我的女孩》那首歌。白布条在我的左手腕上绕了三圈，萨哈拉和我躺在俯瞰格莱贝岛大桥[1]的草地上时，我什么也感觉不到，只有冬日的阳光照在脸上。白布在我的食指、中指和小拇指之间滑过，萨哈拉洗完澡，坐在客厅里在我

---

[1] 格莱贝岛大桥（Glebe Island Bridge）：是一座被列入国家遗产名录的废弃的路桥，位于澳大利亚新南威尔士州悉尼市地方政府区皮蒙特市的市中心悉尼郊区。这座桥通过公路将罗泽尔和皮蒙特连接起来，是澳大利亚和世界上仅存的此类摇摆桥之一。

的身边看《人人都爱雷蒙德》[1]时,我能闻到她湿淋淋的头发上的肥皂味儿。里奥接着包扎我的右手,缠完绷带之后,他用白色胶带固定住我的双拳,然后戴上红色拳击手套,系好带子。最后,用胶带把手套的整个手腕都绑在一起,这样我的手除了击打另一个人,就不能再做任何事了。

两名拳击手,一个长得像阿拉伯人,另一个看起来像《嬉戏者践踏者》[2]中的光头党,满嘴是血,正要离开拳击台。里奥和我站起来,朝蓝色的角落走去。"你确定不需要凡士林吗?"里奥问。

"今天晚上不用。"

"我是说你的头。"他回答,把护齿套塞到我的嘴里。他打开绳子,对我咝咝地说,"我知道你们大学男生喜欢同性恋,但别在这里装腔作势。"过去的四十八个月里,我一直是里奥训练的拳手,每场比赛前,他给我的所有建议都是建立在恐同症[3]和反智主义基础上的。但他从未

---

[1] 《人人都爱雷蒙德》(*Everybody Loves Raymond*):哥伦比亚广播公司(CBS)出品,迈克尔·莱拜克和雷·罗马诺联合执导的电视喜剧,由雷·罗马诺、帕翠西亚·希顿等主演。该剧讲述了纽约一家体育报社的记者雷蒙德·巴龙的人生故事。
[2] 《嬉戏者践踏者》(*Romper Stomper*):是1995年澳大利亚出品的系列电视剧,此处指这个电视剧中的人物。
[3] 恐同症(homophobia):对同性恋者的憎恶或恐惧。

冒犯过我。

在大学的三年里，到处都是富有的白人学者，他们说"种族是一种社会结构"之类的话。我渴望在庞奇博尔男子高中时孩子们的"方言"。那时候，在同学们嘴里，男人都是"同性恋"，女人都是"婊子"。

走进拳击场之后，我接近了我的对手——一个名叫潘尼的本地阿拉伯人。我注意到这个名字和我的名字非常相似。潘尼长得也和我一模一样：橄榄色皮肤，卷曲的黑发，目光坚定的黑眼睛，浓密的眉毛连在一起，挺大的塌鼻子，个子细长，五英尺七英寸高。

站在我和潘尼之间的是裁判奥贝德先生。他很快宣布了这场比赛的规则。"好了，孩子们，我要一场干净利落的比赛，不要拖泥带水……"等等，等等。这些话我听了太多次，已经充耳不闻了，就像我不再听空乘人员在起飞前讲解安全程序一样。那时候我只坐飞机去过墨尔本，定期去拜访妈妈那边的家人——她的父母、兄弟姐妹和几十个侄子侄女。因为那儿有很多阿拉伯人，所以我直到十几岁的时候才明白"墨尔本"和"黎巴嫩"的区别。那时候，从悉尼到墨尔本的短途飞行对我来说比拳击比赛更伤脑筋。记得走回我的角落时，就像在自动驾驶仪上一样，机械而没有灵魂。

"用刺拳、勾拳、上勾拳，别他妈的手软。"里奥情绪激动地对着我的耳朵说，一股巨大的热浪"脱口而出"。虽说他是在"耳语"，声音却大到足以让拳击馆里的其他人都听到，目的是恐吓我的对手。

第一轮比赛的铃声响彻了整个拳击馆，拳击台下立刻传来一阵尖叫："打倒他，巴尼！"或者可能在喊："打倒他，潘尼！"我举起拳头挡住下巴，全速朝年轻的阿拉伯人扑去，左拳连击，每一拳都打在他的鼻子上。"狗！"他隔着牙套含混不清地说，好像我的耻骨区陷进了地里。那一刻，我被萨哈拉的笑声惊呆了，她用枕头压住我的脑袋。我放下双手，目光越过潘尼的蓝色皮手套，直勾勾地看着他的小黑眼睛，希望在那里找到萨哈拉，等着我扑到她身上。潘尼的一字眉抽动了一下，打出了两拳，一记左勾拳打在我的左脸上，我顿感视线模糊，接着一记右勾拳正好打在我的左眼上。我两腿一软，倒在地上，像一块融化了的黄油。奥贝德先生在我头上弹了弹手指，萨哈拉歇斯底里地大笑起来。不到二十秒我就被打昏了。没有痛苦，浑身麻木，一动不动。

我站在拳击馆淋浴房冰冷的水流下，等那群男人和男孩儿四散而去，等浮肿的眼睛渐渐消退后，才关掉水龙头。

我穿好衣服向门口走去，除了接待处那个白人女孩，所有的人都已经离开大楼。只有她仍然坐在柜台前，眼睛盯着电脑屏幕，手指大声敲打着键盘。突然，她的手指停止敲打，抬起头，只看了我一眼，就完全呆住了，好像突然想到了死亡。

我想睁开左眼，但眼睑抽动着，觉得又肿了起来。我盯着目瞪口呆的白人女孩，问道："怎么了？"就像嘴里塞了个巨无霸汉堡包。

她一动不动地盯着我，半晌才眨了眨眼睛说："疼吗？你那只黑眼睛。"

哦，安拉，最仁慈的安拉——我多么希望眼睛疼，希望感受到你赐予我的东西，而不是你拿走的东西！"不疼，"我回答，然后用手指着她，又说，"跟你有什么关系？"

我并不想表现得这么咄咄逼人，但总是怀疑那个白人女孩的目光——她注视我时看到的东西。尽管这个白人女人的态度很温和，但她已经多次让我觉得这个女人不能信任。她的言谈话语充满了审视和评判，她会毫不犹豫地把我从她那辆时髦的RX-7跑车上扔下。我上大学第一年的时候，有一次去自助餐厅，在旁边书店入口处的书架上看到一本名为《青年、种族与邪恶》的书。这本书的封面是两个橄榄色皮肤、浓黑的眉毛、浓密的黑发和大歪鼻子的男孩的脸部照片，副标题是：震惊澳大利亚的残忍的轮奸案。我立刻拿起一本，径直走到柜台前，迫不及待地想读这本我看到过的唯一一本封面上画着长得像我一样的人的澳大利亚小说。这时候，一个长着一双明亮的蓝眼睛、一头银色直发、皮肤干燥的中年妇女从我手里拿走那本书。"我读到你们对那些女孩做的事情时，哭了。"她边说边扫描条形码。你看，哈利勒，如果那个白人女人在我们其中一个身上看到了强奸犯，她就在我们所有人身上看到了强奸犯。但至于青年俱乐部的那个白人女孩，我还没弄明白她刚才看到了什么。"告诉我……"我追问她，"你为什么对我的黑眼睛感兴趣？"

她耸了耸柔弱的肩膀，咬了咬暗粉色的嘴唇。"听着，真的很抱歉，"她回答，"我不应该这么多管闲事。"

问题是，我根本不觉得她在多管闲事，只是好奇而已。我也很好奇。我们只是语言不通。她说话像个嬉皮士，而我说话像个沙猴子——这是否意味着我们无法进行连贯的对话？

白人女孩收回下巴，手指又回到键盘上。我突然想到，我可能会让她感到不安全——如果我从大学书店那位女士的谈话中学到了什么的话，那就是像我这样的男人很容易让白人警惕。我很快开始寻找一个能让那个白人女孩放下心来的问题。她的职责只是更新拳击馆会员的资料，可是仔细观察，我注意到她正在输入一个比那些资料长得多、深思熟虑得多的句子。"你在写什么？"

我问。

她咬着嘴唇，皱了皱眉头，说："嗯——嗯——嗯，他们说，没事儿的时候我可以写硕士论文。"

为什么说这么多"嗯"？我想。是不是因为被别人发现没有做"本职"工作而感到尴尬？

"我也写作，我喜欢写作！"我迅速回答，让她知道，我和贝尔莫青年俱乐部的其他傻瓜不同，她和我可能有共鸣。但是我突然意识到，这话从自己嘴里说出来，听起来一定可怜巴巴、是一种缺乏安全感的表现。这个白人女孩似乎比我受教育的程度高得多。她可能生长在一个澳洲英国侨民中产阶级家庭。在那样的家庭，接受良好的教育，能写会算天经地义。她嘴角露出一丝微笑，仿佛觉得我很讨人喜欢，用甜美的声音说："你写什么？"

直到那时我才意识到我在撒谎——我没写什么，没有再写。自从萨哈拉删掉了逗号，再也没有任何理由把它放回去了。"没什么特别的，"我对她说，"但我确实上过大学。"

"哦，好吧，"她回答道，点点头表示赞同，笑容依旧，"你都学了些什么？"

"都是些没用的玩意儿，"我板着脸回答，"你看，我的家庭无法接受我所受的教育，这让我十分沮丧，而我对我所受的教育被粉饰也感到不满。在我们的核心单元阅读材料中，课程协调人韦斯特教授给我们介绍了苏格拉底、柏拉图和亚里士多德，完全忽略了为欧洲文艺复兴奠定基础的阿拉伯和穆斯林哲学家，直接读到了但丁、马基雅维利、康德、黑格尔、卢梭、伏尔泰、福柯、尼采、斯宾诺莎、弗洛伊德和马克思。不久之后，他的同事，也叫韦斯特的教授注意到了性别差异，她修改了单元读本，纳入了劳拉·巴西、西蒙娜·德·波伏娃、玛丽·沃斯通克拉夫特、汉娜·阿伦特和玛丽·安·埃文斯的作品。"

白人女孩的微笑消失了，她的蓝眼睛吸引着我。我相信她所受的教育绝对没有让她做好准备，去面对一个夹在阿拉伯人的无知和白人的傲慢之间的阿拉伯穆斯林。"你叫什么名字？"我问，向门口后退着。

"奥利。"她回答。

"奥利，"我又说了一遍，"怪怪的，因为……是外号，对吧？"

她面无表情地望着我。"差不多……"

我傻笑着，说："好吧，再见，'奥利差不多'。"转过身，蹦蹦跳跳地穿过走廊，贝尔莫夜晚闷热的空气扑面而来。突然间，眼睛痛了起来——一种尖锐的刺痛，就像脸上的骨头被木槌砸了一下。终于感觉到了什么。愿赞颂归于安拉[1]。

六

我被介绍给迪玛三周后，关于她父亲阿布·卡里姆的故事在悉尼各大报纸上占据了头条。他负责把残疾儿童从学校送回家，这是他驾驶的那辆公共汽车服务项目的一部分。在十九个不同的场合，他性侵了一个什叶派聋哑女孩。那孩子总是最后一个下车。新闻报道称，公交服务部门的视频显示，他咬她的耳朵，捏她的胸部，把手伸进她的裤裆。父亲笑着开车送我去阿布·阿里家。"看看真主安拉多爱你，"他说，"阿布·卡里姆差点儿成了你的岳父。"

我们去阿布·阿里家，是为了见他的女儿泽娜·卡纳安。父亲开车的时候，我静静地坐着，想着迪玛。如果当初她同意再见我，她现在已经是我的 *fiancée*[2] 了。现在她父亲名誉扫地，未来被彻底摧毁，部族里的人很快就会疏远她和她的家人，男人大概率不会再去向她求婚。如果她预料到这样的命运即将来临，或许就会同意嫁给我——这是她逃离的最后机会。我为她落入这种境地而

---

[1] 出自《利雅得圣训集》(17: 111)：一切赞颂归于安拉。
[2] *fiancée*：法语，未婚妻。

难过，但同时又觉得，这都是她自己的错，她认为自己太好了，我配不上她。尽管她父亲犯了罪，但在部落里，我是少数几个依然会娶她为妻的年轻人之一，不希望她再为任何男人倒一杯黎巴嫩咖啡。但一切都太晚了，迪玛不能就这样收回自己的决定。而且即使她能，我父亲也绝不会接她父亲的电话。即使他愿意，我母亲也已经为我安排好了另一个女孩，现在我就站在她的家门口……

阿布·阿里家的前门漆成金色，仿佛是通往古埃及人坟墓的入口。门打开了，泽娜站在我和爸爸面前。她穿牛仔短裤，露出两条被太阳晒黑的粗壮的大腿，黑背心紧紧箍着高耸的乳峰，黄褐色的头发用发夹夹着，在头顶盘了个发髻。看见我，她的小眼睛立刻睁大，目光紧紧地盯着我的眼睛，既震惊又尴尬。我以前见过这个女孩——她是庞奇博尔的"ganga[1]"，自称桑迪，高中时至少和我八个阿拉伯穆斯林同学有过关系。男孩们会在庞奇博尔车站接她，带她去班克斯敦电影院，跟她打一炮，然后把她的手机号码传给别的男生。有三次，我和一个朋友坐在一起看电影，虽然我极力把注意力集中在银幕上，但难免因他们二位的过分亲热而心猿意马。还有一次，我的朋友赛凯——他妈妈是白人，爸爸是黎巴嫩

---

1 ganga: 荡妇的意思。

人——但是跟你一点儿也不一样——因为我请他吃了肯德基，赛凯觉得应该慷慨大度一点，从美食广场到电影院去见桑迪时，他问我："被我干完之后，你还想和她继续交往？"

请不要因为我的这些伙伴而恨我，哈利勒。你是庞奇博尔男孩儿，除了庞奇博尔男孩，你能和谁一起玩儿？我的交友范围只有这三百个阿拉伯穆斯林。大家的"宏伟蓝图"都一样：上高中的时候，尽可能多地结交"荡妇"。高中毕业后，去黎巴嫩旅行，娶个处女。但我对这些不感兴趣；我感兴趣的是莱拉·海米夫人，当她走到英语走廊[1]时，故意背诵《洛丽塔》[2]里的台词给她听："这是一见钟情，一见钟情，永生难忘的一见钟情。"

在整个拜访过程中，泽娜·卡纳安静静地坐在父亲身边，明亮的棕色眼睛直勾勾地看着客厅绿色地毯上那条长长的裂缝。我想，她一定怕我告诉她父亲，他的女儿是个十足的荡妇。可我呆呆地坐在那儿，听他用阿拉伯语大谈飞短流长的罪恶。"安拉告诉我们，背后中伤就

---

[1] 英语走廊（English corridor）：指高中教英语课的教室走廊。
[2] 《洛丽塔》（*Lolita*）：又译为《洛莉塔》，是俄裔美国作家弗拉基米尔·纳博科夫创作的长篇小说。该书叙述了一个中年男子与一个未成年少女的恋爱故事。小说最初未获准在美国发行，于1955年首次被欧洲巴黎奥林匹亚出版社出版。1958年终于出版了美国版，作品一路蹿升到《纽约时报》畅销书单的第一位。《洛丽塔》已被改编成电影。

像吃死去的兄弟的肉。"他用紧张而愤怒的声音说。他长得像杰克·尼科尔森[1]，六角形脑袋，阴险的笑容，头发的形状像魔鬼的犄角。"Ameen[2]！"父亲大声说——他对穆斯林经文一直很着迷。也许阿布·阿里之所以向我们宣扬"飞短流长的罪恶"，是因为他听说了女儿的性行为，并试图让我相信那都是谣言。我真希望能告诉他，他和他的女儿没什么好担心的，我不打算揭发泽娜·卡纳安。我认识她，就像她认识我一样，都是可耻的。我该对她父亲说些什么？难道说，我曾经坐在你女儿身边，而她在舔我朋友的生殖器？阿布·阿里继续说话时，我不停地点头。他说的是——你去麦加朝圣时，所有的罪恶都被洗清了。我的目光聚焦在他脑袋上方的挂毯。挂毯上用金线织着阿拉伯语的"伊玛目·阿里"。我不知道伊玛目·阿里想不想让我娶泽娜·卡纳安。或者他会不会更愿意为我选择一个不信教的人，这个人怕难为情，不愿与窥视的眼睛分享他的剑……

到那时，我已经在青年俱乐部见过那个白人女孩八次了。每次训练之前，我都把健身卡放在柜台上，她瞥一眼，说："巴尼·亚当。"我从她手里把卡拿回来，两个

---

1 杰克·尼科尔森（Jack Nicholson，1937—）：美国演员、导演、制片人、编剧，奥斯卡金像奖获得者，布朗大学艺术荣誉博士。
2 Ameen：穆斯林祈祷结束时说的话，意思是"诚实""忠诚"。

人的手指碰了一下，回答说："'奥利差不多'。"训练结束后，我蹦蹦跳跳从走廊走过，在柜台前停下来说，"再见，'奥利差不多'。"她会停止打字，静静地盯着我，好像在考虑要不要告诉我她的真实姓名，但最后，只是叹息一样哼了哼鼻子。我盯着她，身子探过柜台，欣赏她的穿着打扮：普普通通的长裙垂在帆布运动鞋上，半旧的长袖开衫，领口开得很高，只露着脖颈儿。我赞赏她打理头发的方式——根本就不打理——满头秀发散乱地垂在肩膀，好像早上一睁眼就有更重要的事情要操心。

开车回家的路上，父亲问我是否有兴趣再见泽娜·卡纳安。"不，她连看都不看我一眼，"我说。

"所以你想要一个喜欢盯着你看的女孩？"爸爸非常严肃地问。

我摇下窗户，一股冷空气扑面而来。"差不多吧。"我喘着气说，"差不多。"

接下来，我开车送母亲去她堂妹的堂妹埃姆·阿卜杜拉家。这个女人是阿拉维派酋长阿布·阿卜杜拉的遗孀。他十年前因脑血栓去世，在吉尔福德留给妻子和孩子一幢旧房子。这座房子坐落在两幢双层砖木复式楼房之间。埃姆·阿卜杜拉只有两个孩子，丈夫去世后，她失去了阿拉伯人生育六个孩子的机会。从她的名字，我知道她有个儿子叫阿卜杜拉，还有个女儿叫扎伊纳布。母亲打电话给埃姆·阿卜杜拉表示想去拜访时,她同意和我见面。因为这家没有男主人,爸爸决定不参加这次拜访,让妈妈出面撮合这门亲事。

埃姆·阿卜杜拉家门口两边也有两个石狮子。她一开门就对我说:"扎伊纳布在后院,去跟她打个招呼。"这和我之前去过的那两家大不一样,充分证明穆斯林女性在没有男人主事的情况下如何处理家务。

我走过那座老房子,里面铺着地毯,紫色的墙纸已经剥落,墙上的相框里镶着几张照片,照片上是一个黄皮肤男人,留着小胡子。我估计这个人就是阿布·阿卜杜拉。在大多数照片中,他都是独自一人站在拥挤的道路和看起来像贝鲁特[1]的大街两旁建筑物前,但是在一张挺特别的照片中,他站在门前台阶两面的石狮子中间,怀里抱着两个头发毛茸茸的小婴儿。

家具也很旧,经历过岁月磨蚀、风吹雨打的客厅里,挂着花窗帘,椅子木头扶手上雕刻的也是花卉图案,一台笨重的黑白电视机,形状像纸板箱。失去丈夫的年长的穆斯林妇女过的就是这种日子。丈夫一死,便失去经济来源。我立刻开始关心阿布和埃姆·阿卜杜拉的女儿,真想将来为她提供一所像样的房子,送她一枚钻戒。

---

[1] 贝鲁特(Beirut):黎巴嫩首都,主要港口。

这样一来，她就可以在所有堂兄弟、表姐妹面前炫耀一番了。

穿过房子后门，我一眼看见院子中间有一棵巨大的桉树，粗壮的树枝上吊着一架秋千，秋千上坐着一个女孩。她正低头盯着放在膝盖上的手机，黑色短裙下面，大腿瘦瘦的，穿着黑丝袜。她的头发也是黑色的，除了染成粉红色的刘海，遮住了整个脸。我向她走去时，她一直低着头。我正要说"你好"，她突然抬头看着我，涂着亮粉色口红的嘴唇挂着一丝微笑。她的眼睛是我见过的最大的眼睛，像章鱼一样。长长的睫毛涂着厚厚的睫毛膏，朝天鼻子右鼻孔戴着银色小钉。这副打扮在2008年穆斯林女孩中绝无仅有。"你能帮我个忙吗？"她说话的声音不但尖细还沙哑。

我一方面觉得一个黎巴嫩女孩把自己打扮得像个朋克[1]很可悲，另一方面又觉得她想与众不同也很有趣。我说："什么忙？"

"求你告诉所有人，你拒绝了我，好吗？我已经有个澳大利亚男朋友了。"

1　朋克（Punk）：又译为庞克，诞生于二十世纪七十年代中期，是一种源于二十世纪六十年代车库摇滚和前朋克摇滚的简单摇滚乐。它是最原始的摇滚乐，由一个简单悦耳的主旋律和三个和弦组成，经过演变，朋克已经逐渐脱离摇滚，成为一种独立的音乐。这个词也是当代年轻人一种自嘲的方式，自黑的话语。

她话音儿一落，我就明白了她的计划。她之所以同意和我见面是为了让她妈妈不再唠叨。刚才我还在心里问自己，能不能娶个嬉皮士，现在却想象我们部族一个女孩趴在脸上长着雀斑、满头金发、没割过包皮、骨瘦如柴的盎格鲁-澳大利亚人身上。我真想朝扎伊纳布·阿卜杜拉的脸上吐口唾沫，不是因为她亵渎了我们记忆之中她的父亲——我们这个小而神圣的教派中受人尊敬的族长，而是因为利用了我。但我却说："安拉保佑你。"我是个失败者，像五世纪的麦加人一样挨家挨户地敲门，而澳大利亚的每个habiba[1]都在做凯格尔运动[2]来恢复贞操。要是扎伊纳布·阿卜杜拉知道，就在几个月前，我也遇到过她这种情况就好了。那时候，我也异想天开，想娶一个戴十字架的女孩。我害怕再次挑战部族，此刻，除了扎伊纳布家的后院，我还能到哪儿去？我知道，扎伊纳布的命运会比我更糟。作为一个女孩，一旦她的哥哥、堂兄弟、父亲的兄弟、母亲的兄弟、祖父外公发现她的计划，就会威胁她，只要找到她的白人男朋友，就会揪下他的蛋蛋。日后，她或许会爱上部族里的男孩，如果那样，还有谁比我更合适呢？或许我不是她喜欢的男人，但至少

---

1 habiba：阿拉伯语，意思是"好色的女孩"。
2 凯格尔运动（kegel）：指妇女轮番紧缩放松阴部肌肉之法，以利于分娩中将婴儿顺利产出。

我是那个理解她的男人!

在回家的路上,我们开车去了格里纳克·高斯超市,这是悉尼唯一一家我们会去的大型超市,因为那里有清真肉类区。"她不感兴趣,"我对妈妈说,她正盯着遮阳板化妆镜,涂栗色口红,"扎伊纳布·阿卜杜拉有男朋友了。"

七

"别去吃垃圾。"这是爸爸说的话。"家里有很多好吃的。"这是妈妈说的话。她做了摩洛哥肉丸[1]和米饭,豆子和米饭,还有塞了米饭的西葫芦。还有manoush[2],shanglish[3],haloumi[4],hummus[5],labni[6]和橄榄。黎巴嫩面包,我们管它叫"面包",别的面包,统称为"澳洲面包"。"你脚底下的果子烂了,"爸爸说。他想处理掉一盒橘子。这盒橘子已经在厨房的桌子上放了一个多星期了。爸爸像皮条客一样摇晃着一串儿钥匙,让妈妈和三

---

1 摩洛哥肉丸(Kefta):用牛肉肉糜、香芹叶、洋葱做成的肉丸,加上肉酱、鸡蛋放进塔吉锅烹饪,就成为这道特色料理。
2 manoush:黎巴嫩比萨。
3 shanglish:黎巴嫩奶酪。
4 haloumi:黎巴嫩奶酪另一种说法。
5 hummus:黎巴嫩蘸酱。
6 labni:黎巴嫩酸奶。

个小妹妹上车时，我、约切维德和比拉尔一起点头。他们要去参加我堂兄的堂兄的第二次婚礼，不是因为他们多么喜欢他——他们至今还在为他举行第一次婚礼时让他们坐在后排而生气——而是因为父母在为约切维德找丈夫，为比拉尔找妻子，为我找妻子。

爸爸的四轮驱动汽车一驶出车道，我们三个就开始讨论晚饭吃什么。我们都同意去肯德基，汉堡王或麦当劳。这三家快餐巨头就在拉克巴，沿坎特伯雷路一字排开。比拉尔可以去取餐。他十七岁时就开着父亲的手动挡小货车（典型的拉克巴阿拉伯穆斯林开的车），拿到了初级驾照。还没读懂学习手册上的字就能开车了。而我读这本手册只是为了好玩，对汽车没有特别的兴趣。那是在高中毕业和上大学之间的过渡时期。罗密欧和朱丽叶死了，哈姆雷特死了，苔丝狄蒙娜死了，李尔王死了，没有别的书可读了。

比拉尔十五分钟后就回来了。他那辆尼桑Skyline排气管的声音那么大，汽车刚进我们那条街，约切维德和我就知道他已经完成任务了。他从前门走到客厅时，纸杯里的冰哗啦哗啦作响，靴子在坚硬的地板上发出沉重的脚步声。爸爸年复一年地修补这个地方，结果是我们脚下踩着六种不同的瓷砖，每一种都是深浅不同的白色。

小时候，我们大部分时间都待在起居室，在印花布沙发上横躺竖卧——这是母亲在阿拉伯穆斯林人聚居区阿拉伯人经营的家具店里能买到的最具阿拉伯特色的家具。十几岁之前，我们都是在一台小型有线电视机上看云顿[1]、史泰龙[2]和施瓦辛格[3]的电影。后来小电视变成了五十英寸的等离子电视。电视上方挂着一幅婴儿耶稣的画。他在婴儿床上睡觉，头上有光环。这幅画是埃姆·乔治送给母亲的礼物。她是一个黎巴嫩马龙派基督教徒[4]，住在这条街上，就在我姑妈雅斯敏的隔壁。我的父母被夹在圆顶清真寺和一条崎岖道路之间，进退维谷。他们

---

[1] 尚格·云顿（Jean-Claude Van Damme）：1960年10月18日出生于比利时布鲁塞尔的比利时演员、武术家、编剧、导演、制片人、武术指导，主要作品有《地下特工》。

[2] 迈克尔·西尔维斯特·恩奇奥·史泰龙（Michael Sylvester Gardenzio Stallone）：1946年7月6日出生于美国纽约，意大利裔美国画家、演员、编剧、导演及制片人。

[3] 阿诺德·施瓦辛格（Arnold Schwarzenegger）：1947年7月30日出生于奥地利施蒂里亚州格拉茨市塔尔村，健美运动员、演员、导演、制片人、政治家，曾任美国加利福尼亚州州长，拥有美国/奥地利双重国籍。

[4] 马龙派基督教徒（Maronite Christian）：黎巴嫩的东仪天主教会。创始人为活动于四世纪和五世纪的叙利亚隐士圣马龙和684年打败入侵的拜占庭军队的圣约翰·马龙。几个世纪以来马龙派教会一直被看作异教，被认为是君士坦丁堡牧首塞尔吉乌斯的追随者，而塞尔吉乌斯认为耶稣只有神的意志而没有人的意志。直至十六世纪，该教会一直与罗马没有联系。伊斯兰王朝在黎巴嫩期间，马龙派信徒一直保持着他们的自由。1860年奥斯曼帝国政府煽动德鲁士教派大肆屠杀马龙派信徒，导致马龙派在奥斯曼帝国境内建立自治。二十世纪初，马龙派信徒在法国的保护下取得自治权。1943年黎巴嫩完全独立，马龙派成为该国的主要宗教团体。

保留这幅画是出于尊重,因为《古兰经》教导我们要爱你的邻居。但作为穆斯林,他们知道展示真主、耶稣、穆罕默德、摩西或任何其他神圣人物的形象是一种罪过。首先,哈利勒,因为我们认为这样的画面会导致对假神和偶像的崇拜;其次,因为即使真主和先知的形象可以展示,这个耶稣的形象把两千年前的中东希伯来人歪曲成一个白皮肤、金发碧眼的人,这支持了第一个原因。

"快来吃吧!"比拉尔走进起居室时大声说。青筋凸显的手里拿着麦当劳的包,可乐杯夹在汗津津的臂弯里。香味扑鼻,我直流口水。比拉尔爱吃麦香鸡,妹妹爱吃麦乐鸡块,我爱吃芝士汉堡。我们都喜欢麦香薯片。

我和约切维德把咖啡桌推过来,三个人一起坐在电视机前,一边吸着可乐一边看MTV——《达莉亚》[1]中的一集。《达莉亚》是一部特受欢迎、生动活泼的动画片,讲述一个中产阶级郊区白人女孩故意表现得抑郁、情绪化、追求自由、愤世嫉俗——这一切都是像我这样有自知之明、自我憎恨的黎巴嫩人所渴望的。片头展开,主题曲响起:站在我的脖子上,站在我的脖子上,站在我的脖

---

[1] 《达莉亚》(*Daria*):是继1993年《瘪四与大头蛋》(*Beavis & Butt-head*)之后MTV力捧的一部以年轻女孩为主角的动画片,1997年3月于美国MTV首播,不到一年时间Daria声名大噪,红遍西方世界。

子上。我慢慢地打开了芝士汉堡，拿起上面那层面包皮，把薯条放在奶酪和咸菜上。再用面包皮盖起来，主题曲继续："不——不——不——不——不！"我用双手拿起汉堡，咬了第一口。面包和番茄酱是甜的，芥末、咸菜、薯片和洋葱是咸的。"这才是垃圾，兄弟！"

我五岁的时候就喜欢上了麦当劳。爸爸一直在帕迪市场经营着两个露天摊位，把所有的货物都存放在雷德芬一个巨大的仓库里：堆积如山的残次品睡袋、背包、鞋和全新的铸铁炉灶。每周五下午，爸爸都会带着我和比拉尔去仓库装货，准备去市场。每周五，比拉尔和我都会问，干完活儿有什么报酬。"请你们吃麦当劳，"爸爸说，"但你们得流汗。"问题是，无论我多么努力地干活儿、速度有多么快，还是不出汗。更糟糕的是，比拉尔看起来就像在沙丘上徘徊。爸爸一去洗手间，他就会赶紧走过来，手指在我额头上擦来擦去，看我有没有出汗。"别吱声，"他小声说，"闭上眼睛。"然后后退一米，朝我脸上吐一口唾沫，"快，擦到额头上。"爸爸回来的时候，摸摸我的额头，笑着说："恭喜你！"相信我，哈利勒，不吃点鼻涕，你都尝不到麦当劳的味道。

比拉尔、约切维德和我吃得很快，静静地看电视。在这一集中，学校正在举行一场艺术比赛，大家都鼓励达莉亚参加。"叫什么?"比拉尔问道,"拉肚子?"[1]他慢悠悠地说着,明知道我和约切维德不会笑。过了一会儿他补充道:"这个节目完蛋了。"我朝他歪着头。他坐在那儿,双腿分开,胳膊肘子支在膝盖上,双手紧握麦香鸡。手臂在嘴跟前来回移动时,肱二头肌起起伏伏,就像他在菲力士第一健身俱乐部做锻炼肌肉的弯曲运动一样。

"您老就看吧,兄弟。"约切维德对他说,她长长的黑发盘成一个发髻,凸显了紧绷的脸。她叫比拉尔"兄弟",并不是因为他是她的亲兄弟,而是因为她是典型的班克斯敦女孩,管男人都叫"兄弟"。约切维德正用麦当劳的吸管啜饮,每吮吸一次,脖子上的肌肉都会痉挛,我看了都会为她难过。从十五岁起,父母就一直催她结婚。可是来相亲的都是从黎巴嫩和叙利亚来的人,他们迫切需要签证。约切维德一个接一个地拒绝了他们:"我至少要找个会说英语的人吧?堂兄表弟不算。"

"不过,说真的,这部剧里的人都怎么了?"比拉尔说,"好像都是弱智。"

我和妹妹的注意力一直集中在电视上。达莉亚正在做关于她的美术作品的班级报告。她画了一幅画儿,画

---

[1] 拉肚子(Diarrhoea)的发音和《达莉亚》发音相似,比拉尔是在开玩笑。

的是一个瘦削、皮肤白皙的金发女孩对着镜子皱眉头。在这幅画的下面是达莉亚给全班同学念的文字说明：她比以前漂亮多了，她比以前瘦多了，她去洗手间把饭吐了出来。比拉尔盯着哈哈大笑的我和约切维德，又回过头盯着电视机，然后又盯着我们。"什么事这么好笑？"他问。我们一直在笑，没理睬他。"什么？"他重复道，嘴巴张得大大的，像个巨怪，"她说的不是什么好话，对吗？"

约切维德终于喘过气来，喃喃地说："你真笨，兄弟。"

比拉尔噘着嘴，把汉堡摔在地上。"你他妈的说我什么呀？"约切维德弯腰捡起摔得粉碎的汉堡，似乎既因为对哥哥不恭而内疚，又因为出于一种喜欢干净的本能。这是西悉尼所有温顺的、会持家过日子的黎巴嫩女人的标志。"对不起。"约切维德连忙说。

"不懂得尊重人的小浑蛋，"比拉尔吼道，还没嚼碎的麦香鸡从嘴里喷射出来，"滚，从我面前消失。"

约切维德赶紧把还没吃完的汉堡放回到茶几上，站起身来，匆匆走出客厅。我默不作声，从厨房水槽下面拿起垃圾桶，把麦当劳的杯子、袋子、包装纸和剩下的薯片都倒了进去。我收好垃圾回厨房时，比拉尔已经看电视去了。akal al-beit——家里的食物，正在餐桌上耐心地等着我们，上面盖着保鲜膜和铝箔纸。台子上还放着那盒整整一个星期没人碰过的橘子。我从水池那儿，看到比拉尔已经舒展眉头，两条又粗又黑的眉毛各就各位，手里拿着电视遥控器，快速切换频道，直到找到《好汉两个半》[1]。这档节目的主旨是，如果你不把女人当人看，她们就会操你——无知自爱的黎巴嫩人就喜欢这种节目。我想，你是认真的吗，兄弟？你和妹妹打架就为了换台看这玩意儿吗？

查理·辛[2]的声音说出了"肮脏的女孩"这几个字，我实在无法忍受，便回到自己的房间。玻璃桌面上放着一台iMac G4。这台电脑属于我们全家，但一直留在我身边。因为我们家买这台电脑时，我是家里唯一一个上大学的人。那时，我告诉自己，我不是一个普通的黎巴嫩人。不会像我哥哥那样成为一个狂热的健身爱好者，也不会娶一个像妹妹那样温顺的待字闺中的女孩为妻。我想成为一名作家，电脑桌面上都是本科期间写的未完成的短篇小说。开头都一样：我在地上仰望星空，盯着月亮的背脊。一个西红柿脸的女孩从天而降，咯咯地笑着落在我的怀抱。我盯着显示器上的这些文字时，听到比拉

---

1 《好汉两个半》(*Two and a Half Men*)：2003年上映的一部美剧。
2 查理·辛 (Charlie Sheen)：《好汉两个半》的主演。

尔迈着沉重的脚步,向妹妹的房间走去。电脑屏幕闪烁着,比拉尔的声音回荡在走廊里。"不懂得尊重人,"他对约切维德说,"等父亲回来,你就懂了。我要让他扇你一巴掌。"

也许内心深处那个阿拉伯穆斯林作怪——我充满了矛盾——但坦率地说,比拉尔是个傻瓜。"好了,兄弟!"我喊道,"别管她。"

"去你的,你这个小屁孩儿。"

他话音儿刚落,我就从房间里跳出来,跌跌撞撞跑到走廊。"你叫我什么,你这个该死的笨蛋!"

比拉尔站在妹妹的门边。"同性恋,"他说,"你和你所有的大学同学都他妈的是同性恋。"这是黎巴嫩人群中流行的理论,如果你喜欢阅读,你就是同性恋。黎巴嫩人和简·奥斯丁的酥胸软玉有什么关系呢?于她而言,"激情比贞操更重要"[1]。

我向他扑过去,推他的时候,手掌碰到的是比拉尔宽阔的胸膛。"来吧,"他尖叫道,"你这个浑蛋!"我向他的太阳穴猛击一拳,发出砰的一声。我第一次打架是在亚历山大公立学校,一个名叫弗兰克的中国男孩骂

---

[1] 引自简·奥斯丁的《傲慢与偏见》。原文为:"Where passion is stronger than virtue"。

我"非洲浑蛋"。在所有跟我打架的人里，我总觉得和比拉尔打架最没有危险。因为我攻击他不会造成严重后果——不像弗兰克。哥哥不会找校长告状，说我用头撞他。更重要的是，其实我心里尊重哥哥强壮的体魄，我揍他一拳，他也不会受到什么伤害。如果我在克罗努拉[1]和盎格鲁-澳大利亚人打架，我可以指望他帮忙。那些人因为我们是黎巴嫩人而恨我们。

"你就这点本事吗，小浑蛋？"比拉尔朝我叫骂着，猛地收回下巴。我用胳膊抱住他的腰，把他拖进客厅，尖叫着："打我！"

"别打了！"约切维德大声喊着。她拽着我的背心，想把我拉开。比拉尔的手臂、肩膀和胸膛不停地颤动，血管也在扑扑跳动。我知道，我知道，我清楚地知道，他在努力抑制想要揍我一顿的冲动。"呀——"比拉尔尖叫着。我又用头顶着他的肚子，把他推进厨房。他抓住我，和我抱在一起。约切维德抓着我的脖子，喊道："天哪，真主！快松手！"比拉尔猛地把我拉过去，然后胳膊一挥，就把我甩了出去。我和约切维德扑通一声倒在地板上。比拉尔用手臂猛捶他的胸膛。盛怒之下，抓起放在厨房台子上那盒橘子，朝空中扔去。橘子散落在我和约

---

[1] 克罗努拉（Cronulla）：悉尼北部的海滩。

切维德周围，压得稀烂，果汁在三种深浅不同的白瓷砖上流淌。

"我说了，对不起。"约切维德在地上尖叫着，声音刺耳。她仍然认为这是她的错——简·奥斯丁会为此而骄傲。

比拉尔后退到走廊，一拳把厕所门撞开，门中间留下一个大洞。打开水龙头，水哗哗地流，洗手。"B-ismi-llāhi r-rahmāni r-rahīmi[1]。"

哈利勒，仔细观察"亚当之家"的"闪回"：你伯伯逃回他的卧室，你姑姑和我把还没完全压坏的橘子放回到盒子里。每一个都是软塌塌，黏糊糊，皮松松的。这些橘子让我想起里奥给我讲过的一个故事。一个名叫弗兰基·坎贝尔的拳击手被马克斯·贝尔猛击一拳，打得脑浆四溅[2]。约切维德拖了地板，我用吸尘器吸掉了厕所门上的碎屑。我们像真正的阿拉伯人一样，已经完全听天由命了：真主保佑，妈妈和爸爸回家之前，让木头自己长回来吧。我和约切维德把屋里所有的灯都关了，一句话也没说，回屋睡觉去了。

---

1 B-ismi-llāhi r-rahmāni r-rahīmi：阿拉伯语，背诵《古兰经》祈祷文之前说的第一句话。意思是：以最仁慈、最慈悲的安拉之名。
2 弗兰基·坎贝尔（Frankie Campbell）：生于1904年，其最后一场比赛于1930年5月25日在旧金山举行，与声名狼藉的马克斯·贝尔（Max Baer）对决。坎贝尔的脑子被贝尔从脑壳里打出来，次日，坎贝尔被宣布死亡。

在接下来的两个小时里，我静静地躺在黑暗中，问自己麦当劳怎么变成了狗屎。我应该保持冷静，而不是像奥赛罗一样对待家人。如果我表现得像另一个沙漠黑鬼那样，大学教育还有什么意义呢？我一定是想完之后就睡着了，因为接下来只记得爸爸在深夜里大喊大叫。比拉尔、约切维德和我都从床上跳起，冲出卧室，跌跌撞撞地走进客厅。父亲站在厨房的台子前面，散发着胡戈·波士[1]香水气味的黑玉色西装闪闪发光。"告诉我厕所门怎么回事？"他喊道。

妈妈站在他身后一声不响。她穿着一件紫色裙子，上面镶着人造钻石。露露和阿比拉站在她旁边，眼皮又红又沉，阿曼尼睡在沙发上，我猜是父亲从车里把她抱进屋，放到沙发上的。

我和约切维德目光相遇。我能感觉到她和我"达成共识"——替哥哥打掩护。我正要说"我们在房子里打板球"之类的话，比拉尔哭了起来，声音嘶哑地说："是我的错，我打坏的。"

父亲的嘴唇立刻绷紧了，山羊胡子颤抖着，紧握双拳，袖口链扣下面的血管凸起。"你是从哪儿学来这本事

---

[1] 胡戈·波士（Hugo Boss）：1923年，胡戈·波士在德国梅青根小镇创立的化妆品和服装品牌。

的?"他尖叫道,歪着脑袋,想砸什么东西,发泄心中的愤怒。看到厨房台子上那盒橘子,双手举起,向空中扔去。可是没等橘子掉到地上,就已经"四分五裂"。望着从天而降的破烂橘子父亲百思不得其解。

八

耐心不是你祖父的美德。"橘子事件"发生的第二天早上,爸爸把妈妈、兄弟姐妹和我都召集在客厅,说:"你们该结婚了。"

"我们一直在努力。"我随口答应。老天知道我一直在努力什么。我遇到的女孩没有一个对我感兴趣,这自然不是我的错。而对我感兴趣的女孩配不上我们这个家,这就更不是我的错了。也许是我们这个家不适合萨哈拉。也许基督太爱她了,让她免于加入我们这个部族的痛苦。

爸爸一边琢磨我的话,一边用右手食指轻轻敲了敲下巴,然后点点头,走到电视机上方那幅耶稣婴儿画像前面,一把从墙上扯下来,说:"我们家不许再挂这种东西!"就在那一刻,我收到那个同性恋希腊人的短信。这个家伙曾吹嘘自己在内西区一家色情书店工作期间认识了三百多个男人。

"我要自杀。"巴基写道。这几个字一映入眼帘,我就飞快地穿过家里那幢房子，一头钻进汽车，把家人和小耶稣留在身后。我向巴基的住处飞快地驶去，一分一秒地计算着。我们那条街：十秒。沿着林荫大道左转，经过三个环岛、威利公园和拉克巴的交叉路口：二十三秒。继续沿林荫大道往前走，超过太平洋岛国人开的一辆塔拉戈牌面包车，又经过两个环岛和两个十字路口，穿过贝尔莫：十九秒。在皮尔大街，跟在一辆日产尼桑屁股后面，直到它在下一个U形转弯处掉头：四秒。在莱兰兹大道左转，前方有红灯，没有车辆，我接近时变成绿灯，加速穿过伯伍德路：十一秒。过了金合欢巷，过了金合欢大街，贝尔莫运动场在我面前若隐若现，左转到了迈奥尔街：七秒。

一刻钟过去了，我把车停在巴基那幢红砖房子前的路边。房子被柠檬树、苹果树和橘子树包围着——这是他的父母从老家带来的"乡村特色"。巴基胡子拉碴，穿着阿迪达斯运动服、朗斯代尔紧身背心和耐克拖鞋式凉鞋，躺在公共绿化带另一边。"兄弟！"我尖叫着，在他身边蹲下。"别当真！"他坐了起来，垂着眼帘，耷拉着脸颊，脸上露出了一丝微笑——一种略带悲伤的微笑。

"你得知道，"巴基咕哝着对我说，抓着我的胳膊和脖子，"金姆是个好人。白人，但是个好人。"

我对巴基说："我知道。"但事实是他们的关系总是让我困惑。我只见过金姆一次。就在他甩了巴基之前。那天，我正要进青年俱乐部，碰巧看到他们两个人手拉手沿着伯伍德路漫步。巴基把胡子刮得干干净净，穿着合身的白衬衫，系着红色领结，棕色紧身牛仔裤和栗色皮鞋。他的"伴侣"和他几乎一样的打扮，只是系了一条很普通的领带，鞋子是蓝色的。他的这位"前伴侣"比巴基高一头，瘦很多，但两个人最显著的对比是年龄。这个人看上去至少比巴基大三十岁，满头银发，皮肤松弛，苍白的脸皱巴巴的，眼帘和下垂的眼袋红红的，狮子鼻周围都是太阳晒干的黑斑。巴基看见我，有点尴尬，看到我的拳击背心、拳击运动裤和气垫运动鞋，鼓起腮帮子，摇了摇头，用极快的语速把他的"伴侣"介绍给我，又把我介绍给他的"伴侣"："金姆，巴尼；巴尼，金姆。"

"你好，兄弟。"我对金姆说，但那个人没有回答，只是上下打量着我，好像我是一只外来的黑猩猩。然后，巴基拉着他径直从我身边走过，连再见都没说。

两个小时后，我走出体育馆时，巴基回到前门，只不过这次他是一个人。"你他妈的怎么回事，兄弟？"我说，绝对不给他先发制人的机会，"难道你因为我这个愚蠢的阿拉伯穆斯林朋友给你丢人现眼而难堪吗？"

"去你的！"巴基朝我啐了一口唾沫，突然朝我的脑袋打来一套缓慢而又笨拙的勾拳。在我眼里，那好像是一英里外飞过来的几只小鸟，不费吹灰之力就躲开了。几秒钟之后，巴基放弃了，蹲下来，双手放在膝盖上，仰着头，望着月亮。"你有没有想过，也许我是因为那个老男人而尴尬？"他气喘吁吁地说。

"那你为什么和他约会？"我问。

"不要试图理解同性恋那些说不清道不明的屁事，"巴基回答，"我只是回来请你吃烤肉串。"

回到巴基家前面的路边，药物开始起作用，他的手从我的胳膊和脖子上慢慢放下，脸也放松下来。我抓住他的肩膀，把他扶起来，搀着这个小题大做的家伙在大街上走着。我搀扶着巴基穿过坎特伯雷牛头犬队主场贝尔莫体育场前的公园时，他一直沉默不语。"如果你自杀了，你就会错过派对，"我对他说，"我爸爸要我们都结婚滚蛋……"

两个月后，比拉尔和一个叫曼迪的女孩结婚了。他们是在我们表姐的表姐的同父异母妹妹订婚时认识的。那女孩儿要嫁给她的堂兄。你瞧，哈利勒，我们部族里的人都有亲戚关系。你该庆幸，你只有一半儿属于这个大家族。

曼迪是七个姐妹中最小的一个。她的大腿、肚子和屁股都很胖，脑袋大得像牛头犬，皮肤黑得像紫铜。她头发卷曲，染成红色。哥哥说他喜欢这样的女孩儿——"喜欢丰满，兄弟。"他和她打了四周的电话，第六周订婚，第八周结婚。他们举行了一场中等规模的黎巴嫩穆斯林婚礼，这意味着五百名宾客在费尔菲尔德的天堂大酒店，屁股从左到右扭来扭去。

按照惯例，我是哥哥婚礼上的伴郎，仅仅因为我们是兄弟。他亲自为我挑选了伴郎的礼服，声称这是他的婚礼，必须按他的想法办。整个晚上，部族的亲友们跳舞，喝酒，向哥哥和他的新婚妻子飞吻、扔装着百元大钞的红包时，我低头盯着自己的喇叭裤：黑裤子长及脚踝，黑皮鞋穿在脚上鼓鼓囊囊。我不再是部族里的害群之马，而是一只鸭子。一只像其他所有人一样，狭窄的脚踏着大鼓的节拍扭来扭去的鸭子。

比拉尔和曼迪从黄金海岸度蜜月回来后——黎巴嫩人都喜欢带着新娘到那儿度蜜月——径直搬进了自己的家。那是一座砖砌镶面儿的双层小楼，是父亲在我们拉克巴的家对面盖的。

我和比拉尔坐在他们客厅的一张红皮沙发上。"那张沙发花了我们八千块钱。"曼迪从厨房里尖声笑着说。为了弥补她身材矮小的缺点，她穿着一双黑色细高跟鞋。鞋后跟像鼓槌一样击打着整幢房子冰冷的白色瓷砖。每走一步，巨大的乳房就会在荧光闪闪的橙色背心里弹跳，就像杂耍演员在玩装两升可乐的瓶子。"我得娶个大奶子的小妞，兄弟。我不能和一个胸比我还扁的女人在一起。"哥哥在我耳边心满意足地说。

比拉尔打开崭新的五十英寸等离子电视机。雷蒙德·巴隆,电视剧《人人都爱雷蒙德》里那个意大利人瞪着我,长长的鼻子像火烈鸟的喙,呜呜呜的声音在空中回荡,向他的父母飘去:"你们这些神经病!"

生活在拉克巴的阿拉伯人都喜欢《人人都爱雷蒙德》。可是人们似乎没有注意到,之所以喜欢是因为这部连续剧反映了儿女和父母同住一条街种种不便的经历。

"这台电视机花了六千块——准确地说是六千三百九十九块,"曼迪在厨房里告诉我,"不过大学生反对看电视,对吧?"她拉长了的声音尖厉刺耳。每当我听到这样的声音,就会起一身鸡皮疙瘩。我通常对任何话题都有很多话要说,但哥哥的妻子让我无话可说。如果她问我一个问题,我只是安慰自己这是她的"修辞手段",不需要回答——曼迪不知道何为"修辞",自然不能用"修辞手段"说话。

"你想喝点水吗,兄弟?"比拉尔哼了一声问道,好像鼻子里充满了鼻涕。

"不用,我很好。"

"我给你倒一杯,"曼迪说,没有理会我刚才说的话。"冰箱内置了过滤器和制冰机。能制造出最性感的水。"

我正想问,水怎么会性感,比拉尔先发制人地用膝盖碰了碰我的大腿,大声说:"好啊,宝贝儿,给我们拿一杯来。"比拉尔总是让我在曼迪面前说话当心点儿。"她不懂你的幽默,"他解释说,"她是从乡下来的。"他指的是彭里斯[1]。

前门传来一阵响亮的敲门声,没等谁去开门,门把手转动了一下,爸爸出现了。他怀里抱着一个棕色的木箱,木箱上面是金色的阿拉伯文写的名言警句。他沿着长长的白色走廊向我们走来——从院门口到比拉尔那幢房子的距离比那幢房子里面的走廊还短。

"Salaam alaikum!"爸爸走过来的时候,满脸堆笑地说。尽管因为打架事件,父亲怒不可遏,但没有什么比哥哥娶了同一个部族的女孩更让他心平气和的了。在我和萨哈拉恋爱的两年零三个月里,我一直告诫自己,爸爸那种观念完全是由仇恨引起的。但平心而论,我知道他是试图"保护"我们。阿拉维派被迫害了几个世纪,因为在世人眼里我们是不好的穆斯林。甚至穆斯林历史上一些最著名的人物,如萨拉赫丁[2],也被认为屠杀了成

---

[1] 彭里斯(Penrith):彭里斯是悉尼郊区,这里说"她是从乡下来的"是开玩笑。
[2] 萨拉赫丁(Salahuddin):是库德人,曾在其叔父叙利亚将军阿萨德麾下任职。1169年,任埃及法蒂玛王朝宰相。四年后发动政变,自立为苏丹,建立阿尤布王朝。当政期间大兴水利,鼓励对外贸易。为反抗十字军入侵,领导穆斯林进行"圣战"。1187年,在海廷战役大败十字军,并收复了被十字军强占八十八年之久的圣城耶路撒冷,威名远扬,深受埃及人民的敬仰和爱戴。

千上万的阿拉维人。记得父亲讲述他童年时的故事，逊尼派穆斯林在的黎波里大街上随便殴打路人，只要发现他是阿拉维派教徒。父亲认为两个阿拉维派教徒的结合，以及十几个阿拉维派子孙的未来，是我们赖以生存的关键。

比拉尔和我异口同声地说："爸爸吉祥。"阿拉伯人相互问候都是"照本宣科"。

父亲和曼迪在厨房里贴了三次脸。他的胡子让她的脸往后缩。只能说曼迪运气不好。即使爸爸想剃掉胡子，妈妈也不会让他剃掉。"我对真主发誓，你要是剃胡子，我会和你离婚。"她不止一次威胁道。

"这是给我儿媳妇的，"爸爸大声说，把木盒捧到大家面前，"可以把它放在咖啡桌上打开。"

"这是什么？"曼迪问，眼睛闪闪发光。

"这？"父亲回答，声音里充满了骄傲，"这是一本伊拉克的《古兰经》。它会给你带来好运。"

一阵醋意涌上心头。我立刻意识到这份礼物的价值，不仅因为它是一本《古兰经》，装在一个看起来沉重、古老而神圣的盒子里，还因为它是我们的父亲送的。他最看重的是自己是安拉的人，他最希望看到的是自己的儿子也成为安拉的人。"嘿，我的在哪儿？"

"等你结婚的时候。"爸爸回答。自从萨哈拉离开我，我第一次认识到自己和同一个部族的女孩也可以过愉快的生活。我将和我的父母、兄弟姐妹们在同一条街上拥有一幢麦克豪宅[1]，而爸爸只要愿意，随时可以悄没声地走进来，永远不会剃掉的小胡子下咧嘴笑着，带着老家同胞精心制作的礼物。

我的目光从父亲的嘴巴转移到曼迪的脸上。她一想到自己在别人眼里是穆斯林，就板起面孔，说："啊，是啊，比拉尔，把它放在卧室里就行了。"

爸爸张大嘴，雪白的牙齿中间露出一个"黑洞"。"不行，亲爱的，得放在客厅。"

"一会儿再往出拿吧。"曼迪不高兴地说。我知道最终的结果一定是这样：曼迪不会欣赏父亲送的这份礼物。年方二十三岁的她，不可能对从安拉到贾布里勒再到穆罕默德长达一千五百年的"启示"感兴趣。它最终的归宿只能是那个挂满荧光连衣裙的镀金把手的衣柜。

"好吧，好吧，我一会儿就把它拿出来。"曼迪重复道。她朝比拉尔晃了晃摇头娃娃似的大脑袋，示意他赶快把父亲送来的《古兰经》收起来，别让她再看到。

"你的客厅里需要有一本《古兰经》。"爸爸说，只

---

[1] 麦克豪宅（McMansion）：也被讥讽为"麦氏豪宅"。意思是像麦当劳一样的快餐，以廉价材料建造的大面积房屋，以追求炫耀的表面效果。

是这次语气稍微坚定了一些。他极力抑制自己的沮丧，以此证明对儿媳比对自家的孩子更有耐心，因为儿媳初来乍到，还是个陌生人，不能对她太严厉。

曼迪缩着肩膀，突然之间仿佛变成一具包裹在皮肤里的骷髅。"我倒是想放在客厅里，但它至少得和我的家具相配吧！"

九

有一天早上，你奶奶对我说："如果你想结婚，就得先把鼻子整好。"你奶奶说话没个把门儿的。那个星期早些时候，我们在拉克巴买水果，一个皮肤特别黑的非洲裔男子从身边走过。"Yul'amah, shu aswad."妈妈倒吸一口凉气，对我说，意思是"天哪，看他有多黑"。听到她的话，这个男人猛地回过头，看着妈妈，咧开嘴露出洁白的牙齿，不无讥诮地笑着说："Shukraan!"意思是"谢谢你！"回家的路上，我们一人拿一盒橘子，妈妈为这事儿很生气，责怪我没有提醒她黑人会说阿拉伯语。我告诉她不必为这种事儿伤脑筋。

是的，就在我问你奶奶，部族里她认识的女孩儿谁有兴趣嫁给我之后，她对我说，我需要做鼻子整形手术。从青春期开始，人们就对我那破鼻子议论纷纷。庞奇博尔男子高中的同学给我起了个外号"歪鼻子"，我爸爸的兄弟们叫我"皮诺曹"。十六岁那年，我在帕拉马塔未成年人舞会上，第一次和一个女孩调情，结果她问我："你下面也是弯的吗？"每次碰到这种情况，我都被刺痛。最后还是妈妈说服我，我需要专业矫正。我早就知道自己不是一个吸引人的家伙，但是身为人母，怎么会绞尽脑汁让自己孕育的孩子变得漂亮呢？我一定是个真正的笨蛋。

整形外科医生是一位来自北岸的巴基斯坦穆斯林，名叫穆罕默德·贾巴尔。他甚至都没有检查我的鼻子。我走进诊所，他只看了一眼，就说："你的鼻子伤得很重。"我告诉他我是拳击手。他回答说："好吧，我可以帮你修好，但你首先得把拳击手套挂起来，别再玩那鬼把戏。"

和贾巴尔医生见面后，我直接去了贝尔莫青年俱乐部。走廊前面立着一块黄色的牌子，上面写着"小心地滑"。奥利坐在办公桌那边，目不转睛地盯着电脑。青年俱乐部白天通常没人，非常安静，从门口就能听到她敲击键盘的声音。"今天的培训怎么这么早啊？"她轻声细语地说，眼睛仍然盯着屏幕。她的感觉很敏锐——我刚走到门口，她就听出是我。她的声音像竖琴——柔和而忧郁。

"我是来退健身卡的。"我一边回答，一边踮着脚尖向她走去。这个因为一时冲动做出的决定颇具讽刺意味。

而正是拳击教会我这样一个道理——如果跨上拳击台时考虑太多，就会意识到自己即将做的事情多么疯狂，然后就什么都做不了了。我很清楚，无论是赢还是输，后果都一样：指关节粉碎，老茧绽开，鼻梁骨断裂，眼睛乌青，肋骨骨折，下巴破裂，脸颊划伤。接下来的三个星期，尿血，趴在马桶上，把肠子都吐出来。我会费尽气力端起一杯水，不让它在手中颤抖；我会读《我弥留之际》[1]的第一页就想知道该死的威廉·福克纳到底想写什么。打从萨哈拉和我分手的那天起，我做的每一个决定都好像下一场拳击比赛：完成学业，存钱，停止打斗，给鼻子整形，找个未婚妻，买房子，结婚，生孩子。然后，只有那时，我才会评估这一切是否值得。我想象自己在旅途结束时站在拳击台中央，真主安拉的阳光从天花板上的天窗照射到我身上，教父举起我的双臂，宣布我胜利了，部族的五百名成员为我鼓掌欢呼。

"我要做鼻子整形手术。"我对白人女孩说。

奥利立刻停止打字，仰起下巴看我。我从来没有见过一个女孩像她那样盯着我，一双蓝眼睛睁得老大，充满绝望。粉红色的、干巴巴的嘴唇紧紧抿着，仿佛我从

---

[1] 《我弥留之际》（*As I Lay Dying*）：是美国作家威廉·福克纳1930年发表的长篇小说。

《古兰经》上撕下了几页。"可是……"她喃喃地说，然后就什么也不说了。

只是一个"可是"，一个不无克制、无法解释的"可是"。但我很惊讶。平常，人们总觉得她对控制着这幢房子的男孩和男人的男子气概漠不关心，而大家对她也同样漠不关心。每天晚上，从黄色到棕色再到黑色的拳击手们都向这个白人女孩亮出会员卡，不会接触眼神。他们表情呆滞，一心想着一记右交叉拳打在鼻子上会是什么感觉。两个小时后，他们会离开健身房，浑身燥热，大汗淋漓，对坐在柜台后面轻轻敲键盘的奥利还是视而不见。除了我，没有人会注意到她，就像一支笔注意到诗人一样。但她是白人女孩，而我是阿拉伯人，历史已经决定我们不会有任何结果。我甚至不知道她的真名实姓。她也不明白，倘若知道我的名字以外那些事情会有多麻烦。

"你有什么心事吗，'奥利差不多'……有什么心事？"我问。

她立刻摇了摇头，把两个脸蛋子吸了回去。

"你刚才说'可是'……"

"没有，我没说。"她静静地说，目光从我的喉结游移到满头卷发。然后，她用一种更坚定、更自信的声音说："青年俱乐部得收回你的会员卡。"

我把卡片递过去，她盯着上面的照片。照片上的我留着阿拉伯式的"爆炸头"，歪鼻子仿佛长在脸的另一边，因为相机闪光灯亮起的那一霎，我死死盯着镜头。奥利在卡片中间戳了个洞，站起来还给我，眼睛又紧紧地盯着我。这一次，我仿佛被吸进她的瞳孔。那瞳孔是黑色的，周围点缀着淡淡的黄色，就像一颗爆炸的星星。我拿回已经作废了的会员卡时，颤抖的双手碰到了她的手——我相信这是最后一次。她的手指柔弱而温暖。就在我转身的时候，她嘟哝着说："可我喜欢你的鼻子。"

我假装没听见，慢慢地走在滑溜溜的走廊上，经过篮球场，穿过马路来到火车站，登上开往拉克巴的火车。我思绪万千，随着车轮在铁轨上滚动而翻腾：这个古怪的嬉皮士，她居然喜欢我的鼻子。没人喜欢我的鼻子，即使她喜欢，手术也已经安排好了，我将成为一个性感的讨厌鬼，人生中第一次，我将成为一个性感的讨厌鬼。

麻醉师是个托雷斯海峡的岛民，长了个难看的肉鼻子。他把一个防毒面具盖在我的脸上，贾巴尔医生眉头紧皱，神情专注地看着我，说："你就祈祷，'以最仁慈，最慈悲的真主之名'。"知道他是穆斯林，我心里有一种矛盾的感觉。一方面，他说着我熟悉的语言，和我有同样的信仰，让我感到几分慰藉；另一方面，我不信任穆斯林医生，尽管我自己是穆斯林。福克斯新闻[1]中关于穆斯林野蛮、凶狠、原始和落后的报道对我潜移默化，已经形成一种刻板的印象……然后，我和萨哈拉到了一起。我站在她住的那幢公寓大楼门口，她正趴在窗台上向下看着我。一双棕色的大眼睛像皎洁的明月，咧嘴笑着，露出亮闪闪的牙齿。"巴尼，巴尼，你为什么叫巴尼？"她大声喊道。我还没来得及说"我在这儿呢，萨哈拉！"她身子一晃，把一个很大的、熟透了的西红柿从三楼朝我扔来。西红柿砸在我的头上，红色的汁液溅了一脸，顺着鼻子流下来。萨哈拉哈哈大笑，笑声震动了整个街区，淹没了整个格里布郊区。"你这是干吗呀！萨哈拉？"我尖叫起来。

"我想看看你现在的样子，这是最后一次了，巴尼·亚当。"她朝我挥了挥手。她的手慢慢地前后摆动着，我们头顶的天空裂开，把我吸进无边无际的黑暗之中。我看见整个宇宙在膨胀，银光闪闪的星星在黄色的火焰中爆炸，直到贾巴尔医生浓密的灰眉毛出现在我面前。我试着用鼻子深吸一口气，觉得鼻子被完全堵住了。抬起手去摸自己的脸。贾巴尔医生连忙抓住我的双臂，

---

[1] 福克斯新闻（Fox News）：是美国有线电视福克斯新闻台的新闻频道，新闻分社分布于世界各地，拥有大批记者。

说:"别,不要碰。"然后对我温柔地笑了笑,"比我想象的复杂多了,我不得不折断三根骨头。"

贾巴尔医生把手放在我的鼻子上。上面缠着厚厚的绷带,仿佛有一百公斤重的东西压在上面。他给我调整了一下,好像我的整张脸都是果冻做的。我开始有意识地用嘴呼吸,他递给我一面小镜子,让我看看自己变成什么样子。镜子里的我就像杰克·尼科尔森[1]《小丑时刻》里的人物一样——鼻子上贴着创可贴,鼻孔下面松松地绑着一条绷带,大概是为了防止血液从大脑滴落下来。两只眼睛肿胀乌青,面颊略带红色和粉色。我不由得歇斯底里地大笑起来。我在拳击场上曾经有好几次被对手打了个乌眼儿青。但这副模样,即使对一个拳击手来说,也太过分了。就好像我和洛奇·马西阿诺[2]打了十六个回合似的。我嘴唇煞白,下巴变成淡蓝色。最奇怪的感觉是,尽管看起来像被公共汽车撞了一样,但我却没有任何感觉,处于完全麻木的状态。

父亲开车送我回家,从查茨伍德到拉克巴。一路上,我四仰八叉,靠在座位上,闭着眼睛。到达马里克维尔

1　杰克·尼科尔森(Jack Nicholson):本名约翰·约瑟夫·尼科尔森(John Joseph Nicholson),1937年4月22日出生于美国新泽西州内普顿,美国演员、导演、制片人、编剧,布朗大学艺术荣誉博士。

2　洛奇·马西阿诺(Rocky Marciano):是一名美国拳击运动员,1923年9月1日出生,1969年8月31日逝世,曾获得世界重量级拳王等称号。

时，爸爸开始背诵《古兰经》中的章节——先知穆罕默德从荣耀至高的安拉那里得到的最短的启示之一：愿平安归于他。"Koul huwa Allahu ahad. Allah hu samad. Lam yalid wa lam yulad, wa lam yakun lahu kufuwan ahad."我从小就背诵阿拉伯文的《古兰经》，知道这句话翻译成英语的意思是："他是真主，是唯一！真主，永恒的，绝对的；他不生，也不被生。没有人能与他相比。"每天晚上睡觉前，我都会背诵这一段经文。一想到被一个全能、博爱的神灵护佑，我就感到安慰。但这一次，给我慰藉的不是这几句经文，而是诵读经文的声音。那声音在父亲的舌头上滚动、翻卷，抑扬顿挫，字句分明。父亲能如此流利地背诵经文，对我来说就是一个奇迹。爸爸出生在黎巴嫩，只上了两年学，就和我的祖母以及他的七个兄弟姐妹来到澳大利亚。他们到达后不久，爷爷死于心脏病，那时他才九岁。辍学去当报童，帮我奶奶付伙食费和房租。直到他四十岁，也就是我十七岁生日的时候，他才决定要学习阅读和写作，并成为一名诵读《古兰经》的人。他跟一位来自伊拉克巴清真寺、说话轻声细语、名叫伊马德的阿訇学习。伊马德每天去我们家的商店看爸爸三个小时，没有顾客来买东西的时候，就和他一起学习。做完鼻子整形手术回家的路上，听到父亲背诵《古兰经》，我心里想，人只要活着，就有机会重新开始……

我和阿拉伯人一起"重新开始"。一大堆阿拉伯人。他们在父母家里等我——叔叔大爷、堂兄表妹、七大姑八大姨,都渴望看到我的变化。父亲带着我慢慢走过台阶两边的石狮子,穿过门口,进入走廊。母亲的二妹妹曼奈尔——像《超级比萨男》[1]里的图拉——说:"马布鲁克,马布鲁克。"我父亲最小的弟弟阿里叔叔长得像埃尔维斯·普雷斯利[2]。他说:"现在我们家有两个英俊的男人了。"我避开正在客厅里等我的其他亲戚,向右转,走进卧室,一步一挪向床铺走去。走到床垫跟前,弯腰打开印着蜘蛛侠的毯子,觉得脑袋特别沉,就像一升血和黏液涌进包扎得严严实实的鼻子。像个百岁老人,我爬到床上,把"蜘蛛侠"一直拉到下巴,盯着天花板,整张脸都在抽动。从那一刻起,我唯一能做的就是颤抖。耳边传来堂兄侯达尖声尖气的声音:"我也一直在考虑做个鼻子整形手术。"堂兄纳德尖叫着说:"我喜欢大鼻子——大鼻子。"我爸的大哥埃胡德叔叔说:"放尊重点儿,你妈妈就站在那儿呢。"

我睡了一天一夜,第二天早上醒来后,嘴像白煤一

---

[1] 《超级比萨男》(*Fat Pizza*):是2003年上映的喜剧类电影,讲述了悉尼郊区的比萨店的生活。
[2] 埃尔维斯·普雷斯利(Elvis Presley,1935—1977):出生于美国密西西比州图珀洛,美国摇滚乐男歌手。

样干渴。我左右转动舌头,润湿两腮,然后向上贴着硬腭和软腭滑动,直到整个嘴巴又变得滑滑溜溜。这时候,我感到鼻子,直到整个脑袋,都曾受到重创。创可贴下面一阵阵的痛,鼻孔里仿佛有一千只蚂蚁在打架。疼痛从后脑勺开始,一直延伸到眼睛。接下来的一个星期里,每隔四个小时就吃一次止疼药,完全处于麻木状态。我躺在床上看《宋飞正传》[1]的DVD,妈妈用勺子喂我喝扁豆汤。我一边喝,一边用浓重的鼻音咕哝道:"闪族人[2]和鼻子有什么关系?"妈妈手里的勺子在半空中停了下来,等我会说出什么连珠妙语,抖出什么引人发笑的"包袱"。我深吸了一口气,吸上来的只是一团干血。

十

一个月之后,我的鼻子终于可以顺畅地呼吸了。我在客厅里看《宋飞正传》中的一集:《汉普顿斯》。杰森·亚历山大饰演的乔治·科斯坦扎因为在冷水里游泳,"老二"抽巴了。这时候,妈妈满脸堆笑走进客厅。"我

---

[1] 《宋飞正传》(*Seinfeld*):电视系列喜剧,讲述在曼哈顿上西城,以杰瑞·宋飞为主的四位邻居好友的日常生活、工作、异性关系,等等的故事。它是情景喜剧,主题思想是"没有主题""什么也没有发生"。

[2] 闪族人(Semites):即闪米特人,起源于阿拉伯半岛和叙利亚沙漠的游牧民族,相传挪亚之子闪即为其祖先。阿拉伯人、犹太人及叙利亚人都是闪米特人。他们留着很长的黑色大胡子,长着很大的鹰钩鼻子。

给你找了个姑娘！"她乐呵呵地说，那个姑娘是娜杰瓦·哈马德的女儿，十八岁，一点儿也不胖，金发碧眼，她的父母很想把她嫁出去。妈妈说："Bet-janaan"，这个词在英语中的意思大概是"她的美貌让人销魂"。倘若过去，这种溢美之词会让我望而生畏。但手术后第七天，等我眼睛周围的浮肿消散，贾巴尔医生取下鼻子外面打的石膏，取出鼻子里面的支架，我发现自己骄傲地想：小妞们，现在排队等着让我挑吧。起初，我的鼻子光滑而有光泽，我怀疑贾巴尔医生是不是把原来的鼻子切掉，装了个塑料鼻子，充分证明"整形手术"这个词的正确性。现在，我的鼻子又小又直，完美无瑕，但太普通了，没什么特点，再也没有人会注意到它——上一分钟我还是冈泽[1]，下一分钟就成了科米特[2]。"得了，"我对妈妈说，"把我推销出去！"

在过去的几十年里，你的阿拉伯祖父母、曾祖父母和曾曾祖父母为了给儿子和女儿介绍对象，想出了许多办法。包括"偶尔"去对方家里喝咖啡（说来丢人，你爸爸对这种方法太熟悉了），强迫我们去参加堂兄表妹的婚礼，希望在舞池里和什么人一见钟情（你伯伯比拉尔和

---

1 冈泽（Gonzo）：日本动画片《百变之星》中的人物。
2 科米特（Kermit）：《芝麻街》（*Sesame Street*）中的木偶青蛙。

伯母曼迪就是跳舞时"成功"地爱上对方的)。你祖母这次为我安排的策略是"服务电话勾搭",即通过电话邀请求婚者到女孩儿家里干点"专业性质"的活儿。这样两个年轻人就有机会彼此见面,而不会看起来像求婚。阿布·诺亚家会邀请木匠到他们家,给装修厨房报价,尽管他六个月前刚装修了厨房。埃姆·哈桑家会邀请机械师去更换汽车电池。电池没电了,因为她前一天晚上故意没关大灯。埃姆·优素福请水管工来疏通下水道,那天早上她故意往马桶里冲了许多厕纸,结果下水道堵了。以我为例,周日下午,爸爸的商店关门之后,我去阿布·穆罕默德家,教他如何搭他去年从我们这儿买的帐篷——尽管整个部族的人都亲眼看见,早在一月二号,阿拉维派在马里克维尔举行年度野餐会组装帐篷时,他搭帐篷的动作十分娴熟。

我给阿布·穆罕默德搭帐篷的时候,有十五分钟的时间吸引他的女儿法蒂玛。现在我的新鼻子更小更直,对她已经没有什么吸引力了,能吸引她的是我满头黑色卷发。我相信她会喜欢她看到的这个小伙子,同意在未来几周再跟我见面。然而,尽管我发现自己现在有点趾高气扬,但并不认为自己有资格选择别人,我只是个"乞丐",仍然愿意娶部族里第一个愿意接受我的姑娘,让我摆脱对萨哈拉的思念。我让自己确信,法蒂玛只需在这儿待着，并且表示愿意就好。然后，由此开始，我会像托尔斯泰那样，用手中的笔，将战争转向和平。坠入爱河之前，我们都在沉睡。

星期天早上的第一件事，我拿着哥哥的哑铃去父亲的店里，在服务顾客的间隙锻炼肱二头肌。你看，我有个漂亮的鼻子了，现在要做的就是把注意力集中在自己的身体上。我知道，对于一个女孩子来说，能击倒个头比我大两倍的拳击手，并不重要。根据我在街上看到的女人盯着小伙子肌肉看的目光，我发现，女孩子都喜欢强壮的男人，而体重是增强这种吸引力最好的方式。早上九点，我花四十五分钟，一边盯着商店入口，一边做六套手臂运动，每套二十次。我的手臂像大力水手[1]一样鼓了起来，二头肌宛如沙漠里坚硬的红石头。这时两个胡子拉碴的矮个子阿拉伯穆斯林走了进来。

"你有弯刀吗？"一个人笑着对我说。我从柜台下面拿出一把三十英寸长的木头柄砍刀，递给他。在接下来的五分钟里，他一边在空中挥舞着砍刀，一边像李小龙一样发出"哇——啊"的叫喊声。最后，他把砍刀放在柜台上。"买七把。"我把砍刀装进一个尼龙袋子里，另一个阿拉伯穆斯林说："很忙吧，兄弟。"然后继续问

---

[1] 大力水手（Popeye）：美国动画片中的人物波比。

我:"兄弟,你有巴拉克拉法帽吗?"

吃午饭的时候,我又做了六套伸屈运动。这时一个越南女人走了进来,她想退换一个加大号的睡袋,因为拉链卡住了。我对她说,我只剩下普通号的了。这是假话。我还说,如果她再掏六十块,我很乐意给她换。父亲教会我如何从顾客身上榨取每一分钱。遇到退货,就应该想到,顾客已经花掉一笔钱,我们的目标是留住这钱,并且让他们花更多的钱。那个越南女人上了我这个阿拉伯人的当,但我换来的却是她亚洲人的节俭——她和我讨价还价,直到我把六十块减到四十块。

下午三点四十五分,离打烊还有十五分钟,我的肱二头肌已经像小山一样隆起,似乎不能再把胳膊伸直。突然,两个警察走了进来,都是澳大利亚人,身高六英尺,黑色警棍垂在大腿上,像巨大的男性生殖器。一名警官说:"我们今天早些时候逮捕了两名打算持枪抢劫的家伙。他们从你这里买过砍刀吗?"

"买过,"我很平静地回答,"他们说,要去打猎。"这是我从父亲那里学到的另一个诀窍——不管顾客看起来多么狡猾,我们都要想象成他们买我们的东西是为了露营和娱乐。

"我就知道是从这儿买的!"第二个警官说,他的声音低沉但傲气十足,边说边在一个小笔记本上写着什么。

我几乎当着他的面笑了。真是个自命不凡的可怜虫,那样子就好像刚刚破了一个惊天大案,他就像夏洛克·福尔摩斯[1]一样。

下午三点五十七分,警察离开。我举起双臂,又做了一套伸屈运动,直到二头肌上凸起了一道道蓝色静脉。我往身上喷了半罐"山猫除臭剂",然后关了店门,身上散发着一股引起性欲的臭味儿。

下午四点二十五分,我到达波拉拉,沿着阿布·穆罕默德家的汽车道慢慢走着。走进他家后院时,双腿发软,心怦怦直跳。我做了个"对眼儿",盯着鼻子看,提醒自己,鼻梁已经变直,右眼和左眼可以同时看见这家伙了。你能行,兄弟,我在心里说,就像自己是个生了病的婊子,大步向前走去。阿布·穆罕默德站在小院儿水泥地的中央,双层麦克豪宅的阴影落在他古铜色的脸颊、绿衬衫和宽松的米色裤子上。这种场景在悉尼西郊阿拉伯人聚居的地方很常见。他们会拆掉露台,牺牲后院儿建一座大房子,然后用混凝土硬化剩下的地面,这样就再也不需要除草了。

阿布·穆罕默德从我父亲那儿买的那顶帐篷平铺在他

---

[1] 夏洛克·福尔摩斯(Sherlock Holmes):英国作家柯南·道尔系列侦探小说中的人物。

前面的水泥地上，等我帮他搭起来。我浑身僵硬，朝他走去，黑衬衫袖子卷到胳膊肘子上面，紧贴着肱二头肌。

"你好，Amu。"我说。哈利勒，"Amu"的意思是"叔叔"，但是你可以用这个词来称呼所有不是你父亲、祖父、兄弟或堂兄表弟的年长的阿拉伯男人。如果阿布·穆罕默德成为我的岳父，我也会用"Amu"来称呼他。起初，我以为他女儿长得会像他。妈妈对她的描述完全是假话，只是为了让我来相亲。但是就在这个念头从我脑海中闪过的时候，阿布·穆罕默德粗胖的食指朝房子后面露台上那张长凳指了指，说："那是我的法蒂玛。"

我简直要崩溃了。

我注意到的第一个细节是她的鼻子，又长又尖，鼻梁很细。真是太具讽刺意义了。我做了鼻子整形手术，就为了娶个大鼻子女孩儿！接下去，我又看见她满头亮光闪闪的金发，一直垂到肩膀下面。我知道这不是她头发的本色——我从未见过一个金发阿拉伯女人。那么，打扮成这副模样的女孩儿想给谁看呢？和我一起长大的阿拉伯男孩儿都认为，金色的直发、干燥的白皮肤和明亮的蓝眼睛，是胡乱拼凑出来的。只有橄榄色皮肤、黑眼睛、长长的黑睫毛和黑色卷发的女孩，才是他们眼里的贤妻良母。2000年，庞奇博尔男子高中球队的队长是一个名叫贾马尔的叙利亚男孩。学校要他为国际妇女节的集会准备几句话。"Wog chicks rule, Aussie chicks drool!"[1]他尖叫起来，台下三百个"一字眉"拍手叫好，脚跺着学校礼堂打了蜡的地板，大声叫喊着："呀——哇——"校长怀特彻奇先生从贾马尔手中一把夺过麦克风，气咻咻地说："别亵渎你们的母亲！"贾马尔立即反驳道："不是不尊重我们的母亲，兄弟，是不尊重你们的母亲！"

我的目光从法蒂玛的头发转移到她的胸部，与她瘦削的肩膀、纤细的手臂相比，她的乳房显得硕大无朋，这是阿拉伯女性的另一个特征。阿拉伯男孩子都喜欢高耸的乳峰，尽管我的姐妹们很讨厌那两个玩意儿。我经常听到约切维德说，想做缩胸手术，因为乳房拽得背痛。法蒂玛的乳房把蓝色长袖开衫撑得鼓鼓的。那天至少有三十摄氏度，这便成了证明法蒂玛是一个"好穆斯林女孩"的第一个证据。天气这么热，她还把自己包裹得那么严实。我朝阿布·穆罕默德转过身，喃喃地说："嗯——嗯——嗯。"我还能说什么？难道告诉他，你女儿很性感，兄弟？这就是我之所以讨厌我们的风俗

---

[1] "Wog chicks rule, Aussie chicks drool!"："Wog小姐"指的是有阿拉伯、意大利和希腊背景的女孩，"澳洲小姐"指的是有白人（盎格鲁-凯尔特）背景的女孩。所以，"Wog chicks rule"的意思是这些女孩是最优秀的，而"Aussie chicks drool"的意思是这些女孩是失败者。

习惯的原因：男婚女嫁，被阿拉伯父母搞得隐晦曲折。好像那是一个他们不能公开承认的公式：（随机选取的阿拉维派男孩＋随机选取的阿拉维派女孩）× 六个月＝婚礼。

我开始为阿布·穆罕默德搭帐篷，并信心十足地大声讲述如何搭建帐篷，试图向法蒂玛表明我是一个男子汉大丈夫。我能感觉到她坐在后院的长凳上，假装玩手机，实际上在仔细观察我。连接好第一组玻璃纤维帐篷杆之后，我把它们弯成拱形，让阿布·穆罕默德固定在帐篷的一角，我把它们夹在内衬上。完成之后，我让阿布·穆罕默德把杆子竖起来。这当儿，我连接第二组杆子，固定好之后，也把它们弯成拱形，夹到内衬里。这样一来，我就在院子里的水泥地上搭建起一个不需要依靠任何支撑物的、摇摇晃晃的六人尼龙帐篷。用不着像在草地上那样，将木头橛子钉到地里固定它的底部。

帐篷搭建起来之后，阿布·穆罕默德冲我咧嘴一笑，骄傲地扬了扬眉毛，好像我徒手建造了悉尼大桥。他的目光转向女儿，想看看她是否像他一样对我搭帐篷的能力印象深刻。与此同时，我的手机在口袋里静静地震动着。"我得接个电话。"我对阿布·穆罕默德说，一边把电话举到耳边，二头肌都被电话震到了。我转向法蒂玛，她伸开她那两条穿着紧身牛仔裤的长腿，静静地盯着我。

来电话的是巴基，自从做了鼻子整形手术之后，我就再也没有带他出去散过步。"嘿，怎么了，兄弟？"我说，短袖衬衫的袖子紧紧地箍在二头肌上。

"巴尼，我在盖普，"巴基没精打采地说，声音呜噜呜噜，好像只长了半个舌头，"我要从这儿跳下去了，我有自我毁灭的倾向。"这就是巴基——即使最黑暗的时刻，也有自知之明，能够自我反省。

"别这样，兄弟，"我抱怨道，"只有傻瓜才会自杀。"我可能应该说些更有说服力的话，但巴基以前就多次说过他要自杀。我已经不再相信他了，我更在意的是利用和他通话的机会，在法蒂玛面前把自己炫耀一番。她还在玩手机，不停地按着键，好像在给朋友发短信，但时不时扑闪着长长的睫毛看我一眼，好像对我们的谈话内容很感兴趣。"天哪，你疯了。"我以典型的黎巴嫩人的风格对巴基说，声音大得足以让法蒂玛听到，"我正在走进骆驼的眼睛。"[1] 我挂了电话，对法蒂玛微微一笑，希望她

---

1 原文是"I'm entering into the eye of the camel."源自古老的谚语"一只骆驼穿过针眼远比一位富人进入天堂容易得多"（It is easier for a camel to go through the eye of a needle than for a rich man to enter the kingdom of God）。在这个谚语中，耶路撒冷老城正门两侧各有一个狭窄的小门，是为人们步行穿越而设计的，而正门是为大车和马车等设计的。狭窄的小门被称为"针眼"，骆驼无法通过，被称为"骆驼的眼睛"。这是字面意思。它比喻的意义是，大量的财富和强大的权力会阻止一个人的精神品质和善良之心的发展，成为进入天堂的障碍。传统上，人们认为天堂有大门，在大门口人们会受到审判。如果你被认为有资格，就可以进入。如果你是邪恶的，就会下地狱，永远见不到天堂。

能觉得这笑容迷人而不是傲慢。她的眼睫毛又向我扑闪了一下,乌黑的瞳孔闪闪发光。

和巴基聊完之后,我伸出汗津津的手和阿布·穆罕默德轻轻地握手告别。我已经把他想象成岳父了。他"土豆先生"[1]的外表给人的印象是,他将是一个和蔼可亲的"阿穆",与他之前的"阿穆"完全不同,后者自称阿布·卡里姆,但实际上是阿布·亨伯特·亨伯特。

走出院子,沿着汽车道,向我的赛利卡走去时,我最后看了法蒂玛一眼。她没长一张西红柿脸,也没有戴十字架,翘起鲜红的嘴唇,朝我莞尔一笑。咧着嘴,就像一个五岁的小女孩,露出洁白的牙齿。她让我想起混凝土裂缝里长出的玫瑰。法蒂玛,法蒂玛,法蒂玛。开车回家的路上,我一直在脑海里重复着她的名字,扬声器播放的音乐在汽车里回荡,图帕克[2]发誓再也不会叫他的婊子婊子了。法蒂玛。法蒂玛。法蒂玛。法蒂玛。法蒂玛。明天妈妈会问她的妈妈,法蒂玛是否愿意嫁给我。如果她同意,我也同意。

---

1 土豆先生(Mr. Potato Head):"玩具总动员"中的卡通人物。
2 图帕克(Tupac):美国2003年劳伦·拉金执导的音乐纪录片《图帕克:复活》中的人物。该片通过美国已故黑人说唱歌手图帕克·夏库尔生前的访谈、家庭录影带等资料,回顾了图帕克·夏库尔短暂的一生。

十一

你+任何人、任何时候=任何事。对我来说，问题却是："我们已经等了一整天。你会和法蒂玛结婚吗，是还是不是？"妈妈像个面无表情的吸血鬼一样盯着我。

"杀了我吧，兄弟。"我嘲笑道。夕阳西下，我们坐在屋前的门廊下，又闷又热，蚊子静静地吸着我的血。

"安拉只爱和同类结婚的人。"妈妈语气很重地说，仿佛从牙缝里挤出这样一句话。

"那你的二表妹夏奇拉呢，还是你的三表妹？"我表示反对，"她和那个基督徒在一起很幸福。难道安拉不爱她？"我觉得食指被咬了一下。一只我见过的最大的蚊子——大约有苍蝇那么大——狠狠地叮了我一口。我用另一只手使劲儿拍了一下，把它打死，我的血从它身上喷溅出来。我在牛仔裤上擦掉蚊子的胆汁，回头看了看母亲。

"不是二表妹，也不是三表妹，八竿子打不着，很难说是我的表妹！"妈妈厉声说道，"上帝当然不爱她——她的儿子们甚至都没有行过割礼。"

我有点激动，反驳道："好吧，那我想安拉也会恨我的，因为我也不会给我的儿子行割礼！"可是，哈利勒，你当然知道，我说这话纯粹是为了气她。听了我这亵渎神明之词，你祖母那张浓妆艳抹的脸简直要崩溃了。我想起萨哈拉和我在克罗努拉海滩散步的那个夜晚。两年前，五千名叛军"夺回"了他们的郡，高呼着"去他妈的，黎巴嫩人"，并对任何长得和我们一样的人进行人身攻击。海草在我的脚趾间漂来荡去，海浪拍打着海岸，粉红色的贝壳在地平线前闪闪发光。这时四个袒胸露背的冲浪者，人高马大，每个人的个头都是我的两倍，朝萨哈拉和我冲了过来。"阉了的怪物——"其中一人吼道，一股酒气喷在我脸上。然后，四个人从我们身边滑过去的时候，最高、最胖、脑袋像大象似的家伙，转过身，皱着眉头说："不能让割过的鸡巴再来我们的海滩！"我的心咚咚直跳，那声音撞击着耳鼓。我想用尽全力冲过去，像发了疯的狒狒一样飞快地摆动双臂，直到他们把我踢得屁滚尿流，被他们掐死。萨哈拉紧紧抓住我的胳膊，向前推。"走吧，巴尼·亚当，我喜欢你割过的鸡巴。"从那以后，我把我的鸡巴当荣誉勋章"随身携带"。在这个不欢迎我，并且不以此为耻的国家，割礼已经成为我宣称自己拥有澳大利亚人的权利的宣言——也是你的宣言。

晚上七点零一分，我锁上卧室的门，拨通法蒂玛家的电话。电话铃响的时候，我想起那个脸像西红柿的女孩。她引领我一直向前，回到我长着大歪鼻子时的生活。我敢打赌，如果她知道我这么快就找到了另一半，一定会非常嫉妒。我敢打赌,她会心碎,但说实话,我这么做不是为了报复。是因为我很孤独,因为我想念萨哈拉握着我的手,想念她洗完澡后头发上散发的牛奶和蜂蜜的香味。我想念和她在一起的感觉,想念她不在我身边时,我想知道她在哪儿时那种焦急不安。我想念无可救药地坠入爱河时胸口和脑袋的疼痛——萨哈拉和我躺在床垫上,我的手抚摩着她的腿,浓密的汗毛扎着我的手指。她好像在说:"为了你,我剃掉吧。"我好像在说:"永远不要剃掉。"真希望一切从头再来。而这一次,我会以正确的方式坠入爱河。在家人、教父和部族的支持下恋爱——没有羞耻,没有秘密,光明正大。

"哈喽。"耳边响起一个男人的声音,我听出是阿布·穆罕默德。那声音听起来既愚蠢又严肃,就像《阿拉丁》[1]里的精灵。

"你好,"我回答,"法蒂玛在吗?"

"Eh。"他说。在英语中,"eh"表示惊奇和疑问,但在阿拉伯语中,就是随口一说,"好"的意思,倒是个好兆头。"谁呀?"他问。我对我俩都装模作样感到难为情。我昨天去见这人的目的就是相看他的女儿,他明明

---

1 《阿拉丁》(*Aladdin*):《一千零一夜》中的故事。阿拉丁是获得神灯的青年的名字。

知道我那天晚上七点钟会打电话给她，跟她谈谈，这是我们谈婚论嫁的第一步。

我深深吸了一口气，尽可能清楚而坚定地说："我是巴尼·亚当，吉比利勒·亚当的儿子。"电话那边沉默了一会儿，接着响起一个略带美国味儿，还有点鼻音的尖细的声音："你——好？"

"听我说，"我单刀直入，"有人强迫你嫁给我吗？"鉴于部族干涉我的婚姻，决定我可以爱谁、不可以爱谁的经验，我不能不想，法蒂玛可能是迫于压力才嫁给我的。我最担心的就是和一个违背自己意愿的女人在一起。新婚之夜，赤裸裸地趴在她身上，却全然不知她对我的身体感到厌恶。她会像包法利夫人一样问自己：哦，亲爱的上帝，我为什么要嫁给他？

"没有……"她拉长声调，还是带着那种"美国味儿"的鼻音。听起来就像《比佛利拜金女》[1]或《与卡戴珊姐妹同行》[2]里的女孩。

"你肯定吗？"

"不……我的意思是，是的。"

---

[1] 《比佛利拜金女》（*The Hills*）：好莱坞的真人秀节目。
[2] 《与卡戴珊姐妹同行》（*Keeping Up with the Kardashians*）：美国情景剧，记述了洛杉矶权威律师罗伯特·卡戴珊的女儿，二十多岁的社交名媛金·卡戴珊的家庭生活。

她不再说什么。过了一会儿,我才意识到对于这件事,她已经无话可说。"那么,你想了解了解我的情况吗?"我问。

"当然。"她回答说。

我耐着性子,等她问我她知道我的什么情况,但是除了又一次漫长的沉默,什么也没有等到。我在心里数了十秒钟,不再等待。"嗯,我以前是一名拳击手,获得了文学学士学位,现在在父亲的店里工作,这样就能攒钱结婚了。"

"哦,"她说,"真是太可爱了。"

又是一阵停顿,这当儿我问自己,她觉得我哪儿可爱?拳击时被人家打了脑袋?读法国文学?还是会搭帐篷?我劝自己,只要是部族的女孩儿,娶谁都可以,但她的冷漠还是让我感到失望。既然她说愿意了解我的情况,想必我有她喜欢的地方,但我不明白她为什么不想尽可能多地了解我——将要娶她为妻的那个男人,每天早上醒来第一眼看到的那个躺在她身边的男人,将要为他生儿育女的那个男人。"你还有什么想知道的吗?"我问她。

她又停顿了一下,然后是一连串的哼哼哈哈,最后有点兴奋地说:"哦,我有件事!如果我嫁给你,你会让我穿丁字裤吗?"

我由此看出，法蒂玛会嫁给第一个向她承诺给她"澳洲版自由"的男人。告诉我，包法利夫人，太阳的温暖怎样才会让一个美丽的年轻姑娘梦想爱情？

"你喜欢穿什么就穿什么。"我向法蒂玛保证。三周后我们就订婚了。

现在

十二

亚当家的孩子是一个黏糊糊的血块。我是地上的尘土。你是生命的气息。愿安宁与你同在,哈利勒。过来,在你妈妈的体内吸一口气。2015年,你从她的子宫里出来,皱着眉头,宛如来自远古。她在家里已经开始宫缩,到达医院时,宫口已经扩张了八厘米。"你真是个创造奇迹的人。"助产士告诉她。但是你的母亲在你出生前不相信奇迹……她深深地吸了一口气,叫喊着,把你从她的身体娩出。那一刻,我就在她身边。我把手放在她的头发下面,搂着她的脖子,前额紧紧贴在她的额头上。她在冒汗。我说这些话——只对这个女人说过的话:"爱召唤我们，我们随她而去，尽管山高路远荆棘丛生。她张开翅膀拥抱我们，我们屈从于她，尽管隐藏在羽翼中的剑伤了我们。她说的话，我们深信不疑，尽管她的声音划破了我们的梦想，就像北风摧毁了花园一样。虽然爱给我们戴上了皇冠，但也把我们钉上了十字架。她帮助我们成长，给我们修剪枝叶。她像捆麦子一样把我们紧紧地捆绑在一起，又让我们赤身裸体拥抱在一起，再从壳里筛出来，磨成白色的面粉，让我们的灵魂与肉体交融在一起。"你母亲气喘吁吁，憋足了劲儿，黄色的瞳孔在她蓝色的虹膜爆炸成星尘。她第一次喊出你的名字——哈利勒。当你的脸从她的两腿之间冒出来时，我一眼看到你长着她柔软的嘴唇，你奶奶的沙色睫毛，爷爷恼怒时的皱纹，爷爷肉乎乎的耳垂，奶奶柔嫩的皮肤，还有你父亲的大鼻子——我做整形手术前的鼻子，一见到你我就非常后悔做那个手术。助产士把你放到母亲怀里，我听到你母亲哭着自言自语："谢谢你，安拉。"你在她的胸膛上躺着，听已经非常熟悉的心跳，浑身沾满她的血和你自己的污物。我忍不住哭了起来，仿佛灵魂正从我的眼睛里涌出。任何让我走到这一步的"错误"，我都会毫不犹豫地再犯一次。

十三

哈菲兹·阿萨德[1]带着疲惫的微笑，从镀金相框里看着我。我被六十个人包围着，黑衬衫的腋窝处汗渍斑斑，灰色喇叭裤里淌着汗珠。这条裤子是花二百块钱请奥本的一个土耳其裁缝做的。这些人中有我哥哥，我父亲和父亲的兄弟们：他曾经吸毒的哥哥易卜拉欣伯伯，患有躁狂抑郁症的哥哥奥萨马伯伯和他最小的弟弟阿里叔叔。还有法蒂玛的父亲、她哥哥和她父亲的几个哥哥。乌素夫长了个大鼻子，穆斯塔法的鼻子更大，尤布的鼻子最大——像一只穿西装的巨嘴鸟。我的堂兄弟们和法蒂玛的堂兄弟们穿着牛仔裤和长袖衬衫站在一起聊天儿，我那位又矮又胖的教父阿布·哈桑站在他们中间，看起来好像一只穿长袍的帝王企鹅。不到一个月前，我在后院搭起了帐篷。我听见女人们随着阿拉伯音乐聊天跳舞。有法蒂玛，她的妈妈、姐姐、姑姑姨姨、表姐妹，我的妈妈、姐姐、姑姑姨姨、表姐妹。

我把目光聚焦在教父、父亲和未来的岳父身上。他们都冲我咧着嘴笑，我只能理解为那是出于一种"部族

---

[1] 哈菲兹·阿萨德（Hafiz Assad, 1930—2000）：在叙利亚北部拉塔基亚出生，叙利亚政治家，前总统。

自豪感"，一种因为知道我将与我们部族中的一个女人一起繁衍后代，延长其存在而生的喜悦。以你的生命为代价延长我们的存在。哈利勒，我的宝贝儿，你比父亲更有耐心，容忍我，不急于吸入生命的气息……

阿布·哈桑以祈祷开始订婚仪式。他背诵《古兰经》的开篇诗句Al-Fatiha[1]："所有的赞美都要归于安拉——世界上最具同情心、最慈悲的主。"他继续说着，声音变得低沉而颤抖，"审判日的主人。我们崇拜你，我们寻求你的帮助。指引我们沿着大道往前走，你给行走在这条路上的人以恩典。他们的命数中没有愤怒，不会误入歧途。"

吟诵完这些诗句之后，人们就喊着要看看法蒂玛。她的母亲把她带了进来。这是那天晚上，我第一次看到我的未婚妻。她看起来特别瘦，像只竹节虫。那天早上，她在电话里告诉我，她之所以变成这副样子，是因为每天只喝一罐可乐，别的什么都不吃。"再这样下去你会瘦成个'隐身人'。"我对她说。我知道她天生就是一个瘦弱的女孩，新陈代谢功能只相当于五岁的孩子。"举行婚礼前我都会这样，"她回答道，"结婚以后，我每天都

---

[1] Al-Fatiha:《古兰经》的第一章。它的七首阿亚特（诗句）是祈祷安拉的指引，强调他的统治和仁慈。

会吃冰激凌、芝士汉堡、比萨和意大利面。"尽管我知道这对她的健康不无危险，但必须承认，看到法蒂玛这么瘦，我就想，或许她比萨哈拉更适合我——至少在身体上。萨哈拉比我重十公斤，相处二十七个月之后，甚至比我重十五公斤。我从来没觉得这有什么问题，但萨哈拉很烦恼，她不断抱怨我的体重不到六十公斤，对于我这样一个中等身材的人来说，太"没分量"了。但对我这样的轻量级拳击手来说完全正常。有一次，我坐在萨哈拉的客厅里吃巨无霸，她对我说："你需要增肥，你让我觉得自己像个胖婊子。"我气不打一处来，把巨无霸顺手扔到客厅那边，巨无霸在湛蓝的墙上摔得稀烂，秘制的酱汁顺着墙壁流了下来。我告诉她，吃麦当劳的时候骚扰我增肥，就像骚扰一个即将把伊万·德拉戈[1]打倒在地的拳击手一样。

在母亲的要求下，法蒂玛的头发又染回到天生的黑色。"金发是诱饵，"准岳母在那个星期早些时候对我们俩说，"黑发是煎锅里的鱼。"法蒂玛还把头发拉直，看起来像"中国人的直发"。她浓妆艳抹，穿一件无袖大红连衣裙，细长的棕色手臂像树枝一样从肩膀上垂下，硕

---

[1] 伊万·德拉戈（Ivan Drago）：拳击电影史上的丰碑《洛奇》中的人物，系苏联拳王。

大的乳房在部族男人们的注视下小山般鼓起。她本来想穿件粉红色的衣服,但准岳母要求我给她女儿买件红色的。埃姆·穆罕默德对我说:"如果金发是诱饵,粉色就是妓女。"

"应该是红色的。"我一本正经地回答道,态度十分认真。我十分清楚,让未来的岳父母高兴有多么重要。我听说过很多因为未婚妻的父母不同意而取消婚约的故事。我的计划是百分之百地服从他们的命令,直到他们的女儿成为我的妻子,不再受他们的管辖。那时候,法蒂玛就可以随心所欲,做任何她想做的事了——穿粉色连衣裙,穿丁字裤,没人可以干涉。我俩坐在我的车里,每人喝了一罐可乐,我就这样向法蒂玛解释。她握着我的手,吻了吻说:"这就是我同意嫁给你的原因——因为我知道你是来救我的。"

看到站在门口的埃姆·穆罕默德和法蒂玛,我直反胃。准岳母穿着一件粉红色连衣裙!这个不无伤感的老女人在女儿订婚的日子让女儿穿红裙子,只是因为她想穿粉色的。好像这样做还不够无耻似的,她满脸堆笑地看着我,露出略显鼓胀的牙龈,我们之间关于粉色的谈话似乎从未发生过。

如果我是鱼,埃姆·穆罕默德就是煎锅。我对此很反感,但也理解她为什么会这样做。和她那位身材像烤土豆的"舶来品"丈夫不同，我的准岳母是传统意义上的美人儿。棕色皮肤光洁动人，棕色头发柔润飘逸，洁白的牙齿，小而直的鼻子。她在澳大利亚出生、长大，英语也很流利，高中毕业。我知道，她本可以过得比现在这种不得已才过的憋屈的日子更好。可以上大学，追求一份事业，可以嫁给一个澳大利亚出生的阿拉伯人。那人会和她聊得很开心，也希望她带来更多的快乐，而不仅仅是为他生孩子。这不是她的订婚典礼，但却寄托着她的希望。

法蒂玛站在男人们中间很是紧张，仿佛刚打过蜡的小腿轻轻颤抖。我的教父用阿拉伯语轻轻地说："法蒂玛，请你当着你父亲和巴尼父亲的面回答，你愿意嫁给巴尼吗？你接受他的求婚吗？"我希望法蒂玛回答这个问题时看着我，希望她如此爱我，对周围的人视而不见，眼里只有我，但她却盯着地板回答说，"愿意。"埃姆·穆罕默德搂着法蒂玛的腰，把她从人群中拉了出来，一边笑一边朝我扬了扬右眉，转身时不无炫耀地扭动着腰肢和她的大屁股。那一刻，我知道我们都在想同一件事：粉色是妓女的专属。

接着，教父直盯盯地看着我，严厉地说："巴尼，你要和法蒂玛订婚了，是的……"我分不清这是一个问题还是一道命令。你需要明白的是，哈利勒，对于你至少有一半血统的祖先来说，订婚并不是因为彼此相爱而承诺结婚，而是允许你在结婚前恋爱。按照我的理解，我和法蒂玛订婚的目的是让我们互相了解，这样我就可以名正言顺地和她约会，而不怕部族的人说三道四，在她背后骂："真是个荡妇。"我深吸了一口气，闭上眼睛，大声回答："是的，愿真主保佑。"我父亲和准岳父点头表示同意。有个老女人像闺房[1]女孩儿躲在厨房偷听。听到风声之后，开始欢呼雀跃，"哩哩哩哩——啦啦啦啦——"然后我听到法蒂玛在后院尖叫，"我订婚了！我订婚了！"

我的兄弟、堂兄表弟、叔叔伯伯围在我身边，拍肩打背，有人捏我的脖子，有人握我的手。阿布·哈桑把我的胳膊拉到他圆溜溜的大脑袋上，嘴唇凑到我耳边，用阿拉伯语急促地说："你赢得了我的尊重——真主现在肯定会让你的生活更轻松。"他松开我的胳膊之后，法蒂玛的父亲立刻抓住我的肩膀说，"Ahla, ahla, ahla, ahla[2]"，他亲了亲我的左脸，然后又"绕"过来亲我的右脸，又长又尖的鼻子蹭到我的鼻子。我的鼻子因为做过整形手术变得非常敏感，勉强微笑着接受了他的亲吻，想象着如何把他打昏过去——这么近的距离，可以给他一记右上勾

---

1 闺房（harem）：伊斯兰教教徒尚未出阁的姑娘的居室。
2 Ahla: 阿拉伯语，"欢迎，欢迎！"

拳,接着一记右勾拳,然后一记左勾拳,直接打倒在地。

你知道,在过去的三个星期里,法蒂玛对我说了许多关于她父亲的悄悄话:他用鞋底打她,因为她忘了关炉子;用皮带抽她,因为她洗了四十五分钟的澡;赤手空拳打她,因为她想穿着迷你裙出去看电影。你看,哈利勒,看看这些父亲是如何用棍棒"教育"孩子的。这个循环在你身上已经被打破了——除非把你三岁生日后不久发生的那件事算在内。那次,你大喊"浑蛋",我就把一杯温水泼到你头上,惩罚你。于是,我把将法蒂玛从她父亲手里救出来当作自己的责任。我要做一个每个女孩都值得拥有的男人。我告诉自己,如果必须度过没有萨哈拉的余生,这将是唯一有意义的生活。

我走了出去,身后跟着五十多个人。法蒂玛站在水泥砌成的后院中央,院子里装饰着闪闪发光的粉色和白色彩带,悬挂在游廊的藤架和铁栅栏上,还有几百套从当地阿拉维穆斯林清真寺租来的塑料桌椅。我摇摇晃晃地向她走去,脚底像针扎一样难受,我发现自己被一百个不同的女人亲吻和拥抱,她们的长裙上镶嵌着亮光闪闪的人造钻石。从清真寺租来的低音扬声器传出刺耳的音乐声,还有 *Allah Alayk Ya Seedi* [1] ——那十年里所有阿拉

---

1 *Allah Alayk Ya Seedi*:十分流行的阿拉伯歌曲,意思是"真主保佑你,先生!"

伯穆斯林都喜欢唱的唯一的一首阿拉伯歌曲震耳欲聋。

法蒂玛和我一起跳阿拉伯穆斯林的舞蹈：挥舞着手臂，扭着屁股，家人在我们身边围成一圈，双手合十，蹦蹦跳跳。我又一次等待未婚妻看我的眼睛，看我，只看我。但我看到的只是她向一个个阿拉伯人眨眼时一闪而过的、灿烂的笑容。我很受伤，但并不惊讶——我们郊区大多数十八九岁的阿拉伯女孩结婚只是为了成为关注的焦点。

我安慰自己，随着年龄的增长，法蒂玛会慢慢长大，我可以教会她爱的意义，就像你的名字哈利勒教给我的那样——我会在我们紧紧相拥的时候也留出空间，让天堂的风在我们之间飞舞。我会爱她，但不会把它变成爱的纽带，而是让它成为我们灵魂海岸之间流动的海洋。法蒂玛和我为彼此斟满酒杯，却不从同一个杯子里喝；给彼此面包，却不吃同一块面包。一起快乐地唱歌跳舞，却保持彼此的独立，就像鲁特琴上的琴弦，虽然为同一首乐曲颤动，却自得其乐。

我以身作则，只把目光放在她身上。直到右眼余光瞥见法蒂玛的堂兄阿米尔。他比我高几英寸，棕色皮肤很粗糙，短而直的黑发梳成鸡冠状。我以前从未见过他，但几天前在法蒂玛的包里见过他的照片。他坐在沙发上直盯盯地看着镜头，卷心菜似的脑袋，脸上挂着得意的笑容。法蒂玛站在他身后，双臂搂住他的脖子，嘴唇贴在他的脸颊上。当心这位堂兄，哈利勒——在我们的文化中，这是一个很难定位的角色。他比朋友更亲近，但又不能亲密到和他爸爸的兄弟的女儿上床的地步。看到这张照片，我问法蒂玛："那个浑蛋是谁?"她乐呵呵地回答道："我的堂哥阿米尔。他说他能把你打晕。"那一刻我便知道，这个小浑蛋已经在法蒂玛的生活中确立了"猴王"的地位，只要我和他的堂妹同床共枕，他就会惹是生非。

法蒂玛和我跳着舞，懒洋洋地晃着脑袋，双手在彼此面前拍打着。我觉得阿米尔正在慢慢靠近。突然，他插到未婚妻和我之间，眼睛盯着她，她的眼睛盯着他。低音扬声器里的鼓声越来越大，阿米尔使劲向前挺着小腹，法蒂玛对着堂兄晃动整个身体，在空中疯狂地挥舞双臂，像肚皮舞演员一样扭动着肩膀和屁股。

我不是一个自信的舞者，脚太笨，屁股动作太慢，无法平息这场"政变"。更重要的是，我不像阿米尔一样，得到了法蒂玛的爱。所以只能站在那儿，看着家人们蹦蹦跳跳，不知如何是好。

我正想象着接受阿米尔的挑战——当着他父母的面朝他的下巴猛击一拳——一只温暖的敦实的手抓住我，把我从未婚妻和她的堂兄身边拉开。是法蒂玛的姐姐莉玛。她把头向我歪过来,说:"我和你跳吧。"她和我一样,几乎不会跳舞,只是站在对面儿,与我平视,好像脚下生了根,胳膊在我的两耳之间漫不经心地挥舞。她穿着宽松的灰色长裙,遮掩着一身肥膘。她凑到我的耳朵跟前说:"你可以更好。"听了她的话,我心里发慌,不敢回头,但我完全明白莉玛的弦外之音。她的意思是:我本来可以,甚至应该和她订婚。她比法蒂玛大,理应先结婚。而且她比法蒂玛聪明得多,在我取得学位的时候,她也在悉尼大学获得了理学学士学位。对于我这样的人来说,她比她妹妹更适合做我的伴侣。如果介绍给我的是她,而不是法蒂玛,我可能会娶她,我们甚至可能幸福地生活在一起。但是因为莉玛太胖、更"丑",我们部族的媒人从来没有想到过像我这样的年轻人会对她感兴趣。

Allah Alayk Ya Seedi 的歌声渐渐消失,响起钢琴缓慢和谐的旋律,K-Ci 和 JoJo[1] 祈祷,希望找到一位像母亲一样亲密的爱人,像父亲一样亲密、像姐妹一样亲密、像兄弟一样亲密——这是一首完美的歌谣,适合建立在近亲通婚基础上的社区。母亲和准岳母走了进来,把阿米尔和莉玛拉开,把法蒂玛和我推到一起,上百位亲戚迅速

---

[1] K-Ci 和 JoJo: 乔戴西合唱团歌手。K-Ci 真名叫 Cedric,JoJo 则是 Joel,但他们都有同一个姓 Hailey,也就是说他们是兄弟,他们的音乐是完美的和声抒情,外加即兴的转音,风靡西方世界。

分散到院子两边，开始起哄："呜——呜。"法蒂玛沙漏般曼妙的身材，跳舞时，我贴着她，就像一头发情的驴一样兴奋。我以前从来没有和传统意义上有魅力的女人接触过——那种男人在街上朝女人抛媚眼，然后回家手淫。我双臂搂住她的腰，和她一起左右摇晃，凝视着这个比我高一英寸，穿着高跟鞋又比我高一英寸的女孩，所以总体上她比我高两英寸。

跳华尔兹的时候，阿米娜姑妈和雅斯敏姑妈像吉卜赛人一样站在一起。看到法蒂玛居高临下、踉踉跄跄地和我跳舞时，用鼻尖儿和手指尖儿朝我指指点点，大笑起来。我才不在乎呢！几个月前，我或许因为对自己的身高不自信，把这件事搞砸。但现在我有了一个更小更直的鼻子，虚荣心得到平衡——我不再是一个和一位人高马大、性感美女在一起跳舞的又矮又丑的家伙。我只是个普通小伙儿，法蒂玛也只是个普通女孩儿，我们就是班克斯敦一对少男少女，兄弟。

十四

手机在裤裆震动，铃声尖叫着图帕克说唱的歌词，"西部浑蛋"。我拿出手机，贴在耳边。

"你接电话总是那么快。"法蒂玛说。

我从我家的游廊走下——未婚妻的声音在耳边回响，

运动鞋下面的每一个台阶上都用修正液写着"黎巴嫩人的规矩"。爸爸正站在街对面和邻居阿布·哈立德聊天。他从1970年起就住在拉克巴。和我家一样,阿布·哈立德来自黎巴嫩的一个小镇,但我们不是同一个教派。他是瓦哈比逊尼派教徒。他曾经对我说:"你要是手淫,你的手就会在地狱里燃烧七十年。"而我的家人来自什叶派的一个分支。他们认为女人应该戴头巾,只能喝百事可乐。爸爸的四轮驱动车停在我家车道中间。我挤在汽车和高高的砖墙之间。父亲转过身,挥了挥手,手臂的肌肉、凸起的青筋和肱二头肌随着弯腰曲背而收紧。

在电话里,法蒂玛告诉我,前天晚上她爸爸用皮带抽打她,因为她穿着露出内裤的白色透明裤出门。每次她告诉我爸爸打她——至少一周打一次——我就想开车去他家拧断他的脖子。但我也知道,我们很快就要结婚了,这肯定是让她摆脱现状最简单、最有效的方法。

"这就是我为什么要嫁给你,"她提醒我,用从好莱坞电视节目中学来的美国人说话的调子说,"因为我们结了婚,你会让我穿丁字裤。那时候,爸爸就管不着了!"

法蒂玛认为婚姻是对自由的表达,而不是对爱的表达,这并没有困扰到我。你看,萨哈拉之后,我也不再把婚姻看作是爱情——我把它看作是一种同情的形式。订婚后第二天早上,我给法蒂玛买了一辆1990年的尼桑脉冲星，这辆车价值三千美元，黑色油漆已经褪色，已经交了十二个月的养路费，她可以拿着"红本儿"[1]开着车到处跑。我把车停在她父母家的车道上时，她尖叫着说："我太他妈的爱你了。"

走在我住的那条街上，我的手指紧紧抓着手机，攥成了拳头。"如果你哪天要死在我面前，我就杀了你。"法蒂玛像个小女孩一样呜咽着说。

突然一股寒意袭来，但很快，风就会把枯枝败叶吹散到西南郊，充满生命力的树木长出新芽，春天又会来临。"没有人能在我死之前催我下地狱，"我对未婚妻解释道，"但是人生在世，如果寿禄到了，无论勇敢还是懦弱，都无法逃脱。"

"这是谁说的?"她问。

"赫克托耳。[2]"

"艾瑞克·巴纳[3]?"

"荷马[4]。"

"《辛普森一家》?"

1　红本儿（red Ps）：类似驾照的证件，说明已经缴纳养路费。
2　赫克托耳（Hector）：希腊神话特洛伊战争中与阿喀琉斯决斗的凡人英雄。
3　艾瑞克·巴纳（Eric Bana, 1968—）：澳大利亚影视演员、制片人、编剧、导演。
4　荷马（Homer）：公元前九世纪前后的希腊盲诗人。

"《伊利亚特》[1]。"

我并没有因为法蒂玛无知而责怪她。

她和我不一样,没有接受高等教育的特权。她念到中学九年级就辍学了,家里人希望她在十九岁的时候成为一名家庭主妇——而她正在这条正确的轨道上前行。我们相遇时她刚满十八岁。

挂了法蒂玛的电话后,我双手背在身后,像个老人一样继续沿着凯特琳街散步。太阳快落山了,路上的夕照越来越浓,天空画出一条粉红色的线,将白天和夜晚分隔开来。这不是一条普通的街道,哈利勒。它通向地狱之门。在那里,人们心里藏着秘密,心口不一。

我从阿布·贾法尔家的门口走过。这是从我们家数的第二家,离我们最近的阿拉维派邻居。凯特琳街那头的其他穆斯林家庭都是逊尼派。阿布·贾法尔的小儿子萨阿夫正坐在麦克豪宅低矮的砖墙上,用一部当时还很新潮的苹果手机聊天。萨阿夫快三十岁了,头发开始稀疏,我还记得我十二岁、他十八岁的时候,他骑着摩托车满大街跑的样子。当地的阿拉伯人给他起了个绰号——"沙伊塔安",意思是"撒旦"。萨阿夫和他的大哥贾法尔正在

---

[1] 《伊利亚特》(*The Iliad*):相传是由盲诗人荷马所作史诗。是重要的古希腊文学作品,也是整个西方的经典之一。

马路对面建造一幢联式房屋，准备结婚后和各自的妻子一起住进去。

阿布·贾法尔家的隔壁是阿布·穆罕默德·贾马尔的红砖双层住宅，我们简称他为阿布·M. J.。阿布·M. J.家的尖桩栅栏上钉着细铁丝网，他家前院总是养着鸡。有一次，我还看到车库里拴着一只小羊。阿布·M. J.在古尔邦节——宰牲节之前饲养家畜，然后宰了过节。这种做法可以追溯到先知易卜拉欣[1]。安拉曾命令他献祭自己的儿子。但在易卜拉欣割开儿子的喉咙之前，安拉给了他一只羔羊来代替他献祭。这也是一件好事，否则M. J现在已经人头落地了。我可不是开玩笑——这是拉克巴瓦哈比教派[2]从字面上理解的经文！

我走过连接我们那条大街和爱丽丝大街的小巷。这

---

[1] 易卜拉欣（Ibrahim）：是犹太教、基督教和伊斯兰教的先知，是上帝从地上众生中所拣选并给予祝福的人。同时也是传说中希伯来民族和阿拉伯民族的共同祖先。真主为了考验先知易卜拉欣的忠诚，在夜里降梦给易卜拉欣，叫他用自己的儿子献祭。易卜拉欣毫不犹豫地照办。在他要用刀子割断亲生儿子伊斯玛仪的喉管时，真主派使者用一只黑头绵羊替代了伊斯玛仪。因为有此渊源，在过古尔邦节的时候每户穆斯林都得至少宰一只羊，有的还宰牛、骆驼、马。家里实在太穷了，也得宰一只鸡。

[2] 瓦哈比教派（Wahhabis）：近代伊斯兰教教派。系反对派根据其创始人伊本·阿布杜·瓦哈布的父名对他们的称呼，后为世人袭用。该派自称"唯一神教徒"。十八世纪末产生于阿拉伯半岛。其基本教义源自伊本·罕百里和伊本·泰米叶的学说；遵从罕百里学派的教律，坚持严格的一神论，主张恢复伊斯兰教的原始教义、"回到《古兰经》去"，一切应按照字面解释《古兰经》和初期的圣训。否认人与安拉之间存有"中介"之说。

条小巷是通往我小时候上学的那个小学的捷径。当时学校有三百名学生，其中二百九十四人的父母来自黎巴嫩，这就是我们叫它"黎巴嫩-肯巴公立学校"的原因。

小巷旁边第一幢房子后面，是埃姆·乔治家的房子。你可能还记得，她就是那个把小耶稣画像送给你祖母的马龙派教徒。埃姆·乔治很宽容，但我一直在想，她的家人是不是心里恨我们和街坊邻居所有的穆斯林。有一次，她最小的儿子肯尼对我说，"为什么他们要把轮奸的罪名都加到黎巴嫩人头上？比拉尔·斯卡夫和别人都是穆斯林，为什么他们不责怪穆斯林呢？"我告诉他，"因为我们和澳大利亚人没有区别，你这个笨蛋。"他的黑眼睛盯着我，在额头、胸口和双肩画了个十字架。"以圣父、圣子、圣灵的名义。"

埃姆·乔治站在阳台上。她身材矮胖，长着一头黑色的短短的卷发，像一只玄关猴[1]。她的丈夫阿布·乔治蹲在她身边。他也很矮，但骨瘦如柴，几乎完全秃顶。他的皮肤看起来像浸过橄榄油一样。阿布和埃姆·乔治是我姑妈雅斯敏的隔壁邻居，住了快三十年了。

"Salaam alaikum——你好。"我说。在拉克巴长大

---

[1] 玄关猴（Porch Monkey）：大门进来玄关之处是住所中最关键的主要组成部分之一，从大门到客厅，玄关位置用猴子装饰，寓意满堂吉祥。

的黎巴嫩穆斯林孩子告诉我，永远不要问候黎巴嫩基督徒Salaam alaikum——"Salaam alaikum"应该是穆斯林的专用用语。但是别听这些塔利班信徒的话，我的孩子。你付出的爱就是你得到的爱。

阿布·乔治立刻抬起头，从阳台往外看。"啊，巴尼·亚当！你也好！"

你明白我的意思了吗，哈利勒？

"喜日子是什么时候？"埃姆·乔治带着浓重的阿拉伯口音问道。

"还有六个月。"

"我要在婚礼上和你跳舞，"她说，"因为你和我们一样喝酒，而且不戴头巾。"与逊尼派和什叶派穆斯林不同，阿拉维派在公共场合酗酒，而且和西方人一样，不讲究衣着。尽管埃姆·乔治可能认为她的话是一种恭维，但我觉得这是一种冒犯——用一种巧妙的方式说，"不修行"的穆斯林才是好穆斯林。

最后，我到了父亲的二姐家。她有一对双胞胎儿子，扎克和赞恩，还有一个女儿莫娜。莫娜和我的年龄最接近，通常也是我愿意去姑妈家的原因。雅斯敏姑妈和我们家的关系本来并不密切。可是十二年前祖母去世之后，她突然特别喜欢给我们做好吃的菜。她做了祖母所有的拿手菜：malfouf——用卷心菜包着米饭和肉，warak enab——用葡萄藤叶包裹的米饭和肉,还有kousa,一种用西葫芦填充的米饭和肉。她把食物分发给巴特·亚当各家。几家住的地方都很近,相距只有几条街。

二姑雅斯敏的房子是一幢单层橙色老房子。守卫它的混凝土栅栏也是橙色的。表哥赞恩的小卡车停在车道上,他在前面车库里干活儿,传出咔嗒咔嗒的响声。我从车库旁边走过,绕到屋后,瞥了一眼他的小脑袋和粗壮的胳膊,懒得打招呼。赞恩在过去的十年里一直服用类固醇。他的手臂和自尊心总是像胃痛时一样肿胀。但强壮并不意味着你能打斗。我做鼻子整形手术之前,赞恩偶尔会来我家。我俩会戴着十四盎司重的拳击手套在后院交手。我只有六十公斤的皮肉、血管和骨头,他有一百公斤的肌肉,但却连一拳也打不中我。可是话说回来,如果他现在对我出拳会怎么样呢?离开拳击台几周后,我就感觉到每一块为闪电般准确出击的刺拳、勾拳和上勾拳而练就的肌肉都在消失。我能感觉到每一块与脊椎连接的骨头都变得僵硬,反应迟缓,不能再在对方向我挥舞拳头袭来之前挡住,滑倒,躲开。最可怕的是,我能感觉到我的鼻子变得十分敏感,它已经那么脆弱,轻轻一碰就能折断。我突然怀念起我的大鹰钩鼻子。不怕任何人击打。我仿佛又听到,告别拳击馆时那个有点尴尬的白人女孩最后那句话:但是……

"有事儿，有事儿，有事儿。"我喃喃自语着，想起奥利那竖琴般悦耳的声音。我走进后院——里面有一个烧煤的老式烧烤架和几把塑料椅子——咚咚咚地敲了敲后面的百叶门。"干什么呢？表妹。"莫娜出现时，我笑着说。我把手放在她的手里，颤抖得厉害。莫娜是个十足的假小子，骨架大，颧骨高，留着短发。她总是穿着紧身短裤和背心，紧紧地箍在她平坦的胸脯和结实的小肚子上。小时候，我很讨厌莫娜的"男子气概"，家里人都悄悄说她有阴茎，但最近几个月我对她有了好感。她言谈举止、穿衣打扮都让我想起那个戴着十字架的西红柿脸女孩儿，所以我尽可能多地去看她，作为对萨哈拉思念的补偿。

莫娜让我进屋。我在客厅里坐下。她家的客厅和别的阿拉伯人家的客厅没什么不同：白瓷砖，盒子似的白皮沙发，一台五十英寸的液晶电视。洁白的墙壁上挂满了装裱好的已故亲人的肖像。他们——照片上的族长看起来和我们没有两样。他们是我们的祖先。祖父和曾祖父，满脸胡须、皱着眉头，照看着他们的后人。

堂兄努尔斜倚在我前面的沙发上。他是我们家个子最高的人——将近六英尺，也是最重的，约一百六十公斤。努尔的父亲是我父亲的大哥埃胡德伯伯。

努尔在拉克巴的时候，常到我家来。我们本来就应该是最亲近的堂兄弟。每个周末和学校放假的时候,他都来我家过夜,和我睡在同一张床垫上。起初是在亚历山大,我们都是小孩儿。搬到拉克巴之后,我还是个小孩儿,他已经是十几岁的半大小子。一天晚上,我觉得床在颤动。"怎么回事?"我低声说。努尔也悄声对我说:"嘘,你只是冷。"第二天晚上,他离我越来越近,最后侧着身子,紧紧贴住我,直到我皮肤上有一种又热又湿的感觉。我假装睡着了,或者是半睡半醒,或者是完全睡着了。第二天早上,我把这件事告诉了父亲。"对你堂哥这个年纪的男孩来说,这很正常。"爸爸说,但这是他最后一次让努尔在我家里过夜。虽然我常常怀疑这事是否真的发生过——是不是在做梦。但我从未允许你,哈利勒,和你的堂兄表弟睡在同一张床上。从你出生一直到你长大到可以自己洗澡的那一天,我无论为你洗澡,还是和你一起在浴缸里洗澡,总是穿着短裤和背心,不愿意在你身边裸体。

我睁大眼睛望着努尔,问道:"你在这儿干什么,老兄?"

"你说什么呢?"努尔说,眉头紧皱,好像真的困惑不解,"我一直在这儿呀。"

这他妈的怎么回事?努尔从来不来这儿呀。等一下,等一下……我知道怎么回事。《街头霸王》[1]！我上周连续赢了这个胖家伙三次，他受不了了，作为报复，不再找我，而是来找莫娜。

"你吃饱了，兄弟！"我对他说，他朝我恶狠狠地咧嘴一笑，露出满嘴獠牙，每颗牙齿之间都有黑色的缝隙。

"比你想象的还要饱。"莫娜补充道，扑通一声坐在努尔身旁的沙发上。睡在他们旁边乐至宝[2]躺椅上的是莫娜的爸爸阿布·扎克。他的光头在白色天花板的荧光灯下闪闪发光。"乐至宝"是阿布·扎克的宝座，除了他，谁都不能在上面坐。阿布·扎克唯一一次让我坐在上面是我订婚的第二天。"你现在是个男人了。"他告诉我。阿布·扎克是个"舶来品"，二十多岁才来到澳大利亚，要改口音已经太晚了。和他的父亲、祖父一样，他既是烟鬼，又是酒鬼，还有"厌女症"，偶尔会打老婆。后来有一天，他突然不再做这三件事，成了一个还算体面的丈夫。那个古老的村庄留给他的，只剩下浓重的阿拉伯口音。

雅斯敏姑妈正站在面向客厅的开放式厨房里的火炉

---

[1] 《街头霸王》(*Street Fighter*)：是由日本CAPCOM公司于1987年首次推出的格斗类单机游戏系列。
[2] 乐至宝（LAZBOY）：闻名世界的功能沙发，始创于1927年，1947年进驻美国白宫影院，被誉为总统座椅，至今服务了13位美国总统。

旁边。"你好吗?"她边问边搅拌着一口大铝锅里的东西。不知道她在做什么菜,但整个房子都是一股炸大蒜和洋葱的味道。

"Humdulilah[1]."我对她说。

"你妈妈今天做什么好吃的了?"

"西葫芦。"

她点了点头,对着锅里的汤调皮地笑了笑。她知道我不喜欢西葫芦。大家都说雅斯敏姑妈是我们家最好的厨师。她当然总爱和我母亲比个高低。

"我不饿。"我还没等她要给我吃什么东西,就连忙说。

"你的未婚妻怎么样?"莫娜问。她说话总是发牢骚似的俗不可耐,就像《速度与激情》[2]里的范·迪塞尔。

"你的怎么样了?"我说。阿拉伯人就是这样说话,哈利勒,总是把"你"(you)说成"你的"(yours)。我俩都是二十二岁就订婚了。就我而言,是家里人为了让我赶快忘掉萨哈拉;对莫娜来说,是为了掩盖她喜欢女孩的性取向。她的未婚夫名字叫阿里,是个瘦骨嶙峋的叙

1　Humdulilah:阿拉伯语,"赞美安拉"或"感谢上帝"的意思。
2　《速度与激情》(*The Fast and the Furious*):是美国著名导演罗伯·科恩执导,于2001年至2021年上映的赛车题材的动作犯罪类电影,截至2021年,一共拍了九部。最后一部续集《速度与激情10》将于2023年上映。

利亚拳击运动员。她只在照片上见过他，只和他通过几次电话。六周后，阿里将飞到澳大利亚，与莫娜立即结婚，以便获得签证。

我笑着转向努尔。你那儿个尼普[1]怎么样了？莫娜强忍着，用咳嗽掩盖了笑声。努尔是马里克维尔区肯德基的店长，只和为他工作的越南小姐约会。努尔的朋友也都是越南人——他声称在卡布拉马塔，和亚洲人的关系密切。我那肥胖的堂兄没有回答我的问题，只是用犀利的目光盯着我。哦，又来了，《街头霸王》又来了。

后面的百叶门砰的一声打开，表兄赞恩穿过客厅，穿过走廊，走进卧室。三秒钟后，拿着手机走了出来。"你好吗，老弟？"他嘟囔着，连看都没看我一眼，便扬长而去。

"瞎忙。"我回答道。赞恩从进来的方向离开，我一直盯着他的上半身。他是个只有五英尺五英寸高的矮个子，摔跤手一样的脑袋，和整个身体相比，小得不成比例，二头肌像西瓜一样从黑色紧身T恤衫里凸起。

我转向莫娜和努尔。"你们今晚想去看电影吗？"

"我们去看施瓦辛格拍的新片子——"莫娜话音儿刚落，外面突然传来一声尖叫。起初我并没有在意，但

---

[1] 尼普（Nip）：阿拉伯人之间使用的俚语，意思是："亚洲人"。

莫娜瞬间脸色大变。皮肤粗糙的双颊紧绷，棕色眼睛眯在一起，抿着嘴唇，竖起耳朵，调动整个身体的"积极性"，就像巨大的声呐定位仪，声波穿过墙壁，一直扫到马路边。我正要问她出了什么事，她突然站起来，径直从后门跑了出去。我跟在她后面，沿着房子旁边的小路疾跑，不知道出了什么事……

莫娜跌跌撞撞跑到马路边，尖叫着："放开他！放开他！"绿化带上，两个家伙就像一对比特犬互相撕扯着。莫娜冲到他们中间。我本来也想冲过去，但却呆呆地看着。你看，我不愿意扯到是非之中，除非命中注定。"放开他！"莫娜又尖叫起来。这时候，阿布·扎克从我身边经过，冲到那两个扭打在一起的人身边，一秒钟前他还在"乐至宝"上酣睡。刚才雅斯敏姑妈还在低着头搅锅里的汤，现在也冲了过来。还有堂兄努尔，像一头发育迟缓的犀牛蹒跚在他们身后。埃姆·乔治站在她的房前呻吟，Aam yet telou baa'doun! ——他们在自相残杀！她的儿子肯尼像橄榄球运动员一样从房子的侧门冲出，冲进人群。那两个家伙还在互相拉扯着厮打，衣服扯破的声音不绝于耳，接着大家一起尖叫："放开他！"

突然，表兄赞恩跌跌撞撞地朝我走来，衬衫被扯开，摇晃着，呻吟着。周围的人像九柱戏的木桩一样在大街上分散开来。科达从打斗中心钻了出来，秃脑袋像月亮一样闪光,挥舞着树干般粗壮的胳膊,尖叫:"你死定了,狗娘养的,你死定了!"科达看起来宛如岩石雕刻而成,脸拉得老长,好像有人把皮肤拉紧,绷到头颅上,在后脑勺打了个结。参差不齐的牙齿就像透明的碎玻璃。斜方肌[1]完全"吞噬"了他的脖子。科达的母亲是阿布·扎克的妹妹,所以他和赞恩是表兄弟。他们本来是好朋友。每个工作日晚上一起去健身俱乐部,周六晚上一起去夜店,周日晚上一起逛妓院。有一次,我甚至发现他们在格林阿克公园的厕所外面给对方的屁股注射类固醇。

科达朝大街四周扫了一眼,看见了我。我还一动不动站着,好像站在一个恶魔面前。"你他妈的滚回家去!"莫娜冲他大声叫喊着,走到我们中间。科达本可以一拳就把莫娜打昏,但却转过身,大步穿过大街。阿布·扎克一瘸一拐地从女儿身边走过,走到大路上。他前不久刚找到一份清洁排水沟的工作,结果从屋顶上摔下来,摔坏右腿,现在还缠着绷带。"你当着我的面打我的儿子,你这个Sharmout!"他喊道。Sharmout在阿拉伯语中是"男妓"的意思——与英语不同的是,在我们的语言中,女人和男人都可以被骂作"婊子"。突然,阿布·扎克举

---

[1] 斜方肌(traps):位于项部和背部的皮下,一侧呈三角形,左右两侧相合成为斜方形。

起拳头，朝外甥的后脑勺打了过去。在拳头落在科达身上之前，他闪身躲开，转身面对着他的舅舅。和街上别人一样，我姑妈的丈夫根本就不是科达的对手。他一定觉得深受其辱，才冒险和他打斗。姑父是来自叙利亚的老派阿拉伯人。在叙利亚，耻辱比死亡更糟糕。"我的儿子！我的房子！"阿布·扎克吼道。

"我要把他撕成两半！"科达反驳道，双手捶着他那赫拉克勒斯[1]般的胸膛。

"我说了，滚蛋！"莫娜尖叫着看着他们俩，出现在父亲身边。

科达终于在我姑妈家那条街对面找到他那辆旧丰田佳美。你能想象到像科达这样的阿拉伯穆斯林"神经病"开着跑车——比如RX-7或Rexy——到处乱跑，但是警察对与众不同的黎巴嫩人毫不留情，只能让他靠边停车。科达打开车门，面对街上所有的人，倒退着进车——就在他要关门的时候，阿布·扎克砰的一声关上车门，车门重重地打在科达的右肩膀上。"哼，哼！"他喊道，"滚开，你这条狗！"

科达满脸愤怒，就像山上的蛇，守卫自己的洞，毒

---

[1] 赫拉克勒斯（Heracles）：是大力神，是古希腊神话中最伟大的英雄。现在，赫拉克勒斯一名已经成为大力士和壮汉的同义词。

液在心中奔涌。他猛踩油门倒车，撞在后面停着的汽车上。然后一打方向盘，加速向我们驶来。众人一阵惊呼，震动了拉克巴："哎呀——妈的——等一下——天哪——天哪。"我向左边跑，莫娜向右边跑。阿布·扎克向家里跑。这时"丰田佳美"驶上马路，前保险杠夹住阿布·扎克的脚后跟。他摔倒在地上，像麻袋一样滚来滚去，就像一个裹在尸袋里的人。

"该死的浑蛋！"莫娜尖叫着，踢了踢科达的车门。"丰田佳美"从她身呼啸而过，消失在凯特琳大街的黑暗中。月光太刺眼了。只有真主安拉才能看到这一切……

十五

即使面对一群"沙浣熊"，科达这种做法也很野蛮。他不是敬畏神吗？神的眼睛他是躲不过的。看见莫娜冲到柏油路上扶起她父亲，我本来也想跑过去帮忙，但又一次停下脚步。我渴望挥拳击打沙袋的感觉，渴望听到快速球滚过仪表板的隆隆声，渴望皮跳绳刮擦混凝土地板的嗡嗡声，渴望看到奥利那双蓝眼睛犀利的目光在我脸中央扫视。我强迫自己像个胆小鬼一样走上人行道，双腿从膝盖骨一直抖到脚跟。真不敢相信那个变态的家伙居然要撞我们。

"你好，巴尼。"从雅斯敏姑妈和埃姆·乔治之间传来一个有点油滑的声音。是我们的邻居萨阿夫。他走到我面前，近得都能从他的呼吸中闻到啤酒的味道。他一定是听到了街上的叫喊声。"出什么事了吗？"

我环顾四周，不知所措。他是在跟我说话吗？赞恩在哪儿？努尔？肯尼？"哦，小伙子们打架。"我说，耸了耸肩。

"谁和谁打？"萨阿夫问。

我不停地张望着，想在暮色中找出街上的每一个人，突然，努尔那辆白色"霍尔顿金宝多"从马路上呼啸而过。隐隐约约传来用英语叫喊的声音。

"谁和谁打了？"萨阿夫又问。

"科达和双胞胎中的一个。"我咕哝着，最后视线落到赞恩身上。他和肯尼站在他的小卡车前，肯尼的个子和他一样矮。他仰着头，看到那天晚上出现的第一颗星星，像一头受伤的牛一样呻吟着。

"他们不是表兄弟吗？"萨阿夫刨根问底，没完没了。

我没有回答，继续在街上搜寻，想弄明白这些亲戚最后都去了哪里。阿布·扎克一瘸一拐靠在莫娜身上，手臂搂着她的脖子。一阵刺痛弥漫在我的腹股沟。我在"男性化"表妹的斜方肌上看到前女友充满阳刚之气的肩膀。闷热的夜晚，她常常穿着背心在格里布的小巷里游荡。哈利勒——我们不过是阿拉伯人。

努尔的车又从大街那头冲了过来。这一次,汽车疾驰而过时,我听见他大声叫喊:"快来!"然后车子就开走了。赞恩跟跟跄跄地走到屋后,跟在父亲和妹妹后面,姑妈雅斯敏和埃姆·乔治跟在他后面,萨阿夫和肯尼跟在他们后面。我一个人站在街上,努尔的"霍尔顿金宝多"第三次呼啸而过。"他妈的下来,现在!"努尔尖叫起来。我不确定他和谁说话,但如果没猜错的话,他是在假装打电话,命令他想象中的亚洲黑帮同伙,拔出砍刀,行动起来。

等到街上空无一人,我沿着这条路奔向比拉尔的新房子,他和新婚妻子已经在那里舒舒服服地生活了近六个月。那一刻,我心里充满感激之情,因为父亲打算也为我做同样的事:在凯特琳街的另一边给我建一栋砖房,等我和法蒂玛结婚后就搬进去。遇到紧急情况,我们能如此亲密,这很让我高兴。我冲进哥哥家的前门,用力撞在双层玻璃门上。"比拉尔!"我喊道,"比拉尔!"

我拿出手机给他打了个电话。电话响了整整一分钟,没有人接。灯是开着的,所以他一定是和他的妻子在家里——我们这个部族的新婚夫妇在结婚的第一年很少离开对方太远。我又打了过去。这次电话刚响他就接了。"什么事,兄弟?我在洗澡呢。"

"科达和赞恩打起来了！"我喊道。话音儿刚落，电话就断了。我准备再次拨打，还没来得及，比拉尔就从前门冲了出来，只穿着一条短裤和一件背心，浑身湿漉漉的。他穿着一只鞋，趿拉着另一只，从我身边跑过。

"走吧，快走！"他喊道。

"等一等，"我喊道，"等……"可是太晚了，比拉尔已经走到大街那头了，我只能跟在他后面跑。

哥哥从后门跑进姑妈家。"他在哪儿？在哪儿？"他咆哮道。比拉尔的块头没有科达和赞恩那么大，但同样强壮，最近仰卧推举已经达到一百三十公斤——对于一个体重七十五公斤、没有服用类固醇的小伙子来说，这已经很不错了。

客厅和厨房里到处都是家里人，雅斯敏姑妈、阿布·扎克、莫娜，还有我们的邻居埃姆·乔治、肯尼和萨阿夫。表兄赞恩是大家关注的焦点。他站在液晶电视前，一副狼狈相。刚才在外面的时候，黑暗中我看不清他被打成什么样子。但是此刻，客厅里，在白色沃吉瓷砖反射的荧光筒灯下，赞恩看起来就像被大猩猩咬伤了一样惨不忍睹。他胸脯上布满鲜红的伤口，从撕破的衬衫里露出来，闪着幽幽的光。额头上鼓起一个个大包，留下一片片瘀青。整个左脸都是橘黄色的，肿得老高。他的鼻子肿了，流着血，鼻尖上有一道伤口。天哪！——他的右眼!好像被抠开了一样,眼球完全变红,就像科达把整个拇指都伸进了眼窝。我哥哥轻声细语地表达了他的担忧:"哦,哦——你还好吗,兄弟?"我能听到雅斯敏姑妈在厨房里说:"看,看,看,他的眼睛!"埃姆·乔治也呻吟着说:"他们叫骂'该死的狗',然后互相残杀。"

表兄绕着圈走,越走越快。当所有人的目光都跟着他转时,他不停地呻吟。突然,手机响了,趁铃声还没在客厅里回荡,赞恩从口袋里掏出了他的诺基亚。"什么?"他对着电话尖叫,"狗会死去?"

"科达,你这个浑蛋!"莫娜喊道,她的声音像摩擦的砂纸。"吃屎去吧!"

赞恩挂了电话,环视了一下房间里的人,目光从一个阿拉伯人的鼻子扫视到另一个人的鼻子。"他告诉我,狗会死……"

就在这时,我口袋里的手机也响了起来——那铃声又是图帕克叫喊的声音:"西部浑蛋"和"就在这里"。大伙儿都猛地朝我转过脸来。就好像我们都变成了啮齿类动物,超级警觉。

肯尼从白皮沙发上抬起头盯着我,深橄榄色的脸上表情严肃。"是科达吗?"他问。多么愚蠢的问题。就好像我会把电话号码给科达这种浑蛋似的。我和他没有血缘关系!真主安拉,我和科达没有血缘关系!我摇了摇头，走了出去，从口袋里拿出手机，在后门廊上接电话。"哪位？"

"哦，伙计。"是堂兄努尔。他听起来怒气冲冲，但我太了解他的伎俩了，所以不相信他。"我给卡布拉马塔的熟人打了电话，"他告诉我，"他们带着曲棍球棒到科达家了。"

我知道他说的都是假话，但没有戳穿。"好的，兄弟，放松你的球袋。"我盯着姑妈门廊里的一把塑料椅子。上面用涂改液画了个鸡巴。我敢打一百块钱的赌，那是我表妹莫娜画的。

"听着，"努尔继续说，"我本来想放他一马，可是那条毒蛇想从我们身上碾过去——哦，他们来了，瞧，他们在等他！"

电话没声儿了。努尔挂断后没过一秒钟，电话又响了起来。这一次，屏幕上闪烁着我未婚妻的名字。起初，我没接，只是盯着手机。手机在我手里震动。我不知道该对法蒂玛说什么。她一定又像往常一样，在电话里抱怨她父亲，求我明天就娶她，这样就可以自由自在，买个肚脐环了。她每抱怨一次，我都必须找到合适的话来安慰她——"坚持住，宝贝儿"，"我们很快就要结婚了，宝贝儿"，"要我帮你把你爸爸打晕吗，宝贝儿？"电话一直在响，我想象着电话那头天真的法蒂玛，全然不会想到她生命中唯一可以依靠的人故意不接她的电话。最后，我把电话放在耳边。"嘿，怎么了，发生什么事了，你需要什么？"

很长时间没有应答，我能听到法蒂玛在电话那头轻柔的呼吸，仿佛从我近乎疯狂的声音中汲取力量。"亲爱的，你为什么回答我这些问题呢？我问你保证，我会按你说的去做任何事情。但走近点。让我们在彼此的怀抱中向悲伤屈服，无论多么短暂。"然后她咯咯咯地笑着，挂了电话。听到《伊利亚特》里的诗句从她嘴里溜出来，我真想哭。突然之间，我第一次，终于"遇到"了我要娶的女人。我真希望我现在就能和法蒂玛一起消失，躲在我们祖先沙漠中的绿洲里，躺在她的怀里，听着她的呼吸，听着她胸口的心跳，我们一起从家庭的牢笼中解脱出来。可怜可怜我吧，伊利亚特和奥德赛的孩子——这是我能想象到的最好的事情，在听到你的呼吸声之前能想象到的最好的事情。

我回到姑妈家，萨阿夫正在对赞恩说，"如果你愿意，我们可以叫几个兄弟过来。"萨阿夫和赞恩并不是真正的朋友，但他们年龄相仿，一起在庞奇博尔男子高中念过书，所以他们可能是同一个帮派的人。赞恩的电话又响了，莫娜从他手里夺过来，顺手扔到房间那头。手机撞在洗衣房的门上，重重地落在瓷砖地板上。雅斯敏姑妈看着我哥哥，说："你能带他去看医生吗？"电话不响了，阿布·扎克用阿拉伯语说："Yalla Zaan, a'l mastashfa."意思是"走吧，赞恩，去医院"。阿布·扎克又回到他的"乐至宝"里，斜倚着，右腿缠着绷带。

"不，我没事，不！"赞恩边说边在客厅里踱来踱去。埃姆·乔治摇摇晃晃地走到他跟前，抓住他的肩膀，平静地说："赞恩，可怜可怜你的母亲吧。"

就在这时，我哥哥的妻子曼迪从后面的百叶门乐呵呵地走了进来，像个会走路的摇头娃娃——巨大的乳房和浓密的红头发在我们面前晃动。"出什么事了？"她满脸堆笑，尖声尖气地说，好像很兴奋似的。

莫娜抓住赞恩的胳膊，把他拖向后门。"你得去医院。"她说。

比拉尔看着他的妻子。"我要和他们一起去。"他对她说，一边跑出去追我们的表兄妹。

洗衣机旁边的地板上，赞恩的电话又响了，大仁、大仁、大仁、大仁……仁……仁……大仁……《墨西哥帽子舞》的乐曲不停地响。屋子里的人都转过头看着它。手机在震动，好像被一个燃烧着无烟火焰的恶魔附体了一样。它停了一下，三秒钟后又响了起来：大仁、大仁、大仁、大仁……仁……仁……大仁……我弯腰捡起，发现是一部钛合金外壳、蓝屏的诺基亚8850，和我上高中

163

时用的那部手机一样。"科达王"的名字在我的脸上闪着蓝色的光芒，嘲弄我，折磨我，恐吓我。"啊。"我脱口而出，按下拒绝接听的键，把手机塞进我的口袋里。

"电话，电话。"埃姆·乔治抱怨着，跟跟跄跄地走进厨房，来到雅斯敏姑妈身边。雅斯敏姑妈又回到火炉旁边搅拌锅里的汤。曼迪也向厨房走去，脸上仍然挂着骄傲的微笑。自从结婚以后，她就变成一个真正的拉克巴女人，无聊得要命，只想当个家庭主妇，一天到晚无所事事，围着锅碗瓢盆，飞短流长成了她的主业。

那天晚上的八卦是关于达莉亚·优素福——我表哥赞恩的新女人，吉尔福德族长阿布·泰姬的第六个女儿。我从未见过她，但我们部族里的人都说她长得像J-Lo[1]。女人们谈论着她光彩照人的皮肤、闪闪发光的头发和大大的绿眼睛，男孩们则谈论着她泡泡状的屁股和圆顶状的奶头。雅斯敏姑妈说科达很嫉妒，因为达莉亚选择了她的儿子而不是他。她是认真的吗？就是因为一个女孩吗？淡而无味的"老生常谈"！真不敢相信赞恩和科达之间会有个女人。

阿布·扎克听够了，从他的"乐至宝"里跳出来，一

1　J-Lo: 詹妮弗·洛佩兹（Jennifer Lopez），1969年7月24日出生于美国纽约，美国歌手、演员、制片人、时尚设计师、商人。

瘸一拐地走向座机。他拨了一个号码,马上对着电话喊道:"萨娜特,告诉你儿子,永远不要再登我的家门,听明白了吗?"肯尼和萨阿夫像狼一样迅速跑到阿布·扎克身边。他在等电话那头的人回应,我猜应该是他的妹妹萨娜特。萨娜特的声音很大,我在客厅这边都能听到她的叫骂声:"他在路上呢……开枪打死你们……都是因为那个婊子!"

"什么?什么?他要过来,开枪打我们?"阿布·扎克重复道。记得有一次,我和莫娜在她家门廊外玩儿,科达把车停在汽车道上。在等赞恩从屋里出来的时候,他摇下车窗户,扬了扬刚修过的眉毛,说:"我睡觉的时候枕头下都放着一把乌兹冲锋枪,兄弟。"他的话我虽然当真,但很难相信他真的会为了一个女人而杀死他的表兄。看在真主的份儿上,这会是怎样一个公主呀!那个让一千辆WRX飞驰的女人[1]?哦,去他妈的吧,我想。让我们死吧——但不能不战而退,不能没有荣耀,在一

---

[1] WRX是西悉尼黎巴嫩人喜欢开的跑车。这句话的原文是:The face that launched a thousand WRXs。the Face指Helen of Troy,直译为"特洛伊的海伦"。她被称为"使千艘船下水的面孔"。源自荷马史诗《伊利亚特》中的希腊神话故事。海伦是希腊的绝世佳人,嫁给希腊南部邦城斯巴达国王墨涅拉俄斯(Menelaus)为妻。后来,特洛伊王子帕里斯奉命出使希腊,趁着墨涅拉俄斯外出之际,诱走海伦,还带走了很多财宝。此事激起了希腊各部族的公愤,为此,十万大军和一千一百八十条战船集结,跨海东征,攻打特洛伊城。(以上为作者的解释)

场拳头的撞击声中死，那声音即使未来的黎巴嫩人也能听到！

阿布·扎克挂断了电话。"叫警察。"他大声嚷嚷着，"叫警察！"

我不明白，为什么大伙儿似乎都一致认为应该由我来报警（可能是因为家人都觉得这种电话需要一定程度的大学教育）。但是不管怎样，我都很小心，没有用自己的手机打这个报警电话，而是决定用表哥的8850。电话还在我的口袋里。我跑到外面的绿化带，按了三个零，然后考虑是否应该按拨号键。我还算条硬汉，还是已经尿了？为什么他们打斗时我僵在那儿不敢靠前？为什么不敢出手相助？是因为我是个胆小鬼吗？因为我害怕科达？因为我知道打不过他，就像赫克托耳知道打不过阿喀琉斯，帕里斯知道打不过墨涅拉俄斯一样？如果科达打我的哥哥呢？如果打我的未婚妻呢？

我第一次见到科达时十九岁。赞恩在亚古纳的公寓后面有个停车场。科达一直在那儿溜达。我站在楼梯井上面看他，却不知道他突然从哪儿冒出来，爬上一根布满灰尘的横梁，开始做引体向上。

"做这玩意儿有什么意义，兄弟？"我低头看着他问道。

科达从横梁上慢慢地放下身子，抬起头盯着我。"你这是什么意思?"他咬紧牙关,嘲笑道。

"我的意思是,跳上横梁,胡乱做几个引体向上有什么意义?"

他做了个鬼脸,说:"看看我,看看你……"

回到绿化带,我的拇指仍然放在拨号键上,我决定接受科达的提议——看看他,也看看我自己。电话在耳边嘟嘟嘟地响着,我数着每一声,一声……两声……三声……四声……直到有人应答。

"我需要警察来。"我对接线员说。

"为什么?"她问。

"我们需要警察。"我说。

"出什么事了?"她慢吞吞地说,好像只是又一个平平常常的周二晚上。

"我需要警察。发生了一场斗殴。我需要警察。凯特琳街七十四号。有人要来杀我表哥。"

"谁?"

"他的表哥,我表哥的表哥。要杀我的表哥!"

"他在那儿吗?"

"还没有。正在路上,带着一把乌兹冲锋枪。他们打了一场架。"

"你叫什么名字?"她问。

"为什么要问我的名字?"

"我需要一个名字。"

太好了，我本来打算告诉她我叫巴尼·亚当，可是倘若那样她会想，典型的穆斯林！"本尼。"我说。

"这是你的电话，你的号码吗？"

"是的。"我撒了个谎。

"我现在就派一个小队过去。"接线员告诉我。她接着又给我提供了更多的信息，但我没有认真听。因为我一直盯着黑暗，一个人影正从我父母家的方向走来。我挂断电话时，父亲的大胡子已经出现在我面前。

"谁打架了？"爸爸平静地问。

"科达和赞恩……"我解释道。他点了点头，好像已经知道了，然后大步走上他妹妹家的车道。他环顾四周，发现车库门上顶着一把铁锹。铁锹很短，上面粘着干了的水泥。锹头厚重，锹柄结实。父亲拿着铁锹从我身边走过，朝他妹妹家的前门走去。我抓住他像混凝土一样硬实的胳膊，把他拉到身边。爸爸像我这么大的时候，会在对阵科达的比赛中坚持到底。他在雷德芬的街道上长大，每天晚上都和吸毒的人、注射类固醇的人打群架。可现在我就不那么确定了。"你要干什么？"我嗫嚅地说，"回家照顾我们的家人去吧。"

父亲那双乌黑的眼睛紧盯着我。"这也是我们的家，"他说，"你以为我会让那个浑蛋伤害我外甥吗？"说完话，他便消失在那幢房子的前门里，明亮的光线瞬间吞没了他。

电话又响了。起初我以为是赞恩的电话，因为他的手机在我手里，后来才意识到是我的手机，"图帕克"正在口袋里骂人。我把手机拿出来，看到不停闪烁的屏幕上显示：来电，努尔。他妈的！好像我们现在还有时间照顾他的"多动症"似的。"喂，老兄？"

"哦，老兄，我在科达的房子外面。"

"你在那儿干什么？"我漫不经心地问道。他可能把车停在拉克巴公立学校门前的拐角处了。

"我在等小伙子们过来。他们会带着曲棍球棒来。他们是从卡布拉来的。"

"好了，老兄，开车回来吧。没事儿了。"

"哦，我爸爸在吗？"努尔问。

"不在。你有事？要和他说话吗？"

努尔没有回应，而是挂了我的电话。就在这时，一辆灰色旅行车停在埃姆·乔治的房前。是努尔的父亲埃胡德伯伯。我不相信努尔会向他大喊大叫。埃胡德伯伯最近被诊断出得了肾病，每周要做四天透析。好像他现在就需要做这玩意儿似的。伯伯慢慢地下了车，向我走来。他是圣诞老人和宙斯的"混合体"，长着一张玩具熊泰迪的脸，肚子很大，肩膀很宽，是我们家神一样的人物。为了弄明白他是如何在大家心目中享有如此崇高的地位，哈利勒，我得带你回到拉克巴之前的黎巴嫩。你的曾祖父母住在杰巴勒山的一栋房子里，他们在那里养育了十一个孩子。我们总爱假装他们逃到澳大利亚是因为1975年爆发的内战，但实际上内战爆发前七年，他们就因为自己家庭的"战争"来到澳大利亚。我的一个姑妈玛利亚姆当时还是个孩子，她告诉我祖父，他的大哥塔希尔一直在性侵她。我父亲告诉我，你曾爷爷听到这个消息后非常伤心，但他没有采取任何行动，而是开始计划把他的孩子和我的祖母带到澳大利亚。

"爸爸，为什么我们不能像《洛丽塔》里的人那样，"我叫道，"让孩子们安全点？"

你祖父看我的眼神就像一个被荆棘缠绕的愚笨的、羽翼华丽的六翼天使。"嗯？你说什么呢？"

"警察，"我说，"为什么爷爷不向警方举报他的哥哥呢？"

"你是个'马季侬'吗？"爸爸反驳道，"永远、永远、永远不要把自己的家人交给警察，你明白吗？永远、永远、永远！"

我祖父到达澳大利亚两年半、全家到达悉尼六个月之后，爷爷在客厅里心脏病发作，在我祖母和他所有的孩子们面前倒地而死。他是在澳大利亚去世的第一个穆斯林阿拉维派教徒。埃胡德伯伯那年十九岁，成为一家之主。他对我说，他有责任在经济上供养我的祖母、抚养他的兄弟姐妹。

"努尔好吗？"埃胡德伯伯走近时，我问道。

"他很好，"伯伯点点头，仿佛在安慰我，"只是为他表哥难过。"埃胡德伯伯走上妹妹家的车道。

"伯伯，"我对他喊道，"他们说科达要来。"

埃胡德伯伯转过脸，在夜色中睁大一双眼睛看着我。"听着，巴尼，别掺和进来，好吗？"我把埃胡德伯伯当作我的祖父——他的话就是法律。"他们是表兄弟、亲戚，"他说，"他们会打架，但也会原谅彼此。你和科达没有血缘关系。他不会原谅你的……"

然后伯伯的目光转向左边。另一辆车停了下来，赞恩的双胞胎兄弟扎克跳了出来。赞恩和扎克看起来一模一样，同样的身高，同样的椭圆形脑袋，但扎克在几年前结婚后就不再使用类固醇了，所以他现在比小他六分钟的弟弟瘦了一点儿，也没弟弟那么瓷实。

吉娜也下了车，摇摇摆摆地走到路边。她是扎克的妻子，也是他的表姐，一个满头卷发、来自叙利亚的"邮购新娘"。"进去吧。"扎克吩咐她。她对他言听计从，绝无异议。他们两人之间这种主从关系"根深蒂固"。三年前，扎克给我看了一张他的准新娘站在大马士革家门前的照片，说："澳大利亚的女孩都是荡妇，兄弟……你看这个女孩，等她来了，我会把她牢牢控制在我的手中！"吉娜从我身边走过时，微微一笑。我总是为我们那些在叙利亚和黎巴嫩的姐妹们感到难过，她们迫切地想移民到澳大利亚，会高高兴兴地嫁给我们部族中那些没人稀罕，甚至谁都不想要的男人。有一个很特殊的例子。我那个来自彭里斯的傻乎乎的二堂兄乌苏夫，娶了一个从黎巴嫩山区来的名叫弗道斯的女孩。结婚三个月后，她来到澳大利亚。乌苏夫散布谣言说她不是处女，硬让她乘坐廉价航班回到中东。不久之后，我从姐姐那里听说——她从我妈妈那里听说，我妈妈从她妈妈那里听说，她妈妈从她姐姐那里听说，她姐姐从她女儿那里听说——弗道斯洗澡时，一枚炸弹击中她家的房子，天花板上的电线掉进澡盆，把她电死了。

"赞恩在哪儿？"扎克问。

"送到医院里去了。"

扎克拿出手机打电话，埃胡德伯伯和我站在一旁看着。"听着……"他刚开口，就被对方打断了，"我能和你谈谈吗？听着，听着，拉姆齐，只是听着。"

我问伯伯。"他在跟谁说话？"

"我想是科达的弟弟。"埃胡德伯伯对我说，眼睛一直盯着扎克。

"好吧——你能冷静点吗?"扎克继续说,"他不是狗。这是她的选择,兄弟……"

不一会儿,莫娜开着哥哥那辆小卡车驶上汽车道,赞恩坐在副驾驶位置上,仰着头。扎克挂断电话,冲了过去,打开副驾驶车门,盯着他的弟弟。在赞恩被揍了一顿之后,他俩可不再像双胞胎了。

莫娜从驾驶座上走了出来,后面跟着坐在中间座位上的比拉尔。"科达刚给我打电话,他正在来这儿的路上!"我哥哥喊道,"我们要揍扁他。揍扁他!"自从上次他把那盒橘子扔向空中以来,他还没有这么兴奋过。

"拉姆齐把士兵都带来了。"扎克说。

"士兵?"我脱口而出,再也忍不住了,"叫他们他妈的滚回去,参加十字军东征去,该死的浑蛋!"埃胡德伯伯的手轻轻地放在我的背上。"冷静点儿。"他在我耳边小声说。

"很好,"比拉尔说,"最好现在就上战场战斗,看看真主会奖赏哪一个战士。"可能我把《伊利亚特》浪漫化了,而哥哥把特洛伊、阿喀琉斯和布拉德·皮特[1]浪漫化了。他开始像猎狗一样在街上跳来跳去。"你知道吗,兄

---

1 布拉德·皮特(Brad Pitt):1963年12月18日出生于美国俄克拉荷马州肖尼市,美国电影演员、制片人。

弟，"他大声说，"我和一个家伙曾经为了一个荡妇大打出手。但我这双手再也不会为一个荡妇打架了。"然后比拉尔转身面对姑妈的房子。"曼——迪!"他吼道。

我想起警察正在路上。该死，该死，该死。也许我不该给他们打电话。也许我们应该在家庭内部解决这个问题。糟糕，糟透了！"你们怎么回来了?"我问莫娜，充满了焦虑，好像害怕了似的。她站在汽车发动机罩旁边，尖下巴和高颧骨仿佛穿透了路灯朦朦胧胧的光。"我以为你们去医院了。"

"这几个蠢货懒得再等。"莫娜直截了当地回答。

赞恩在哥哥的帮助下小心翼翼走下车，跌跌撞撞地向我走来。他的眼睛还是红红的，额头上的包还是鼓鼓的，但至少鼻子已经不再流血。"啊，兄弟，你知道我的手机在哪儿吗?"

"给你。"我边说边把手机递给他。不知道他查看通话记录时会怎么想。最后拨的号码是000。其余都是"科达王"的未接电话。

赞恩环顾四周——他的双胞胎兄弟，他的表兄妹，他的舅舅。"喂，听着，我要去达莉亚家过夜了。"他咕哝着，有点紧张，"如果我走了，他们也就不会再下毒手了。他把目光移到莫娜身上，"妹妹，把我的小卡车开走，停到下一条街上。"我让阿穆·埃胡德送我。"然后赞

174

恩又转向我，"谢谢你所做的一切，表弟。"他说。我感到羞愧。他为什么要感谢我呢？关键时刻，冻僵了似的站在那儿，一动不动，眼巴巴看着自己的表兄挨了一顿暴打。我一直为自己是阿拉伯人而羞耻，并且愤愤不平。为了摆脱这种情绪，花了很长时间，动了很多心思。我也失去了阿拉伯人的力量和勇气。在拳击馆，那个有点尴尬的白人女孩说："但是……但是我喜欢你的鼻子。"也许她这句话真正的含义正在于此。我仿佛听到她在问我，做鼻子整形手术值不值得。我唯一想做的就是冲回拳击馆，跌跌撞撞地朝拳击用的沙袋走去，一边大声叫喊，一边一拳接着一拳打过去，直到连气都喘不过气来……

"曼——迪！"比拉尔又喊了一声，他的妻子终于把西瓜似的脑袋从房门探出来，"说真格的，你得回家了。"

"嘿。"她说，没理他，走到绿化带跟前，捡起一个棕色的小东西。"钱包。"她高兴得咧嘴一笑。

"是科达的。"赞恩说。我估计那是他第一次和她说话。阿拉伯穆斯林就是这样——大家都有那么多的堂兄表弟、表姐堂妹、隔一层的表兄妹，更远一层的堂兄表弟。大伙儿都刚刚结婚生子，所以虽然你和亲戚们住在同一条街上，但很少有时间去认识他们，和他们交往。

曼迪打开钱包往里面看了看，又把钱包横过来对着路灯看。"不，不，不是他的。是……是英——瑞克·冈——扎——里斯?"

"就是他。"赞恩说。这时候，我想起有一次，科达在我哥哥、我们的堂兄弟和我面前吹嘘说，他的驾照被吊销了一百五十年。他肯定在那之后改了名字。

"里面有很多钱。"曼迪说。

我哥哥对她皱了皱眉，从她短胖的手指里抢过钱包，装进自己的口袋。

赞恩跟跟跄跄地走到车道上，双胞胎兄弟在他身边。与此同时，莫娜启动了小卡车，把车倒到大街，向街角驶去。比拉尔跟着赞恩。曼迪跟着比拉尔。几秒钟后，我父亲走出前门去迎接埃胡德伯伯。埃胡德伯伯进屋的路上没有带铁锹。我看着亲戚们在凯特琳大街上来来往往，好像《左邻右舍》[1]中的一集——如果剧里的邻居没那么差劲、没那么浑蛋，不是白人的话。我悄悄地沿着大街向前走去，希望第一个看到警察。也许我可以告诉他们，一切都解决了，他们可以走了。

我在黑暗中走着，眨眨眼，突然看见他——科达!就站在我面前。"喂，还我的钱包。"他斩钉截铁地说。

---

[1] 《左邻右舍》(*Neighbours*)：澳大利亚家喻户晓的电视连续剧。又名《家有芳邻》。

"啊……啊。"我结结巴巴地说。他目不转睛地盯着我,而我却像个精明细心的人字斟句酌。"是的,是的,别着急。"我回转身拔腿就跑,暗自嘀咕:警察来了。警察来了。警察来了。如果科达知道我给警察打了电话,他会气得发疯——在他眼里我就是一条狗。而他会要狗的命,这是他说的。我飞奔而过时,爸爸和伯伯正在绿化带上压低嗓门儿说着什么。我冲进姑姑家的院子里,扎克的妻子吉娜正靠在一张塑料椅子上,仰着头,腆着肚子,好像怀孕了似的。她的父亲是叙利亚第一任阿拉维派总统哈菲兹·阿萨德的突击队队员。一天早上,他在送吉娜和她的三个姐妹去学校的路上,被一个萨拉菲派人击中脑袋,正好在两眼之间。我从后面的百叶门里跑过去,没和她打招呼。我很清楚凯特琳街的斗殴对她来说就像两只蚂蚁在混凝土的裂缝上打架,不值一提。

"比拉尔,把科达的钱包给我!"我喊道。

比拉尔怔了一下。"为什么?"

"科达在外面。他要钱包来了。"

九个大鼻子一起对准了我。"他在哪儿?"扎克问。

我没有理会他的问题,只是大声说:"给我!"

我哥哥从口袋里掏出科达的钱包,扔到我手心,就像跟我击掌一样。

我转身又跑到外面。这时,科达站在我父亲和埃胡德伯伯面前。"没事的,外甥,"埃胡德伯伯用阿拉伯语对他说,"你是家人,他是你的亲人。"

"你不了解赞恩,"我向他跑过去时,听见科达怒气冲冲地说,"他是一条狗。他对她说,我拍过色情片!"

真该死!这句话就像有人在我脸上狠狠打了一拳,把我变成那种你只能在贝尔莫和班克斯敦之间的铁路线上看到的阿拉伯少年。这种人会叫骂:是啊,那是狗,兄弟,真他妈的是条该死的狗[1]。

我摇摇头,走上前,把钱包递给科达。"给你,兄弟。"我得尽快把他打发走。他看都没看我,就从我手里接过钱包,走到街对面,朝他的"丰田佳美"走去。但接着赞恩、扎克、比拉尔、阿布·扎克、肯尼、萨阿夫、雅斯敏姑妈、埃姆·乔治、曼迪和吉娜都从屋里蜂拥而出,就像今天是bush week[2]一样。

科达转向了赞恩。"我和你还没完呢,狗娘养的婊子。"他气急败坏地说,手指像箭一样指着赞恩。

这时候,正好莫娜停完车回来,黑暗中向科达飞奔而去。"臭逼养的杂种!"她尖叫着。我和哥哥立刻冲到莫娜身边,抓住她的肩膀,用尽全力把她拖了回去。作为

---

[1] 在西悉尼,如果有人被称为"狗",就意味着他们背叛了别人。
[2] bush week:是西悉尼使用的一个有趣的俚语,没有人知道它的起源。通常是人们做了愚蠢的事情时所说的话。(作者的解释)

一个女孩子，我们这个表妹肌肉发达，力大无比，和我打过架的男人也不过如此。"冷静点，妹妹，冷静！"我哥哥尖叫道。

"你以为我不敢打你这个婊子吗？"科达边说边在空中挥舞着双臂，向莫娜扑过去。

我父亲、萨阿夫、肯尼和扎克冲上去和科达撕扯，把他推到汽车跟前，按在车门上。"啊——！"科达尖叫着，就像扔掰碎了的面包，把他们一个一个扔了出去。他们都摔倒在马路对面，科达疯了，就像二十一岁的拳王迈克·泰森一样挥舞着手臂击打汽车驾驶座的窗户。咣！咣！咣！玻璃碎了，那响声回荡在整个凯特琳街和拉克巴。最后，科达停了下来，挥动着两条胳膊，急促地呼吸着，看看这个，看看那个，好像准备把我们都带走。

埃胡德伯伯慢慢地、非常缓慢地走到他面前，伸出双手，放在科达的手臂上。"没事的，外甥，"阿穆·埃胡德用阿拉伯语说，"跟我进屋，和你表哥发个誓，这事儿就算过去了。"

"发誓？"科达说，把埃胡德伯伯的手甩开，"人和狗之间没有什么誓言可发！"

科达昂着头，挺着胸上了车，不顾座位上的碎玻璃，发动了引擎。他把车倒了几米，转向埃胡德伯伯，路上到处都是玻璃碎片，车轮滚动时发出噼里啪啦的响声。

"闪开!"莫娜对大家喊道。

"阿穆,阿穆……"我抓住埃胡德伯伯的胳膊,想把他拉到我身边,但他站在原地,岿然不动。破车里,科达怒目圆睁,盯着埃胡德伯伯,加快车速。我吓坏了,眨着眼睛,不敢直视。引擎发出一阵震耳欲聋的轰鸣,仿佛守卫在西南边一幢幢房屋门前一千只石狮突然发出的怒吼。一秒钟后我睁开眼睛,"丰田佳美"停在离埃胡德伯伯膝盖一英寸的地方。科达猛打方向盘,把车开到路边,轮胎摩擦着地面,用尽全力飞驰而去。

大街那边,科达那辆破车消失在一团烟雾和橡胶摩擦发出的刺鼻的气味中。一辆警车闪动着红蓝两色灯光出现在大街另外一边。警车减速,在埃胡德伯伯的旅行车旁边停下。三名警察从车里走出来的时候,我们都站在绿化带上挤作一团。走在前面的是两位男警察,后面是一个身材高大的女警官,她皱着眉头,一副自命不凡的样子,手里拿着一个大酒瓶子似的手电筒,每向我们走一步,大屁股就颤一下。女警官腰间还系着一条很宽的腰带,腰带上挂着手枪、手铐、辣椒喷雾器和一根黑色警棍。她在赞恩面前停下,低头看着他。一个瘦骨嶙峋、秃顶的男警察站在她的左边,另一个矮胖、满脸皱纹的男警察站在她的右边。为什么警察总是穷酸的白人?为什么警队里就没有少数民族?警车上红色和蓝色的灯在夜色中无声地闪烁，在凯特琳大街绰绰暗影下显得更加明亮。

警察等着，看我们这群"暴徒"在绿化带上排好队，然后女警官打开手电筒，从一个阿拉伯人脸上照到另一个阿拉伯人脸上，最后停在赞恩身上。一辆一侧车窗破了的"丰田佳美"从她身后驶过，向雅斯敏姑妈的房子滑去，看到警车之后，连忙沿着大街继续向前行驶。赞恩把手机塞进口袋，抬头看着警官。她低头盯着他矮矮的个子，手电筒照在他的脸上，从赞恩的眼睛到前额，再到鼻子，然后又回到眼睛。她眯着眼睛说："出什么事了？"赞恩什么也没说。她又看了看别人，把手电筒对准我的堂兄堂弟，然后对准我和哥哥、父亲，又对准姑父和伯伯，对准姑妈和嫂子的弟媳，对准邻居、邻居的邻居。没人说话。她回头看着赞恩。"到底怎么回事呀？"她问。赞恩没有回答。"你知道是谁干的吗？"还是没有回答。她又盯着他看了几秒钟，查看他的伤口。我知道她在想什么：你们是一群本·拉登。我知道我们都在想什么：把嘴闭上，警察就会滚蛋……就在这时，赞恩口袋里的电话响了：大仁、大仁、大仁、大仁……仁……仁……大仁……《墨西哥帽子舞》的乐曲不停地响。

警官对赞恩怒目而视。"你不想接这个电话吗？"赞恩盯着她不吱声，好像嘴被缝上了一样。铃声终于停了，好像在说，妈的，太尴尬了！过了一会儿，《墨西哥帽子舞》又开始了，每蹦出一个音符，都好像要把我们打回到黎巴嫩一样。好像在说：傻逼，兄弟，傻逼，停下，停下！警官扬了扬眉毛说："怎么回事？你听不见吗？我能听到，你听不到？"没有人被她吓住，赞恩的表情也没有改变。不，他没听见。我们其他人也没听见。我，莫娜，扎克，阿布·扎克，爸爸，比拉尔，曼迪，吉娜，雅斯敏姑妈，埃姆·乔治，肯尼，埃胡德伯伯，萨阿夫都没听见。我们都没有听到电话铃响。我们什么都没听到。绝对没有，绝对，绝对。

十六

早上七点。我结婚那天的早晨，那个戴十字架的女孩不肯让我安静地待着。她那么活泼，轻声笑着说："如果你这么做是为了忘记我，那么你永远也不会忘记我。"法蒂玛，专心致志地爱法蒂玛吧。我把结婚戒指戴在她的手指上。铂金。一克拉的钻石。八千块。她："我的梦想实现了。你买了吗？"按习俗，我还得自己买结婚戒指。铂金。四百块。我说："买了。"

早上八点。萨哈拉，萨哈拉，萨哈拉，萨哈拉，萨哈拉，萨哈拉，萨哈拉，萨哈拉，萨哈拉，萨哈拉，萨哈拉，萨哈拉，萨哈拉，萨哈拉，萨哈

拉，萨哈拉。

上午九点。黑色裤子，量身定制，下摆有亮点，二十世纪七十年代的风格。白衬衫，紧身，细黑领带。黑色夹克，一颗扣子。一大团发胶抹在头发上。我的鞋，像王子一样的黑色厚底鞋。这样一来，今天我就和法蒂玛一样高了。

上午十点。父母的家里挤满了亲戚，有三个住在旁边那几条大街上父亲的姐妹，还有七个从墨尔本来的母亲的姐妹，她们穿着闪亮的裙子，上面镶着人造钻石，头发用九百九十九枚发夹夹在一起，做成美杜莎[1]式的发型。我爸的四个兄弟身穿黑色西装，我妈的四个兄弟，也穿着黑色西装。还有表亲们——成百上千的表亲，穿着塔罗卡什[2]衬衫和露乳沟的裙子，散发着香水和发胶的气味。皮鞋和高跟鞋在地砖上发出咔嗒咔嗒的响声。阿拉

---

1 美杜莎（Medusa）：古希腊神话中三位蛇发女怪之一。
2 塔罗卡什（Tarocash）：是一家澳大利亚男士服装连锁店。他们在全国有七十多家商店，在澳大利亚和新西兰都有额外的库存。

伯语和英语交织在一起，掀起一阵阵狂欢的热潮，"Alf mabrouk al zawaj"（意思是"向新娘和新郎致以热烈的祝贺"）、"Biza taula 'A"（意思是"她的奶子都露出来了"）、"把眼线笔给我"、"猜猜谁要离婚了？"我的脸上沾满了被人亲吻留下的口红。我的手因为多次握手而长了老茧。爸爸对着电话尖叫："他不受欢迎，告诉那个狗娘养的，他不受欢迎。"

上午十一点。第一个"黎巴嫩租用"：婚礼摄影师在我们的阳台上等着拿钱。我把四千澳元现金塞进他牛仔裤右边的口袋里。照相机开始闪烁。第二个"黎巴嫩租用"：视频摄影师在前面的门廊等着拿钱。我把四千澳元现金塞进他夹克右边的口袋里。录像机开始转动。所有这些钱，以及所有花在婚礼其余环节的钱——从请柬到伴娘礼服到结婚礼服，到伴郎礼服，从招待会上的鲜花到招待会上的晚餐，再到我们本不应该喝的酒，都会从部族亲戚朋友送的红包里支出。所有归还给我的钱都会回到我的储蓄账户里用来生育下一代阿拉维派教徒。

那辆加长"悍马"停在父母家的门前。汽车鸣笛，发出响亮的"哔——哔——"声。我又给了印度司机两千三百元现金，好让他在接下来的六个小时里像拉着一群可怜的娘儿们一样，拉着我们到处转。三个伴郎是我的哥哥——他当然是最佳的男傧相，法蒂玛十九岁的哥哥伊萨·穆罕默德——一个有点夸张做作的阿拉伯穆斯林,还有肥胖的堂兄努尔,穿着一套小了两码的黑色西装,已经汗流浃背了。我们四个人钻进"悍马",里面变成一个"流浪夜总会"——到处都是闪烁的灯光、皮质座椅、有色玻璃和许多扬声器。我本想让巴基做我的伴郎,但家人绝不会同意一个希腊人加入我的新娘派对,他会借机和某个伴娘跳舞,更不用说他是个同性恋了。二十多辆车载着我的父母、叔叔姑姑和堂兄表妹们,跟在我们后面向法蒂玛家的房子驶去,一路上不停地按着喇叭,黎巴嫩式的混乱弥漫了悉尼西郊。

中午十二点。在法蒂玛家的麦克豪宅前等候时,我站在亚当家人的正中央。她的家人——一排排大鼻子、高耸的乳房、闪闪发光的裙子和深色西装——从前门涌了出来,后面跟着身穿红色伴娘服的妹妹约切维德、露露和准姐姐莉玛。还有一个黎巴嫩鼓手,手里拿着手鼓,砰砰砰地敲着,走上大街。我朝门口张望着,一秒一秒紧张地数着,直到我的未婚妻——那个将与我共度余生的女人出现。她那挺硬的、亮光闪闪的头发高高梳起显示出一种傲气,露出玫瑰金色的脸庞和优雅的长脖子。她涂着鲜红的口红,张开嘴微笑时,露出蛋白石一样闪闪发光的牙齿。大大的黑眼睛、长长的睫毛,上面涂着厚厚的黑色睫毛膏,和红唇皓齿形成鲜明的对照。法蒂玛脖子上戴着一条珍珠项链,贴在酥胸软玉之上。她穿一双白色高跟鞋,闪着微光的白色连衣裙紧紧地箍在气球般鼓起的胸脯和扁平的肚子上,婚纱像天使的翅膀从腰到双脚张开。也许是因为她的美丽,也许是因为部族的力量——在过去的一千五百年里,这力量一直支撑着我们——那一刻,我感到与法蒂玛有一种非常深刻、内涵丰富的联系,一种自豪、快乐和傲慢的结合,在我所知的最顽固的爱中融合在一起,就像真主的手为我们安排了这一切。

法蒂玛好像百感交集,哭了起来。她妈妈也哭了起来。我妈妈也哭了。我父亲也哭了。他的大儿子举行婚礼时,他可没有落泪。但话说回来,对于比拉尔在部族内部找个女人结婚,从来没有人有过半点怀疑。也没有人担心比拉尔会被生养我们的人惩罚。

下午一点。前面的门廊,教父双手背在身后,站在我们面前。部族里的人三三两两站在后面,就像《黑道家族》[1]中的场景。阿布·哈桑让法蒂玛跟着他用阿拉伯语念诵:"我愿意嫁给你,按照《古兰经》和神圣先知的指示,愿平安与幸福归于他。我发誓,以真诚之心,做一个被人尊敬的、忠实的妻子。"法蒂玛说话很自信,每个

---

[1] 《黑道家族》(*The Sopranos*):美国电视剧。

字都说得很清晰，噘着鲜红的嘴唇，一字一顿，好像从青春期开始就一直在为这个时刻排练。她的微笑在我和她的父母、兄弟姐妹、姑姑叔叔、表兄表妹、更远一层的堂兄表妹之间来回"切换"，她非常流利地讲着我们祖先的语言。Alhamdulillah[1]. Alhamdulillah. Alhamdulillah. Alhamdulillah.

阿布·哈桑转向我——手仍然背在身后，走动的时候，大肚子一颤一颤——让我也用阿拉伯语跟着他念诵："我以诚实和真诚的心保证，做一个忠实的、关心备至的丈夫。"我提高了嗓门，完全意识到这不仅仅是对法蒂玛的承诺，而且是对在我们之前和我们之后每一个阿拉维派教徒的承诺。Allahu Akbar[2]. Allahu Akbar. Allahu Akbar. Allahu Akbar.

直到这时，教父才从背后拿出双手。这当儿，手里一直拿着夹在写字板上的几张纸和一支黑色签字笔。他把笔递给法蒂玛，举起写字板说："女儿，把名字写在这里。"法蒂玛写完之后，把笔递给我，教父又举起写字板说："儿子，把你的名字写在这里。"我在文件上签了名，就像第三世界巡回演出的明星一样——除了自己的

---

[1] Alhamdulillah: 阿拉伯语，意思是"赞美真主"。这一特定短语在《古兰经》和伊斯兰先知穆罕默德的话语中处于非常重要的地位。
[2] Allahu Akbar: 阿拉伯语，意思是"真主更伟大"或"真主是最伟大的"。

粉丝，没有人能认出他是何许人也，更不会知道他的价值。我沿着那条虚线签下自己的名字时，感到哥哥结实的大手紧紧抓住我的肩膀。他把嘴贴在我的耳朵上，嗞嗞地说："签下这张卖身契吧，兄弟。"这时候，男人们喊道，"Mabrouk, Mabrouk, Mabrouk[1]"，女人们号叫着："哩——哩——哩，啦——啦——啦！"如果给我一点时间认真想想哥哥这句玩笑话的"严重性"，我或许会深吸一口气，拔腿就跑，到街上逃命，但我已经被伴郎们推进加长"悍马"，进入下一阶段的庆祝活动。法蒂玛的伴娘们把她推到我身边。

下午两点。淅淅沥沥下起小雨，这意味着没法到海港大桥前拍照片了。摄影师把我们带到乔治街一家五星级酒店的大堂，花岗岩和大理石大厅的角落里有一架老式三角钢琴。"女孩坐在钢琴上，男孩看着她，假装在弹钢琴。"摄影师说，咧嘴笑着，对自己的构思非常满意。

"可我对钢琴不感兴趣。"我对他说。

"没关系。"他直截了当地回答，已经开始拍法蒂玛的照片了，法蒂玛侧着身子趴在钢琴盖上，"我要让你看起来非常优雅。"

我坐在凳子上，把手指放在白色的琴键上，抬头看

---

[1] Mabrouk：阿拉伯语，"祝贺"！

着新婚妻子，脸上挂着做作的微笑。相机的闪光灯在眼中闪烁，法蒂玛摆出一副《大都会》[1]杂志封面上超模的造型——斜着肩膀扭扭捏捏，一本正经地望着天花板。"听着，巴尼。"法蒂玛终于开口了，从闪亮的盖子上俯视着我，"结婚后，我要改名。"

"你想随我的姓吗？"我惊讶地问。虽然在西方穆斯林中已经成为一种正常的习俗，我们部族的所有妇女都采用了这种习俗，但这不是我们历史和文化的一部分。先知穆罕默德的妻子没有一个随他的姓，他的女儿也没有一个随丈夫的姓。"我觉得你还是保持自己的姓比较好。"我回答说。你看，我确信：一个进步的穆斯林男人支持妻子爱自己。

"不，我是说我要改名字，"法蒂玛说，"这个名字很难听。"

我的手指痉挛着，用力按下钢琴的琴键，嗡嗡声回荡在大厅，前台所有白人的脑袋都扭向我们这边。难听？难听！"法蒂玛"是我们宗教中最神圣的名字之一，哈利勒，是先知穆罕默德最爱的女儿的名字，我们深情地称为al-Zahra，意思是"花"。

---

[1] 《大都会》(Cosmopolitan)：1886年在美国创办的国际知名女性杂志，针对时尚、生活、健身和美容等问题为妇女出谋划策，是世界上最畅销的妇女杂志之一。

"你想改成什么?"我问妻子,摄像机的光在我的视网膜上闪烁。

"带点性感的,"她回答道,朝摄影师的一字眉笑了笑,"像'香奈儿'这样的名字。"

瞧瞧西方人教会我们如何讨厌自己,我们会喜欢一个手袋的名字,而不喜欢祖先的名字。永远为你的名字感到骄傲,以我母亲的父亲——一个来自旧世界的硬汉——的名字命名,以伟大的黎巴嫩诗人纪伯伦·哈利勒·纪伯伦命名。

"啊!用别的名字,名字有什么意义?"我对法蒂玛咕哝道,"不管我们用什么名字来称呼这花,它还是一样香。"你看,我不能确定:一个进步的穆斯林男人支持妻子恨自己。

法蒂玛和我走出酒店大厅,跟着摄影师穿过乔治大街,回到正在"悍马"前面等我们的新娘亲友团旁边。我们身后,一个瘦弱的波根女人站在红绿灯下面,冲两个酒店保安尖叫着说:"我只是想抽根烟,你们这些浑蛋,我才不勾引你们那些客人呢。"这时候,那个波根女人看见法蒂玛手里提着洁白的婚纱前襟,踮着脚尖,和我一起穿过大街,她的态度和语气一下子都变了,"哦,哦,哦,亲爱的,你看起来真他妈的漂亮。"

下午三点。拉克巴麦当劳停车场有八个牛奶箱。法蒂玛、莉玛、约切维德和露露坐在那里，嘴巴歪向一边。比拉尔、伊萨·穆罕默德、努尔和我坐在一起，双腿分开，嘴巴搁在膝盖之间的空隙里，都在大口大口地吃着巨无霸、大汉堡和麦香鸡。

下午四点。大家都坐在"悍马"里，向格兰维尔皇家大饭店驶去。迪斯科灯闪烁着，努尔哼哼唧唧地说："我还是很饿。巨无霸，再来一个巨无霸。"法蒂玛把头探出天窗，隔着坎特伯雷路不停地喊着："我太可爱了！"姐妹们默默地盯着我，眉头紧皱，好像在说：你的新娘是个白痴！她们是对的，她是个白痴。但问题是，法蒂玛也是对的，她很可爱。不是因为她说自己可爱，而是因为她太笨了，没有意识到说自己可爱是多么不可爱。我哥哥搂着法蒂玛哥哥的肩膀，二头肌在长袖衬衫里凸起，咯咯地笑着，"得了，别弄了，老兄。"莉玛拿着卡拉OK的麦克风，想跟着低音喇叭里传出的音乐节奏，唱出液晶屏幕上显示的歌词——"一个全新的……姑娘。"我想，大家一定都认为她是家里最聪明的那个孩子。这是一个"全新的世界"。真是个饭桶。即使她没有像其他人一样看过一千零一次《阿拉丁》，那歌词就在该死的屏幕上，就在那儿：全新——的——世界！该死的生活，哈利勒。该死的生活，原谅我这样说话——这只是你血缘中另外一半人的说法。

下午五点。大家在接待处前面的休息室里焦急地等待着。我已经累了，婚礼还没开始呢。我凝视着墙上的海报。那是帕梅拉·安德森出演《海滩救护队》[1]时穿着红色泳装的照片，腰细得吓人、扁平的屁股、硕大的乳房，亮光闪闪的金发披在肩上。我认出这张海报是我童年生活的一部分。小时候的某一天，我从报摊上买了一张刊登这幅广告的报纸。回家后径直去了洗手间。盯着帕梅拉著名的假乳房，小鸡鸡颤动着勃起，又快又用力地撸了七秒钟，一股浓稠的白色液体喷了我一手。我既害怕又羞愧，洗完澡后，径直走到父亲面前，把我所有的积蓄——十三块钱都给了他，说："请把这些钱捐给慈善机构。"所以帕梅拉是我的"第一个女人"。现在结婚了，她便成了"最后一个"。我为什么还要打飞机呢？我现在有了妻子，下半辈子每晚都要做爱。新娘一行人都默默地坐着，接待室里寂然无声，只有奥林匹克运动会火炬手身后响起的那首歌在回荡。那是一首关于战车、火焰和别的什么的歌。

下午六点。还在等待。但当家人和朋友们到达时，接待大厅很快就热闹起来。姑父的嘟哝声从墙那边传

---

[1] 《海滩救护队》(*Baywatch*)：1989年上映的美国情景电视连续剧，是世界上收视率最高的电视连续剧，故事围绕海滩护卫队员营救故事展开，最大看点是海边的旖旎风光，以及无数身着泳装的帅哥美女。

来:"Sharmouta. Sharmouta. Sharmouta."

下午七点。我以前多次参加婚礼,在亲戚中间徘徊,等待大门在一片鼓声中打开,新娘和新郎出现,走下过道。但我从来没有从现在这个角度看到过这两扇大门。我握着法蒂玛瘦骨嶙峋的手,在门后焦急地徘徊。大门那边已经宣布婚礼派对即将开始,双方父母已经到场。我的心怦怦直跳,司仪用浓重的阿拉伯口音欢呼道:"掌声欢迎巴尼·亚当夫妇闪亮登场。"白色的门突然打开,阿拉伯鼓鼓声隆隆,司仪唱着:"Jeena o' Jeena o' Jeena, jebna 'l aroos o' Jeena!"意思是:"我们来了,我们来了,我们来了,我们把新娘带来了,来了!"我顿时热血沸腾,和妻子走进大厅——天哪,这是我的婚礼!我左手紧紧握住她的手掌,右手在空中挥了挥,一起走向舞池。家人一个接一个地从周围冒出来,脸上挂着我见过的最灿烂的笑容。他们脚后跟一颠一颠,屁股一扭一扭,手臂一挥一挥。同性恋在异性恋当中,羊在狼当中,我的伴郎藏在衣柜里。[1]巴基,穿着深蓝色西装,走到过道,把我的头向前拉,嘴唇贴着我的耳朵,说:"你知道吗?你很漂亮,巴尼。"然后,他的大脑袋消失在阿拉伯人的

---

[1] 同性恋在异性恋当中,羊在狼当中,我的伴郎藏在衣柜里。原文是: Fag among breeders, sheep among wolves, my best man in the closet. 作者的解释是: fag 是 gay(同性恋者)的贬义词,"breeders"是异性恋者的昵称。

海洋中。橄榄色皮肤、乌黑的眼睛、黑亮的头发隐没在我们部族之中。这让我想起上次他这个希腊人和我这个黎巴嫩人一起走在拉克巴的哈尔敦街的情景。我们都是在那个郊区长大的。巴基指着那些买水果和念珠的阿拉伯穆斯林、太平洋岛民和吃咖喱的人说:"不是我们没有什么不同,只是人们长得很像。"

埃胡德伯伯在我左边,轻轻地点着头,紧闭的嘴唇上露出温柔的微笑。奥萨马伯伯就在我面前,像鬣狗一样笑着,朝我脸上喷了一口香烟的烟雾。易卜拉欣伯伯在空中挥舞着一杯威士忌。派对还没开始,他的眼睛就充血了。表妹莫娜,站在她父亲旁边,穿着一件宽松的棕色连衣裙,显得很不优雅。她想穿牛仔裤,但她父亲说,"没有鸡巴,不能穿裤子。"站在她旁边的是双胞胎兄弟,一个又矮又胖,另一个肌肉发达。赞恩脸上的伤口几乎完全愈合了,但我仍能看到他右颧骨上方的黑眼圈和鼻梁处软骨断裂留下的凹痕。妈妈的七个姐妹在我右边站成一排,就像一群芭比娃娃,大声叫喊:"Le-le-leeeeeeeeeeee"。那声音颤抖着穿过我的身体,直到我成为我们部族跳动的心脏。我抓住法蒂玛的腰,像抱迪士尼公主一样抱起她,在空中旋转。

晚上八点。鼓槌像触了电一样不停地敲击着,司仪唱着:"Allah-alaq ya seedi",意思是"做得好,我的主人",还有"Alab dat fidey",意思是"你的心在我手里融化了"。爸爸最小的妹妹,玛利亚姆,从这边抓住我的手腕,妈妈从那边抓住我的手腕。爸爸和岳父在我面前抖动着双手。从墨尔本专程来参加婚礼的那十几个活泼调皮的小表弟一直掐我的屁股,不等我追上他们,就消失在人群之中。我的新娘就像跳凌波舞一样,向后仰着身子,手臂和肩膀左右摇摆,她的堂哥阿米尔朝她扭动着屁股。父亲最小的弟弟阿里尖叫:"啊!伟大的真主!"打开一罐图海斯啤酒。丈母娘被人们抬起来,骑到她最小的弟弟的肩膀上,大伙儿在下面向她欢呼,仿佛这是她的婚礼。我妈妈的大姐夫,巴沙尔,手指之间夹着一支雪茄,对着人群尖叫:"来吧,你这个婊子。"巴基从牙缝里露出笑容,和我的妹妹们跳舞。比拉尔一只手搂着他妻子的屁股,另一只手搂住我新姐夫的脖子。

晚上九点。十年前,我就已经为我未来的妻子写好了婚礼致辞。那时我想象着她会像《海滩救护队》里的女孩,像沙漠里的诗人一样说话。在五百名汗流浃背的阿拉维派教徒面前,我宣布了自己的命运。"哦,法蒂玛:爱像捆麦子一样把我们紧紧地捆绑在一起,又让我们赤身裸体拥抱在一起,再从壳里筛出来,磨成白色的面粉,让我们的灵魂与肉体交融在一起。"原谅我。这些话来自与你同姓的人。它们从来都不是为那个别人为我选的人准备的。它们是为我自己选的那个人准备的。是送给你母亲的。

十点。法蒂玛和我独自站在舞池中央。扬声器中响起《无尽的爱》[1]。我搂着妻子的腰,开始摇晃起来。我们部族的人像澳大利亚人一样"呜呜——哇哇"地叫喊着。地面被一层烟覆盖着。我俩宛如在云上跳舞,唱着我们的誓言——我会为你做一个傻瓜。

十一点。我那些表姐妹裙子很短,跳街舞和节奏蓝调时,你可以看到她们的屁股蛋儿。这一晚上,大伙儿喝了太多的酒。我的堂兄表弟们个个汗流浃背,喘着粗气,散发着动物一样的恶臭。有人跑到外面呕吐。都在真主的注视下。一个月前,我的教父在他的后院献祭了一群鸡。煮熟之后切成小块,分发给我们部族从马里克维尔到坎贝尔镇的所有家庭。几个小时后,每个阿拉维派教徒,包括我和我们全家人,都开始拉稀。这次沙门氏菌中毒非常严重,许多婴儿和老人都被紧急送往医院。我们都不明白为什么会是这样……

十二点。格兰维尔皇家大饭店外面的大街上,在炭火烤鸡、柠檬和大蒜浓重的臭味中,人潮渐渐退去,剩

---

[1] 《无尽的爱》(*Endless Love*):是电影里的两位主演——著名影星成龙和韩国影星金喜善合唱的歌曲。

下的二百名阿拉伯人，包括我的父母、兄弟姐妹和刚刚联姻成为亲戚的人们在内，反反复复哽咽着说："Allah-yhaneekon"，意思是"愿安拉给你们俩带来好运"。一辆奔驰敞篷车来了，司机是一个秃顶的埃及人，在夜色中戴着墨镜，负责把我们送到早已订好的酒店。全家人在我和法蒂玛的脸颊上分别吻了三次。吻完之后，我仿佛被口水、口红、汗水和威士忌的"风暴"席卷了一番。就在我上车之前，父亲一把抓住我，紧紧地拥抱，水泥般坚硬的双臂搂住我的胸膛。他在我耳边说："真主知道，我永远不会让你离开我。"法蒂玛站在马路牙子上，哭得很厉害，睫毛膏都流到了脸颊上，就像得了黑死病。但安慰她的不是她的父母，而是她的堂哥阿米尔。她的头靠在他的肩膀上，阿米尔那双毛茸茸的棕色的手搂着她的脖子，对着她的耳朵眼儿低声说着什么，说了很久很久。

凌晨一点。法蒂玛是第一个和我单独住在酒店房间里的女人，第一个和我同床共枕，睡一夜的女人。作为她的新婚丈夫，那天夜里法蒂玛也应该是和我做爱的第一个女人。但因为我们是住在酒店房间里，也因为伊斯兰教规，并不意味着这个夜晚需要做爱。一想到整个部族都期待我们圆满完成这场婚姻，我就浑身起鸡皮疙瘩。婚礼前一天，我和巴基在贝尔莫运动场走了五圈，他终于打破沉默，向我介绍了一个激进的想法："不要因为结婚而做爱，要因为做好了充分准备而做爱。"他的话刺到我的痛处，穿透了我早已蓄积的泪点：萨哈拉。躺在她的床垫上，唇舌缠绵，浑身燥热，直到她停下来呻吟道："我们能等等吗？"我确实在等。一直等到她烤箱里的比萨变成木炭。等到她床垫下的鸡骨头变成空壳。我还在等……

现在我决定，做爱之前，也可以和法蒂玛一起等待，让我熟悉她的身心，也让法蒂玛熟悉我的身心。我一个人洗了澡，然后穿上黑色运动裤和黑色背心，溜到酒店的床上，面对一扇俯瞰海港大桥的落地窗。法蒂玛穿着宽大的白色连衣裙摇摇晃晃走进浴室，回来时，穿着一件红色缎面吊带内衣，黑色镶边，露出棕色长腿，突出紧绷的屁股、纤细的腰肢，包裹着高耸的乳房。她站在床前，双手叉腰，像电视剧里的神奇女侠一样说："你兴奋了吗？"就我的身体而言，我只有两个嗜好：芝士汉堡和炸鸡。但我当时才二十三岁，不抽烟，不喝酒，不吸毒。我瘦削，健壮，适合拳击。拳击台仿佛一直在召唤我："好呀！这样的体格最棒。"然而，作为一个年轻人，尽管春心荡漾，我还是没有"性趣盎然"。我们部族的女人打从看到法蒂玛的那一刻起，就说："巴尼，她那么漂亮，会让你发疯。"可是我很清醒，有点害怕。我还不了解她。"来吧。"我小声说，关了灯。法蒂玛像猫一样钻进被窝里。我为她感到难过，她对爱情、性和酒店房间的了解似乎都来自好莱坞电影，比如《美国馅饼》[1]《美国馅饼2》和《美国馅饼3》。我搂着她结实、温暖的身体，看着她在黑暗中闪闪发光的眼睛，对她说："我还爱着你。"

两点。黑得耀眼，亮得刺眼，刺眼的漆黑。

三点。法蒂玛在我怀里平静地呼吸着，瘦小的身躯与我交织在一起，就像亚当胸口的夏娃。看看我们融合得多么完美。萨哈拉和我不合适。她说我俩是奇巧巧克力和大块儿奇巧巧克力。躺在她的床上，亲热了半个小时，她才提出想看看我的身体。我说："我以为你想等一等呢！"她坚持说，"我不是说我们要失去童贞，只是好奇那玩意儿长什么样……"我脱下裤子，掀开床单，只见我那割过包皮的生殖器正抬头盯着她看。她像受虐狂一样大声笑了起来，并不是笑我，而是笑男人竟会是这个模样，但我还是羞愧得瑟瑟发抖。那天晚上，在我开车回家的路上，萨哈拉打电话给我，说她觉得自己像个荡妇。我花了一个小时向她道歉，一个劲儿地说："不是你的错。我不该让你看。"

---

[1] 《美国馅饼》(*American Pie*)：是好莱坞拍摄的一部低成本换取高票房的代表之作，同时也已经成为美国青春电影的代名词，广受西方世界青少年观众的喜欢。

四点。再过几个小时，我就要登上飞往意大利的飞机了。短短几周的时间里，我是如何从一个从未离开过这个国家的处男，变成已婚男人，带着一个几乎还不认识的十八九岁的女孩回到"文艺复兴时期"的意大利的？如果法蒂玛被欧洲的性奴集团绑架了，像《飓风营救》[1]里的女主人公那样，被当作处女卖给某个油滑的阿拉伯王子，该怎么办呢？如果法蒂玛没看过《角斗士》[2]这部电影，也许我们就会像班克斯敦普通的新婚夫妇一样，傻乎乎地去黄金海岸度蜜月了。"你想让我带你去哪儿？"订婚那天晚上我问她。"我一直想去罗马。"法蒂玛回答，她像鹦鹉一样尖声叫着。"哇，你想看看西斯廷教堂吗？"我问道，她高雅的要求给我留下深刻印象。她盯着我，耷拉着眉毛，眨巴着眼睛，问道："十六教堂[3]是什么？"

五点。法蒂玛温暖的呼吸在我脸上呼哧呼哧地吹过。她结实的大腿搭在我的胯骨上，紧绷的小腹紧紧地贴着我的腹股沟。我心里想：这是你的妻子，不是别人。你

---

[1] 《飓风营救》（*Taken*）：2008年出品的法国电影，由皮埃尔·莫瑞尔执导，吕克·贝松和罗伯特·马克·卡门担任编剧，连姆·尼森、法米克·詹森、玛姬·格蕾主演。

[2] 《角斗士》（*Gladiator*）：2000年，美国好莱坞出品的电影。2001年，获第七十三届奥斯卡金像奖。

[3] 十六教堂：十六教堂Sixteen Chapel和西斯廷教堂Sistine Chapel的发音相近。作者这样写是讽刺法蒂玛的无知。

的妻子。

六点。萨哈拉。

七点。当太阳照亮酒店房间，照亮海港大桥时，妈妈给我打来电话。"你结婚了吗？"我还没来得及打招呼，她就急忙问道。法蒂玛还在睡觉，翻了个身，鲜红的内衣闪闪发光，翻了个身避开我和阳光。"当然结婚了，你莫非没有参加婚礼吗？"我说，向窗外望去，看见一辆粉色加长"悍马"，正要去接下一轮的阿拉伯穆斯林。"你知道我的意思，"妈妈有点沮丧地回答，"你们是在酒店里结的婚吗？"电话里传来她急促的呼吸声，她在等我正面回答她的问题。当这个问题终于向我抛过来时，就像一记上钩拳击中了我的下巴，我对着电话大声喊："不关你的事！"

十七

从拉克巴去罗马;从拉克巴去意大利的摇篮。我有生以来第一次不得不把阿迪达斯腰包系在喇叭裤前面,把欧元藏在里面,免得被吉卜赛人偷走。第一次看到四个女人骑着一辆摩托车,都穿着夏装和高跟鞋,穿街而过。第一次知道只能和出租车司机分享两个词——buongiorno[1]和grazie[2]。这两个词都是我从电视剧《人人都爱雷蒙德》中学来的。第一次,当我大喊"妈的,我想念庞奇博尔男子高中"时,只有一个人安慰我。快到酒店门口时,法蒂玛咕哝着说:"街角那个没有腿的流浪汉硬盯着我的裙子看。"怀特酒店太具欧洲特色了,刚走进预订的房间,她就哭了。那屋子实在太小了,一张床前面放着一台电视,左边是一个小浴室,里面只有一个我从未见过的坐浴盆。然后天就黑了,躺在那张床上仿佛置身于一片开阔的田野里。法蒂玛开始吻我,动作很快,牙齿碰在一起。她脱下内衣,脱下我的四角短裤,分开两腿使劲蹭我,直到我快进入她的身体。我和她依偎在一起,心随着她的心一起怦怦怦地跳动。她呻吟

---

[1] buongiorno: 意大利语"早上好""你好"。
[2] grazie: 意大利语"谢谢!"

着，叫喊着，让我继续。接下来的两分钟，我试图把注意力集中在法蒂玛的瞳孔上。她的瞳孔在一片黑暗中闪烁，放射出奇异的光。"我等不及了！"她呻吟着。突然之间我又回到萨哈拉的床垫上，在她的尼龙运动裤上摩擦着，整个身体都悸动着，失去控制。那个戴着十字架的女孩对我说："我会永远等下去。"

我在妻子的身体里完全疲软了，她两腿收缩，把我从她的身体里推出来。"真的很抱歉……"我说，声音有些颤抖。法蒂玛已经变成一个黑色的轮廓，我不停地吻着她，心里充满歉疚和懊悔，吻着她的额头，吻着她的乳沟和下巴。"来日方长，法蒂玛。"我站起来，一丝不挂，一副不堪一击的样子，向浴室走去。我在黑暗中洗漱，不敢看我洗掉的东西。庞奇博尔男子高中的黎巴嫩同学告诉过我，你和处女做爱时，她会流你一身血。但在大学里教授性别研究的白人女老师说这话纯属胡扯。

我们在同一时间醒来，面对面躺着，倒时差。失去了贞操。看到我大小适中、左右匀称的鼻子，她笑了，说："Bahebak"，这是女人对男人说的话，意思是"我爱你"。我对她说："Bahebik"，这是男人对女人说的话，也是"我爱你"。法蒂玛问我，最喜欢她的哪种笑容。她先噘起嘴，嘟嘟着朱唇，样子可爱。然后咧开嘴，龇着牙，像柴郡猫[1]一样傻笑。之后，她又笑了笑，或许因为她觉得这个游戏很有趣。那是一种很自然的微笑，既不做作，又不夸张。我用阿拉伯语对她说："这个，这是我最喜欢的。"用母语交谈时，她又笑了。她微笑着掀开毯子，向我展示白色床单上斑斑点点的血迹。在一个古老喷泉旁边的小咖啡馆 *L'amore*，她又笑了。我打开摄像机，对准她。"你为什么这么高兴？"我说。"我要吃冰激凌了。"她像个孩子一样宣布，双手放在胸前，摇晃着肩膀。我把摄像机对准餐厅的大门口，拉近镜头。在外面，你可以看到并听到曼联队球迷在特雷维喷泉[2]前用意大利语高喊口号。空气又热又干，喷泉里的水是纯净的。戴着美国棒球帽、皮肤白皙的游客们用那里的水洗脸，用旅游地图扇着额头。街道上熙熙攘攘的人群遮住了油光水滑的马匹。法蒂玛和我走进阳光时，它们赫然出现在面前。这是一个庆祝历史性事件的好地方——我向海神扔了两枚硬币，庆祝我们失去纯真的历史性时刻。

盯着镜子，我发现两条眉毛中间长出几根典型的阿拉伯穆斯林的毛发，我让妻子在我们离开酒店房间前把它拔下来。她打开手提包——从街头小贩——一个非洲人那儿买的假"香奈儿"，拿出一把镊子。"美丽比性更

---

[1] 柴郡猫（Cheshire Cat）：一种经常露齿嬉笑的猫。
[2] 特雷维喷泉（Trevi）：罗马胜景，也叫许愿池，故有下文"扔了两枚硬币"之说。

痛苦。"她喃喃着说。

所有的痛苦都徒劳无益。

法蒂玛凑到我脸前，近到我可以吻她。她没穿高跟鞋，我俩的眼睛齐平。她把镊子伸过去，夹住我的一字眉。狭小的旅馆房间里，灯光下，妻子的头在我面前升起，仿佛是天空。我看到她的嘴角浮现出傻乎乎的微笑，但她没有注意到我在盯着她看，因为她太专注于我眉心的毛发了。我按捺不住心头的喜悦，笑得太厉害了，嘴里喷出的唾沫星子溅到她的脸颊，"冲"出刚搽的粉底。此时此刻，当她完全沉浸在手头正做的事情，自己却又浑然不知的时候，法蒂玛对我来说是最美的。孩子般的天真在她是什么和她能成为什么之间跳跃。

"怎么了？"她问，不再专注。

"没什么。你就用镊子拔吧。"

半小时之后，我们来到斗兽场外面，它像法蒂玛的脸一样出现在我面前，灰白色的混凝土墙吞噬着醒目的红色天空。我们像普通观众一样凝望着它的竞技场，像沙浣熊[1]一样坐在它的地牢里。我在楼梯上走来走去，把白色的小石子当作纪念品装到口袋里，就好像我是来自悉尼内西区"高级"人行道上的跛脚白人孩子。

1　沙浣熊（Sand Coon）：澳大利亚白人对阿拉伯人的蔑称。

"我的天,快来看这个。"我对法蒂玛喊道,打开摄像机开始拍摄。有人在罗马斗兽场的一个台阶上刻了"kes emak"几个字,在阿拉伯语中是"你妈的逼"的意思。法蒂玛没有回答。我以为她会很兴奋,因为我们的人,从贝鲁特到班克斯敦,都以这种方式告诉我们他们曾经"到此一游"。相反,我的妻子对着周围古老的墙壁嗤之以鼻。她还在生我的气,因为我在酒店发脾气了。"你知道,在接下来的五十年里,我可能会嘲笑你做的很多事。"我对她说,摄像机还在录像。法蒂玛耷拉着精心修饰过的眉毛和棕色的脸颊,说:"那么,接下来的五十年里,我可能会经常骂你。"一万名角斗士的尖叫声在落满尘土的石柱间回荡。kes emak, kes emak, kes emak, kes emak, kes emak.

指示牌上写着禁止拍照,但是挤在一起的游客还是把闪光灯的亮光一次次送到天花板上,仿佛戴安娜又死了一遍。说到公主们,法蒂玛抱怨道:"这儿太臭了。"我把相机塞进衬衫里,拇指放在录像按钮上。我的初衷是想一口气拍下这位文艺复兴时期的大师的杰作,但他模糊了我的视线,幻化成"百乐宝"[1]。然后,我闻到了那

---

1 百乐宝(Rainbow Paddle Pop):一种在澳大利亚和亚洲流行的彩虹色冷冻甜点。

股气味。五百年的汗水,从米开朗琪罗的手指上,从他的胳膊上,从他的手肘上,流到我的耐克运动鞋下面的土地上。我眨眨眼睛重新对焦,抬起头,盯着天花板,一次一个画面。约拿[1]。他有五个人那么大。记得我心里想,吞没约拿的那条鱼该有多么巨大呀!亚当。把手伸向他的创造者。离永恒只有一英寸之遥。巴尼。把手伸向他的妻子。几英寸的距离却是永恒。她盯着地面。"这瓷砖好脏呀。"在这个宇宙所有的眼睛中,或许只有这双眼睛此刻会凝视西斯廷教堂的地板,而安拉却把我和她捆绑在一起。"我以为你喜欢历史呢,"我对她说,"还记得我们讨论过荷马吗?"

"《辛普森一家》?"她问道,古代和现代的历史都在重演。

---

[1] 约拿(Jonah):《圣经》中,约拿是一名犹太先知。有一回,上帝让他前往亚述国的尼尼微城,警告这个城市的人停止作恶,否则就要毁灭这座城市。因为亚述人是犹太人的敌人,约拿不愿意警告他们。为了逃避,约拿登上一座开往他乡的商船,企图一走了之。没想到,在海上,上帝掀起狂风巨浪,商船眼看要沉了。船上的人陷入一片恐慌之中。有人提议抽签来看看是谁引来的这场灾难,结果抽出的是约拿。约拿承认由于自己违背了上帝的旨意,从而给大家带来了厄运,并请求大家把自己抛到海里。众人将约拿抛到海里后,大海立刻风平浪静了。上帝安排一头鲸鱼吞下约拿,让他在鱼腹里待了三天三夜。三天后,鲸鱼将约拿从肚中吐到岸边。受到教训的约拿按照上帝的旨意,前去尼尼微警告了当地居民。当地居民听从了他的警告,向上帝忏悔自己犯了了罪恶,因此,上帝宽恕了这座城市。由于这个故事,约拿的名字Jonah就成了"灾星"的代名词。

"《伊利亚特》！还记得吗？我的表兄弟吵架的那天晚上，你给我引用过这句话。"

"哦，是的，笨蛋。"法蒂玛回答，"那是我姐姐让我告诉你的。"

我按下"录像"键，把相机朝天花板晃了晃。那天晚上晚些时候，在我们沙丁鱼罐头似的小屋里，我把视频放给妻子看。她眨巴了两次眼睛，说："我觉得就像百宝乐。"

一个身穿深蓝色制服、裤子镶一条红边儿的警察站在西班牙台阶[1]的底部，直勾勾地看着法蒂玛的胸部。她高耸的双乳在白色V字领背心里半隐半现。一位满脸皱纹的老人和他的孙女坐在台阶一半的地方，听法蒂玛黑色高跟鞋在水泥台阶上发出咔嗒咔嗒的响声。抬头看着她花格超短裙下的长腿，裙边儿离屁股只有一毫米。而站在台阶顶上的那三个年轻人，本想尽情享受一栋橘黄色老建筑和一栋白色老建筑之间的风景，现在却都盯着法蒂玛裙子和背心之间的肌肤——她肚脐上挂着一个崭新的银环。

从高跟鞋，到长腿，到短裙，到裸露的肚子，到运动

1　西班牙台阶（Spanish Steps）：是意大利罗马城的地理标志之一，也是来罗马的游客一定要参观的地方。

胸罩，到诱人的乳沟，再到她袒胸露肩的上衣，她像瘟疫一样把男人的目光吸引到我俩身上。我很生气，恨那些男人的目光，但更生法蒂玛的气，不是因为她被其他男人注意，而是因为我知道，内心深处，她和我结婚，只是为了像现在这样天马行空，自由自在。用珠宝、暴露的内裤、迷你裙和托举式乳罩把自己搞得"支离破碎"。为了能为女儿找到一个体面的丈夫，她保守的父亲严格限制她做这些事情。我灵魂深处那个"少男"一直在尖叫：你结婚不是为了做把锄头，你结婚是因为你不想再做锄头！为什么法蒂玛不能像萨哈拉那样，不化妆，不刻意打扮，素面朝天，刮掉腋下和腿上的汗毛，穿着暴露的衣服，也不在意。在西班牙台阶最高处，大地在我面前伸展开来。我看到那个西红柿脸女孩，在邦迪海滩，像"沼泽女士"一样，穿着冲浪短裤和邦德式背心，从水里走出来，胳膊和腿上的汗毛贴在棕色的皮肤上。太阳炙烤着后背，我坐在沙滩上看着她，低声对自己说："美丽不会破坏任何东西。"

大运河[1]前的番茄意面，没有装饰的贡多拉[2]来往穿梭。法蒂玛吸得那么用力，番茄酱溅到我脸上。她

1　大运河（Grand Canal）：意大利威尼斯主要水道，两岸有精美的宫殿，里阿尔托桥横跨其上。
2　贡多拉（gondola）：威尼斯特有的小船。

说:"意大利人发明了最好的食物。"我说:"我敢确定,意大利面来自中国。"她说:"那是面条,你这个白痴。"

"逃出"总督府[1]的哥特式拱门,法蒂玛一眼看见比萨店橱窗里放着一块块用木炭火烤制而成、面皮颜色很深的方形玛格丽塔[2]。还有油汪汪的新鲜的意大利细面条。法蒂玛伸出两根手指,向老板——一个长得和她父亲一模一样的古铜色皮肤的矮个子男人——示意她想要两块。不到十秒钟,比萨下肚,奶酪让我们的脸变得柔和。夕阳西下,紫色的光给瓷砖镀上一层金,我们慢慢向前走着。监狱石头和混凝土砌成的高墙已是残垣壁断,硬木大门上的钢铁配件早已锈迹斑斑,古老的、让人望而生畏的刑具张牙舞爪躺在那里。离宫殿越远,我的心情似乎越沉重。"你在想什么?"法蒂玛问。她很少对我的想法感兴趣,但当她对我的想法表现出兴趣时,我便兴趣盎然——幻想着我们没完没了地交谈,把周围的石头、瓷砖和面包与我十几岁时读过的故事联系起来。最后,我们回到酒店,激情四溢,胳膊和腿交织在一

---

[1] 总督府(Doge's Palace):又称威尼斯公爵府。始建于九世纪,属于欧洲中世纪哥特式建筑。由于当时威尼斯与地中海东部的伊斯兰国家密切的文化贸易往来,大量阿拉伯人定居威尼斯,所以总督府立面的席纹图案明显受到了伊斯兰建筑的影响。

[2] 玛格丽塔(Margherita):号称最正宗的那不勒斯比萨。由番茄、新鲜无盐干酪、大蒜、橄榄油等制作而成。

起。"我在想《魂断威尼斯》[1],"我回答道,"你呢?"她沉默了三十秒钟,沉思着,扬了扬眉毛,张开嘴巴,说:"Gelato[2]!"

我们沿着圣马可广场[3]散步,这时法蒂玛看见一只鸽子,在水泥地上拖着脚步慢慢地走着。"好肥的鸽子,"她咯咯地笑着说,"快拍,快拍下它。"天真掩盖了她的虚荣心。可是过了一会儿,掏出化妆镜和粉底霜,在夏天的炎热中抹脸时,虚荣心又一次彰显出来。这就是威尼斯,一个花言巧语谄媚的"美人儿",一座半是童话、半是旅游陷阱的城市。污浊的空气中,艺术曾经蓬勃发展,用跌宕起伏、令人陶醉、放纵的和声鼓舞了音乐家。我觉得我的眼睛陶醉在感官享受之中,我的耳朵被它的旋律所吸引。我也意识到,鸽子得病了,城市正在下沉。

我们的房间在哥伦比纳酒店里,俯瞰威尼斯四百条运河中的一条,还有一座有四百年历史的教堂大钟,看起来就像迪士尼卡通电影里公主的房间,墙上贴着金边

---

[1] 《魂断威尼斯》(*Death in Venice*):是德国作家、诺贝尔文学奖得主托马斯·曼创作于1911年的中篇小说,根据作家本人经历改编,是托马斯·曼的得意之作。

[2] Gelato:意大利语,冰激凌。

[3] 圣马可广场(St Mark's Square):圣马可广场初建于九世纪,当时只是圣马可大教堂前的一座小广场。圣马可是圣经中《马可福音》的作者,威尼斯人将他奉为守护神。教堂内有圣马可的陵墓,大教堂以圣马可的名字命名,大教堂前的广场也因此得名"圣马可广场"。

墙纸。身穿黑色内衣和黑色丁字裤的法蒂玛一边刷牙，一边摇摇摆摆地走出浴室，隔着床单盯着我。"你用过我的牙刷吗？"她喊道，仿佛一想到我的细菌和她的细菌混在一起，就感到恶心。

"没有，"我回答，把头埋在羽绒枕头里，"你用过我的吗？"

"一次！"她大声回答道，并没有意识到她才是"罪魁祸首"，我是"受害者"。然后她继续刷牙，好像什么都没说。看到她是如何搬起石头砸了自己的脚吗，哈利勒？我觉得她挺可爱了。她还是个孩子。而这个孩子对我短暂的吸引力会让我"魂断威尼斯"——我是阿申巴赫，她是我的塔齐奥[1]，我们徘徊在创造与衰败之间的边缘。

蜜月的最后一个晚上，我们躺在羽绒被和羽绒枕头之间，吻了三分钟，妻子的嘴唇紧贴着我的嘴唇，就像两张薄纸。法蒂玛的口水浸透了我的舌头，顺着我的喉咙滑下去，在我的肺之间下沉，在我的胃里翻腾。我对她说，不能仅仅因为结婚了，就要不断做爱，我们可以

---

[1] 阿申巴赫是托马斯·曼《魂断威尼斯》中的主人公，他原是一个卓有成就的艺术家，声名显赫、受人尊敬。但当他去威尼斯度假，偶然遇到小男孩塔齐奥之后，他的命运发生改变。他放弃原有的对艺术的不懈追求，一心想着他的美少年，情愿为他放弃所有。

慢慢了解彼此，但她没有理睬我，一丝不挂地从床单上跳起来，扑到我身上。我闭上眼睛，头和脖子向后仰，"法——蒂——玛！"我呻吟着。她双手搭在我的胸口，尖尖的鼻子蹭着我的额头。"叫我香奈儿。"她气喘吁吁地说。

"不，"我咕哝着，腹部剧烈地收缩，喉结蠕动着干呕，"我喜欢你的真名。"

法蒂玛把手从我的胸口拿开。"好吧，我再也不提这事了。"她边说边把赤裸的后背转向我，蜷缩到被窝里。

我站起来，一瘸一拐地走进浴室，光着身子蹲在抽水马桶旁边，肠胃翻江倒海，一次，两次，三次，直到最后，吐出一堆凝结在一起的比萨、意大利面和二手唾液。此刻，我仿佛还是庞奇博尔男子高中那个十七岁的男孩儿，庆祝高中毕业，在公园里喝着一瓶伏特加，黎巴嫩同学在一旁吸着大麻看热闹。我喝得烂醉如泥，奥萨马和伊萨把我抬回家，扔在家门口的台阶上。我号啕大哭，吐了一身。爸爸擦去我吐出的秽物，用阿拉伯语说："真可耻，真可耻！"现在，在地球的另外一边，我的妻子像一头发呆的胭脂鱼躺在酒店的床上，我又一次吐了起来。我抬起头，下巴放在马桶边儿，向父亲喊道：你现在为我感到骄傲了吗？我在寻找诗歌，但我只吃了冰激凌。我在找先知的女儿但我只找到一个名牌手提包。但这一次，你不需要拿出水桶和拖把了。这一次，我把我的羞耻冲进下水道的深处。这一次，我自己从马桶旁边站起来。告诉我，你不骄傲……

洗澡的时候，我闭上眼睛，脑海里出现帕梅拉·安德森，想象着在她的塑料乳房上蹭我的脸。我使劲撸了七秒钟，一股浓稠的白色液体射到淋浴房的玻璃上。水从我身上流过，冷得我腹股沟一阵阵紧缩，全身颤抖，皮肤变得青紫。即使在这个浪漫的城市里，我也无法说服自己正在恋爱。我是卡在沙漏眼里的骆驼。铁锈色的沙子悄无声息地细细地流过狭窄的玻璃瓶颈。当上面的沙子几乎流完的时候，莲蓬头的流水形成一个汹涌的小漩涡。

我走出浴室，擦干身子，裹着浴巾躺在洗手间地板上。接下来的一个小时里，一直盯着明亮的橙色灯光，死亡宛如瘟疫中的旅行者一样若隐若现。独自静静地躺着，我明白了孤独会产生独创性，产生大胆而令人不安的美，产生诗意。但孤独也会导致变态、差异、荒谬和禁忌。浴室里的热气温暖了我颤抖的四肢，我仿佛飘向无边无际的沙漠。

第二天早上，阳光从运河上反射过来，穿过狭窄的窗户，照亮卫生间。我站起身，回到卧室穿衣服。法蒂玛睡得正香。她也许没有注意到我在浴室里过夜，也许根本不在乎。我把额头贴在墙上，耳边是妻子的鼾声。我能感觉到自己正在慢慢崩溃，向后靠了靠，耷拉着两条胳膊，脊椎颤抖着，低声说着人们渴望别的东西时，使用的标准的公式——不可能，荒谬，亵渎神明："我不爱你。"

十八

阿拉伯年轻人结婚之后，父母让他们到哪里住呢？大多数情况下，还是回家和父母住在一起。但是对法蒂玛来说，这违背了她嫁给我的初衷——逃离父母的专横。我哥哥是个例外，那些年我们家的小商店"奇迹之洞"生意很好，父亲有能力在我们家对面为他建造一栋房子。可惜等我结婚的时候，正遇上全球金融危机，利率飙升，商店的销售额降到谷底。"我要破产了，"爸爸毫不遮掩地说，"生意好转之前，我们不能冒险再购置房产。不过你可别抱怨，我刚来澳大利亚的时候——"当然，这种话我已经听了无数遍，很清楚爸爸想说什么，就自作主张替他把话说完："你光着脚去上学。是的，我知道。"

我只能妥协，说服法蒂玛和我一起住在我们商店后面的车库里——至少要等到家里的生意赚够了钱，能付清在凯特琳街再买另一所房子的贷款。

"如果你离开我，我就把自己炸飞。"法蒂玛说，紧紧抓住我的胳膊，飞机在暴风雨中颠簸。"把自己炸飞？"

我嘲笑道，"你是穆斯林，坐飞机的时候可别说这种话！"我半严肃半认真地说，觉得她的话天真可爱而不做作，但还是环视了一下机舱，确定没有人听到她的话，包括坐在我们旁边靠窗座位上熟睡的那个古板的意大利女人和走道对面那个留着脏兮兮的"骇人长发绺"、鼻头平直、长得像岛屿人的年轻小伙子。他戴着耳机，正在看一本漫画书。

"我对你是真心的，"法蒂玛继续说，"如果你离开我，我就自杀。答应我，答应我永远只有我和你。"我不明白为什么法蒂玛愿意我这样的人出现在她的生活中——我不能满足她的性欲，对迷你裙、化妆包和肥鸽子都不感兴趣。但当我们的飞机呼啸着飞向南半球时，她静静地靠在我的肩膀上睡觉，喃喃地说："我宁愿住在一个窝囊废的屋顶下，也不愿住在一个硬汉子的屋顶下……"闪电让窗外的黑暗变得柔和，法蒂玛孩童般的依赖让我心如止水。很快，我说服自己，风会平息，云会消散，我们将飘浮在皎洁月光照耀的天空。"只有你和我，"我对法蒂玛说，"我对安拉发誓。"

抵达悉尼之后，倒时差就像在进行一场圣战。打了一辆出租车来到我们的车库，爸爸已经铺好水泥地板，隔出一个小厨房和一间小浴室。那天晚上晚些时候，他站在门口，手里抱着一个大西瓜。"你好。"他带着骄傲的微笑说，眯细了一双黑眼睛。他把西瓜递给我，吻了吻我的脸颊。冰凉的大西瓜沉甸甸地抱在我手里，仿佛要把我坠到地板上。我一下子想起爸爸到比拉尔和曼迪家那天的情景。他送给他们一个从伊拉克带来的木盒子，里面装着一本《古兰经》。可是转眼之间，《古兰经》就被曼迪塞在一个放袜子的抽屉里。

我们的小冰箱装不下这个大西瓜，我便把它放在小厨房的长凳上。父亲深情地拥抱了法蒂玛，在她的额头上亲了三下。法蒂玛和我坐在我们的双人床上，爸爸坐在以前放在家里阳台的花沙发上。"很不错，是吗？"爸爸说，"就假装住在纽约什么地方。"

我总是努力去理解父亲的思维方式。他是否完全否认这种糟糕的生活环境？他是否心知肚明，这样说只是想让我们感觉好一点？也许因为让我们住在这里心怀歉疚，这样说自己心里好受一点。还是说，他自己在这个星球上四十六年的生活质量如此惨淡，以至于他真的认为拉克巴一家小商店后面的车库和纽约市某个嬉皮士的单间公寓之间没有什么区别。我的整个童年都是在亚历山大的一所房子里度过，我和所有的兄弟姐妹以及两个堂兄妹同住一间卧室。父亲反复提醒我，我们能在澳大利亚长大是多么幸运，他回忆起他在黎巴嫩的童年。"我的父母和十个兄弟姐妹挤住在一起，"他说，"有的人睡在厨房里，我睡在厕所里。现在，至少我的孩子们再也不用睡在厕所里了。"

我静静地坐着，爸爸和法蒂玛有一搭没一搭地聊着意大利，主要是打听我妻子买的名牌连衣裙、手袋和太阳镜。法蒂玛则对着化妆用的小镜子补妆。对法蒂玛来说，这似乎是一种瘾——每隔几个小时，她就情不自禁地伸手去拿镜子和化妆品，涂脂抹粉，就像一个烟瘾很大的人伸手去拿香烟一样。我现在正在经历阿拉伯人热闹非凡、活力四射、骚动不安、热情洋溢的婚礼"虎头蛇尾"的结局。你可以坐上白色敞篷车去酒店房间做爱。你可以飞越大洋，在更多的酒店房间里不停地做爱然后再飞回来。但生活还在继续。说到底，你们不过是一男一女和一个西瓜。

父亲来了还不到十五分钟，就明显感到厌烦，开始打呵欠，好像他在倒时差似的。他站起身，甩了甩胳膊，径直朝车库门口走去。出门的时候，重重地关上了身后的门。他的结婚礼物从小厨房的灶台上滚下来，在刚铺好的白色瓷砖上摔得稀烂。

十九

接下来的三十一天里，我让自己努力适应已婚男人的生活。我一大早就醒了，法蒂玛还在熟睡，嘴巴张得大大的。淋浴十五分钟，从她的二十种不同的洗发水、护发素和沐浴露中随便拿了一种使用。我穿着喇叭牛仔裤、黑色T恤衫，头戴黑色运动帽，从商店后面的车库门走到前面的双层玻璃门。从早上八点到下午五点，和顾客们为小折刀、燃气灶、帐篷和睡袋的价格而争论不休，而法蒂玛则待在车库里，面儿也不露，整整一天都没有说话。隔着商店和车库的墙，听不到她洗碗洗衣服、拖地的声音，但总能听到电视机微弱的声音，她一直在看电视。法蒂玛买了《老友记》[1]《威尔和格蕾丝》[2]《好汉两个半》《老爸老妈浪漫史》[3]和《保姆》的DVD，翻来覆去地看。我偶尔到车库里去拿一本新书来读，看到她只穿着乳罩和内裤安安静静地坐在床上。她肚脐上的银环会对着我闪闪发光，肚脐周围的皮肉发光鲜红，因为开始感染。她的眼睛里只有罗斯、瑞秋、乔伊、莫妮卡、钱德勒和菲比[4]。她的腿上放着一把叉子和一碗方便面。"我要变成胖法蒂玛了！"她轻声笑着说。可是自从我们

---

1 《老友记》(*Friends*)：美国全国广播公司出品的系列情景喜剧，该剧讲述了居住在纽约的莫妮卡、钱德勒、瑞秋、菲比、乔伊和罗斯三男三女作为彼此最好的朋友，在同一屋檐下生活的日常故事。
2 《威尔和格蕾丝》(*Will & Grace*)：1998年美国NBC电视台播出的情景喜剧，获电视剧类最佳喜剧类剧集单集剧本。
3 《老爸老妈浪漫史》(*How I Met Your Mother*)：2022年美国出品的情景喜剧，共二十二集，在西方世界广受欢迎。
4 以上均为《老友记》中的人物。

结婚,她的体重几乎没有增加,真是奇迹。我把这归功于她的生理机能——她长着凯拉·奈特莉[1]的小腿、安吉丽娜·朱莉[2]的手臂、杰西卡·阿尔芭[3]的肚子、金·卡戴珊[4]的屁股、玛丽亚·凯莉[5]的胸和碧昂丝[6]的大腿——全靠运气。我的一部分,战斗部分——渴望回到拳击台——对她缺乏进取精神感到厌恶。但另一部分,同情的部分——完全理解法蒂玛梦中的天堂,不过是摆脱钟情于粉红色的母亲的嫉妒和父亲挥舞的拳头——为她感到高兴。我怎么能因为这种事对她指手画脚呢? 婚姻也让我和父母拉开一定的距离。先说母亲,她再也不能拿她对黑人、不割包皮和歪鼻子的说辞来贬损我。现在她能做的就是每周给我发一条同样的短信:我的孙子们在哪儿呢? 我总是给她同样的回答:总有一天会来的,愿真主保佑。再说父

---

[1] 凯拉·奈特莉(Keira Knightley):1985年3月26日出生于英国密德塞克斯郡,英国女演员。
[2] 安吉丽娜·朱莉(Angelina Jolie):1975年6月4日出生于美国洛杉矶,美国演员、导演、编剧、制片人、联合国难民署高级专员特使。
[3] 杰西卡·阿尔芭(Jessica Alba):1981年4月28日出生于美国加利福尼亚州波莫纳市,美国影视女演员。
[4] 金·卡戴珊(Kim Kardashian):1980年10月21日出生于美国加利福尼亚州洛杉矶,美国娱乐界名媛、服装设计师、演员、企业家。
[5] 玛丽亚·凯莉(Mariah Carey):1970年3月27日出生于美国纽约州长岛亨廷顿镇,美国女歌手、词曲作家、演员、唱片制作人。
[6] 碧昂丝·吉赛尔·诺斯(Beyoncé Giselle Knowles):1981年9月4日出生于美国得克萨斯州休斯敦,美国女歌手、演员。

亲，他还没有弄清楚家里的橘子为什么会被扔得到处都是！自从萨哈拉和我分手之后，我们再也没有谈论过这件事情，我们之间的关系总是很紧张——我是因为恨他，他是因为我背叛了他。这意味着我和爸爸永远不能放松警惕，进行无意义的谈话。只有星期四晚上，我才觉得离父亲很近。隔着商店和车库之间的墙壁，能听到他低沉的说话声。我下午五点离开商店，他和我哥哥上夜班，接待晚上购物的顾客。法蒂玛在浴室里刮腿上的汗毛，剪指甲，拔眉毛，拉直头发。她还练习深蹲，虽然从来不让我看，但声称已经掌握了要领，能让屁股碰到地板砖。我坐在沙发上听他们聊天。比拉尔干巴巴的声音从木板墙那边传来："你知道泰森的右上勾拳有多厉害吗？他会把阿里打瘫！"爸爸嘲笑他说："你真以为迈克·泰森的右上勾拳能打到穆罕默德·阿里，真是个小傻瓜！"我当然站在爸爸那边。哥哥就是个"二把刀"。阿里比泰森机灵得多！我带着苦乐参半的微笑听他们的谈话，真想加入他们的讨论，而不是让父亲那样看着我："我们都知道，在内心深处，你会为了那个十字架的崇拜者离开我们。"

接下来那个星期四的晚上，我再也无法忍受父亲和哥哥隔着墙壁辩论的声音。那声音只有法蒂玛在浴室里做下蹲运动时断断续续发出的呻吟才能淹没。我站在坎特伯雷路的马路牙子上，目光停留在草地和上千根排气管之间那条脏兮兮的混凝土小路上。然后沿着小路，走到贝尔莫，左转上了伯伍德路，继续沿着混凝土路往前走，直到站在贝尔莫青年俱乐部外面。我紧紧抓住铁链栅栏上的铁丝，把现在已经十分脆弱的鼻子伸到栏杆中间，寻找汗水、皮革和凡士林的气味。我仿佛听到风儿送来里奥的叫喊声："别胡扯"，还有快速球滚动的隆隆声、跳绳的摆动声和右勾拳打在护垫上清脆的响声。但让我两腿发软的是一个女孩在走廊徘徊的脚步声。我想起奥利到卫生间时的脚步声。她穿着一双帆布运动鞋、宽松的牛仔裤和一件绿色的连帽衫。那时我正朝健身房走去。她察觉到我在她身后，便转过身来。我迅速举起双手，摇了摇头。"我可没有跟着你。"我说。

奥利咯咯地笑着，眯着眼睛回答道："就是跟着呢，不是吗？"

我把鼻子从链环栅栏的空当缩回来，里面仿佛有个声音安慰我：不。不是那样的。我慢慢地回到草地和排气管之间的水泥路上，穿过黑暗回到妻子身边。

于是，我回到车库去履行身为丈夫的职责。我在这段关系中扮演的角色很简单，就是为食品杂货、养车的费用、衣服、法蒂玛的DVD和我的书买单——这两样东西她都已经在我们衣柜的架子上摆好了。我还要为买房存钱，和她同床共枕。为了做爱，我会在浴室里做五十个俯卧撑，然后一丝不挂、汗流浃背地出来。不到六分钟，我们就会气喘吁吁地躺在床上凝望天花板。父亲那弗兰肯斯坦[1]怪人图案的石膏板，钉在车库的旧横梁上高低不平。法蒂玛说："就这些，你的活儿已经做完了吗？"如果我还想给她留下点好印象的话，这样的问题可能会让我羞愧，一种被阉割的耻辱。但到目前为止，我实在是太没有灵感了，勃起的时间只能几分钟。我一言不发，心里想，如果我娶了一个真正相爱的女人会有多么大的不同——我会告诉她我今天读了什么书，她会告诉我她今天读了什么书。我们的灵魂渴望了解彼此，我们会在那渴望之中度过剩下的夜晚。

我抬头望着石膏板拼接而成的天花板，上面有我作为文盲移民的孩子留下的所有空白，我又一次特别想去演讲厅。在那里，每周都会有教授在一节节诗歌之间做注释。满怀渴望，我径直回到拉克巴图书馆，在那里翻找着古老的诗集。那些书放在一个很少有人查阅的书架上。书架上两本书之间居然夹着一个不知何年何月何人用过的避孕套。我盘腿坐在图书馆的地板上，读着一首又一首的诗，直到发现了一首叫作《巴尼·亚当》的诗，是

---

[1] 弗兰肯斯坦（Frankenstein）：源于1818年英国小说家玛丽·雪莱（Mary Shelley）创作的科幻小说《科学怪人》（*Frankenstein: the Modern Prometheus*）。其主角是科学家弗兰肯斯坦创造的怪物。

十三世纪设拉子[1]的波斯诗人萨迪[2]写的：

> 人类是大千世界的一员，
> 创造了精神与灵魂。
> 如果一个人痛苦，
> 其他人也难幸福。
> 如果你不同情别人的痛苦，
> 枉来人世一遭。

我在"奇迹之洞"照看店铺的时候，把这首诗读了一百遍，脑子里只想着设拉子。我站在商店外面，把手机夹在贝雷帽和耳朵之间，给巴基背诵了这句话："人类是大千世界的一员。"

半挂车和摩托车呼啸着穿过坎特伯雷路。电话那边，那位狂躁的抑郁症患者在嘲笑。"阿拉伯穆斯林压根儿就不是人。"巴基用颤抖的声音说。我还没来得及回答，他就挂了电话。自从巴基第一次宣称，他是我在"一维同性恋次要情节"[3]中的朋友以来，他已经改变了很多。我

---

1 设拉子（Shiraz）：伊朗中部的城市。
2 萨迪（Sadi）：十三世纪阿拉伯著名穆斯林诗人，苏菲主义学者。
3 "一维同性恋次要情节"（one-dimensional gay subplot）：指的是好莱坞电影和电视节目中，主角都是异性恋，但有一个同性恋好朋友。这个朋友生活的全部目的就是为异性恋者服务并同情他们遇到的问题。（作者的解释）

们在2001年成为朋友，当时他在班克斯敦多元文化艺术公司担任项目官员，而我在隔壁的班克斯敦剧院打杂，想成为一名演员。"你想当演员？"巴基嘲笑道，"当然，如果你想当割礼操刀手的话，肯定没问题。"这是他在种族问题上教育我的方式，他从来不会高谈阔论，说什么："白人只对把黎巴嫩人塑造成恐怖分子、黑帮、毒贩和强奸犯感兴趣。"这方面的事，他让我自己去探寻。那时的巴基敏锐机智，魅力十足，但总是郁郁寡欢。就像以前一样，他让我自力更生，我将不得不独自发掘阿拉伯穆斯林的人性……

回到车库，我看见法蒂玛坐在电视机前的沙发上。屏幕上，罗斯尖叫着："我们分手了！"我妻子咯咯咯地笑了起来，其实这话她听了不下五十遍，可还像头一次听到似的兴奋不已。她一看到我站在门口，就暂停了DVD播放机，眯起眼睛，好像正看色情片，被我抓了个现行。她那样子像个囚犯。我的囚犯。我仿佛听到福克斯的头条新闻：*瓶子里的精灵：年轻美丽的新娘被发现锁在阿拉丁的神奇洞穴里*。然而，实际上，我只想让这个女孩和她的兄弟姐妹、堂兄弟姐妹一起去邦迪海滩，或者去班克斯敦的某家商店找一份兼职工作，或者在班克斯敦职业技术学校注册一门课程，通过学习，取得某种证书。

她唯一一次独自外出是去拉克巴福利署[1]领取失业支票。度完蜜月回来的第二天，我在父亲的店里穿好衣服准备上班时，问法蒂玛，现在既然已经脱离父母的家，获得自由，她有何打算。她像豹子一样蜷缩在床单里，朝我使劲眨了三下眼睛，然后回答说："从现在开始，我只想每天洗澡整整一个小时，在家里穿我想穿的衣服，看我想看的电视节目。"起初，我以为这只是开玩笑，她只是先玩几天，再认真考虑未来的事情。但几周过去了，我意识到她是认真的，这似乎就是她对我俩婚姻唯一的期望。

现在，罗斯的头在电视屏幕上静止不动，法蒂玛从沙发上站起来，一瘸一拐地向小厨房走去，因为在沙发上待了一整天，她的腿都僵了。她穿着粉色G带[2]和白色紧身内衣。自从搬进车库，她就经常穿这种衣服。起初，我怀疑她这样做是为了"挑逗"我，但后来我注意到她整天都穿着同样的衣服独自待在车库。一天晚上，我走进来，看到她坐在沙发上，只穿了一件白色T字内裤，刚刮过毛的腿张开着。她一看到我，就并拢两条腿，两条胳膊抱在胸前，遮住她裸露的胸部。"操，我还以为是爸爸呢。"她脱口而出。直到那时，我才明白她一个人整天待在"牢房"里做什么：对着她想象中的父亲笑。

1 　福利署（Centrelink）：澳大利亚的一个政府机构。
2 　G带：脱衣舞女穿的兜裆布

然而，尽管我同情法蒂玛的处境，但对这样的情景我却不愿意认同：一个瘦削的年轻女人穿着内衣，拿着大水壶在家里走来走去。我仿佛听到高中时代黎巴嫩同学骂我"同性恋"——他们在班克斯敦美食广场混了一下午，一边吃巨无霸，一边盯着女人的屁股，想辨认出她们内衣的轮廓。我其至明白了他们骂我"同性恋"的缘由：法蒂玛看起来就像《花花公子》杂志封面上的模特，炫耀她长而无毛的棕色美腿和高高翘起、珠圆玉润的屁股蛋儿，可是夜复一夜，她在我的裤子里摸到的只是一个软绵绵的鸡巴。

我脱下耐克鞋，溜上床。床单还散发着法蒂玛的体温和茉莉花香波的味道。"你在做什么饭？"我问她。

她站在灶台旁边，背和屁股对着我，说："三明治。"

作为父亲对儿子，男人对男人，我想把话说明白。我从来不想找个"全职太太"。还是男孩的时候，我就想象着和一个职业女性结婚。我们会在同一时间回到家，一起做彩糖面包当晚餐，一起在客厅吃饭，一起洗碗，然后通宵讨论《忍者神龟》[1]。我上高中之前，我告诉过你

---

[1] 《忍者神龟》(*Teenage Mutant Ninja Turtles*)：是幻影工作室（Mirage Studios）1984年发行的美国漫画，由凯文·伊斯曼（Kevin Eastman）及彼德·拉特（Peter Laird）创作、幻影工作室出版。后推出1987年电视动画版、2003年电视动画版以及电影版、游戏等。

祖父这个想法:"爸爸,我要娶一个有工作的女孩。"他笑着回答说:"你要妓女?"

我当然不是这个意思,但最后又有什么区别呢?我的妻子叫法蒂玛。我已经连续工作了九个小时,而她却一部接一部地看情景喜剧。她切菜时,我心里想,她是否会给我也做个三明治呢?但是看不出她有这个意思。最后,问道:"亲爱的,你做的三明治够我俩吃吗?"

妻子嘟囔了几句,三十秒后,拿着一份夹在薄薄的白面包片里的三明治回到我身边,里面有一片奶酪、一片生菜、一片西红柿和厚厚的一层蛋黄酱。我从床上坐起来吃,盯着按了暂停键的《老友记》。罗斯穿着黑色皮裤一动不动。法蒂玛继续在厨房灶台上做三明治。蛋黄酱从我的手指上流下来,有一会儿我为法蒂玛感到难过,她甚至不知道如何做像样的sanga[1]。

我吃到一半的时候,法蒂玛拿着她的三明治从厨房转过身来,我觉得自己的脸好像被打了一拳。她那个三明治比给我做的那个至少厚四倍。我还看到餐桌上放着好多片奶酪、番茄和生菜。这还不算,她还有红皮洋葱、切碎的胡萝卜、甜菜根和腌牛肉。尽管她这个三明治做得"高高大大",但看起来是如此完美和精心"组装",

---

[1] sanga: 澳大利亚俚语,"三明治"。

让我想起麦当劳广告牌上巨无霸的图片。

法蒂玛坐在我旁边,重新启动她的《老友记》那集,一边津津有味地看,一边慢慢地享受她的杰作。她咀嚼着笑着,咀嚼着笑着,咀嚼着笑着。真是"枉来人世一遭"。

我凝视结婚戒指——人造白金映照出我的橄榄色面颊。大多数时候,我甚至都忘了戴着这该死的东西,但周五早上,我痴迷于它完美的圆形。一枚戒指没有开始也没有结束。在"奇迹之洞"的深处,它把我变成了咕噜[1]。邪恶、狡猾、虚伪的家伙!

那时,全球金融危机对澳大利亚的打击非常之大,有一段时间,唯一一个来店里的是我父亲,拿点库存的商品就走。他总是一副疲惫不堪的样子,尖尖的眉毛耷拉着,黑眼圈在整个脸上荡漾。父亲和哥哥为了维持生计,又到明托、班克斯敦、弗莱明顿、普雷斯顿等地的露天市场摆地摊。

"你和法蒂玛还好吧?"他问,但我还没来得及回答,他又补充道,"你妻子是个长着成年女人身体的年轻女孩。告诉她去福利署的时候别那么张狂。"他指了指商

---

[1] 咕噜(Gollum):是英国作家托尔金(J. R. R. Tolkien)的名著《魔戒》中虚构的人物。

店的门,那是乌玛[1]在街上游荡的地方。"这里的人都是真主的子民。"他又一次没有给我回答的机会,把一个包起来的八人帐篷扛在肩膀上,砰的一声走出商店。其实这样最好——他不会理解我心里的想法。在我长大的家庭里,父亲整天卖比利罐,母亲则耐心而细致地在厨房的工作台上包裹数百片葡萄叶[2]。后来我上了大学,接受了中产阶级白人女性的教育。她们告诉我,我的父亲是暴君,母亲是奴隶,将世界分割成托瓦尔德和娜拉的世界[3]。我和法蒂玛有没有可能在厨房和教室之间的某个地方相爱呢?或者,我的妻子会不会有一天从砧板上转过身来,对我说:"我们的房子一直只是一个育儿室。在这里我是你的娃娃妻子,就像在家里我是爸爸的娃娃孩子一样。"

下午五点,我关了店,回到车库。刚进门,法蒂玛就站在我面前,穿着一件白色的长裙,皱着眉头,噘着嘴,阴沉着脸。

"怎么了?"我急忙问道。

她伸出食指,放在我面前。我仔细观察,发现指尖

---

[1] 乌玛(ummah):全球的穆斯林社群。
[2] 这里的葡萄叶(Vine leaves)是一种阿拉伯菜肴。用葡萄叶包肉、米,加柠檬、水和油煮几个小时。
[3] 这里指亨利克·易卜生的著名戏剧《玩偶之家》(1879年出版)中的人物娜拉(Nora)和她的丈夫托瓦尔德(Torvald)。

有一层厚厚的、已经干了的半透明的东西。我想起小时候和爸爸玩的一个游戏：他在手指上涂一点强力胶，然后压在我的手指上，十秒钟后，我俩的手指分开时，皮肤刺痛、撕裂。

"是强力胶弄的吗？"我问法蒂玛。

她像小狗一样向我点了点头。

我从厨房里拿来一把削皮刀，让妻子在床上坐下，开始小心翼翼地刮去皮肤上的黏合剂。我们静静地坐在一起，法蒂玛温暖的手被我握在手里，我把注意力都集中在她的手指上，终于觉得自己像个男人和丈夫了。可是不到一秒钟，我的心就沉了下去。我不再唠叨，呆呆地盯着她目光呆滞的双眼，语气坚定地说："等等，你用强力胶干什么？"

法蒂玛又像小狗一样点了点头。"没干什么。"她低声说。但我知道她一定是干了什么很严重的，更糟糕的是，非常傻非常傻的傻事。

"告诉我！"我喊道，丢下刀，跳了起来，抓住她的肩膀，把她抱了起来。

法蒂玛看起来很害怕，嘴巴张得大大的，瘦弱的身体在颤抖，但在那一刻，她远没有我那么害怕。我终于明白，自己还不是个男子汉大丈夫，只是一个男孩，一个娶了另外一个孩子的男孩。那个孩子是一个虚荣和天真结合起来，威胁到自己安全的无知少女。法蒂玛慢慢地提起她的白色连衣裙，露出她的光腿、亮橙色的G带和平坦的肚子。我低下头，绝望地盯着她银色肚脐环周围的皮肉。肿得老高，上面涂着一层半透明的强力胶，就像她的手指一样。"你把死肉粘在一起是为了不让戒指掉下来？"我尖叫道。

法蒂玛点点头，眼皮、嘴唇和脸颊都耷拉着，小狗般的表情已经消失了。

我们在坎特伯雷医院的急诊室度过了一晚。我目不转睛地盯着结婚戒指上我橄榄色面庞的映像，发现自己在托瓦尔德和娜拉之间等着妻子：一个想成为丈夫的阿拉伯男孩，一个需要父亲的阿拉伯女孩。

二十

开车去格里纳克·高斯超市买清真咸牛肉时，手机响了起来。"你好。"我回答，一只手拿着电话贴在耳边，另一只手握着方向盘。教父恼火的声音立刻刺痛了我。"你明天早上第一件事就是来找我。"然后电话突然安静下来，我迅速把车开进一个装货区，打开警示灯，给哥哥发了条短信：比拉尔，你明天来开店门，兄弟。阿布·哈桑下令要见我。我把车停在高斯门前时，比拉尔给我回了短信：别担心。他会打爆你的蛋蛋，兄弟。记得闭上嘴巴。

他坐在那里,大肚腩子耷拉在腿上,面前的咖啡桌上放着一小杯土耳其咖啡和一个已经装了十几个烟头的烟灰缸。仿佛肿胀了似的大脑袋后面,挂着他祖父的照片。他看起来和乔·佩西[1]一模一样。不过不是《小鬼当家》[2]里的乔·佩西,而是《好家伙》里的乔·佩西,没有搞笑的人,没有闪亮的盒子。几年前,教父声称,他的祖父阿布·阿里·哈姆扎可以创造奇迹,比如他能用眼睛击落以色列的军用飞机。还说他非常聪明,发明了可以控制美国陆军坦克的遥控器。"那他为什么不消灭以色列呢?"我真诚地问道——之所以真诚,是因为我第一次听到这些故事时,才十五岁,我相信是真的。

"嘘嘘嘘,"教父对我发火了,"我们的宗教不是提问题,而是信仰。"那时我便明白了,无论阿布·哈桑说什么,我都得老老实实地坐在那儿听着。

我在他劝我结婚时就听过他的说教,现在他嘴里吐着烟圈,陶醉于自己的声音。他用阿拉伯语说,"不要以为你上过大学就比别人强。我已经把另外三个大学生送

---

[1] 乔·佩西(Joe Pesci,1943—):意大利裔美国演员。1975年他投身影坛,五年后与名导马丁·斯科塞斯展开合作,其中《愤怒的公牛》《好家伙》两度入围奥斯卡最佳男配角奖。
[2] 《小鬼当家》(*Home Alone*):美国福克斯公司出品的系列电影,家庭喜剧。从1990年至2012年共分五部上映。

到城里的大图书馆去了。"——我想他指的是新南威尔士州立图书馆——"他们都读过关于苏格拉底的书，都比你聪明。"阿布·哈桑继续说，我使劲点了点头。"不用担心祈祷、斋戒、天课[1]，甚至去麦加朝圣，只要你每周给我打一次电话，接受我的祝福就好了。"这时，阿布·哈桑的妻子，也是他的表妹，端着一金壶咖啡走进客厅，给他斟满之后走了出去。阿布·哈桑停了一会儿，喝了一口，然后继续说下去，这次说的是英语。"别再戴那顶帽子了。"他指着我头上那顶白色阿迪达斯棒球帽说，那是我从罗马阿迪达斯专卖店买来的。"那次我从电视里看到一个性爱的场面，那个男人骑着一个女孩，用帽子遮住脸，也许就是你。"这样的说教已经持续了八年，八年间教父经常嘲笑我的教育，经常威胁说，如果背叛部族，安拉就会惩罚我。他经常把我短暂参与的艺术活动和色情场景联系在一起。现在，他的话起作用了。我低下头，意识到什么都不曾改变，什么都不会变得容易——这就是我的余生。每当教父指责我是一个尚未出笼的色情明星时，我都会点点头；每当父母坚持认为娶一个本部族的女孩比娶萨哈拉强一千倍时，我都会点头；每当法蒂玛问我："你爱我吗？"我都知道——就像知道自己必然会死，而且希

---

[1] 天课（zakat）：穆斯林每年一次的慈善活动。

望不久就死一样——这不是我想要的生活，这根本不是生活……

我点头的时间太长了，教父意识到我压根儿没听他说话，便说："你的下巴动得太厉害了，你心猿意马，在想别的事情，你看我有多聪明，我总能识破你。"

"没有。"我回答道。香烟的味道，土耳其黑咖啡的味道，再加上他的自负，让我想吐在他祖父的照片上。"请您说下去，教父。"

"我不仅仅是你的教父，还是你的父亲、你的兄弟和你最好的朋友，"他说，"告诉我发生了什么事。"

"嗯，只是……"我开始说。因为，你看，我真想找个人诉说，哪怕是他。几个月来，我一直把这些想法像隐藏无法启齿的秘密一样藏在心里。如果再继续包藏下去，大脑就要由内而外爆炸了——脑袋流血，头发连根拔起，嘴唇又青又肿，眼睛像脆洋葱一样炸裂，额头被压进去，下巴碾成粉红色果肉，鼻子压成两个黑洞——最糟糕的是，我连哭都哭不出来了，因为已经向命运屈服。"我不知道我和法蒂玛是否合适。"我对阿布·哈桑说，"我觉得我是她的父亲，而不是她的丈夫。"大声说出这些话让人不寒而栗，就像承认自己是恋童癖一样。我以为教父一想到我操了自己的女儿，一定会恶心得吐了出来。

他摇了摇头，脸上挂一丝着小妖精般的微笑，好像

235

他完全明白我的意思，并且有完美的建议来解决我的问题。"不只是她的爸爸，"他回答，"你还是她的妈妈。看我有多聪明？"

和阿布·哈桑告别时，我吻了吻他的手，把五十美元塞到他的手心里，这是对他的服务传统的报酬。然后，我像一只九十岁的公鸡不情愿地慢慢地站起来，走到外面。一股和煦的风扑面而来，给我带来春天的气息。当我像疲倦的哲学家一样沿着庞奇博尔铁路线的围栏漫步时，一个冷静的、理性的声音在耳边回响：我比我的教父聪明。或许我们都很蠢，但他总是自以为是，其实什么都不懂。而我知之为知之，不知为不知，不会自以为是。所以，在这一点上，我可能不像他那么蠢。我不认为我知道我不知道的事情。

二十一

我们已经结婚四个半月，两个半月没有做爱了。一天晚上，我们赤身裸体地坐在床上吃着麦香鸡，大风扇朝脸上吹着热风，法蒂玛转过身来对我说："你有什么问题吗？我还以为你这家伙是那种一直想要做爱的人呢。"我知道她得出这个结论是因为她一直在看情景喜剧，尤其是《人人都爱雷蒙德》。主角雷·巴隆几乎在每一集里都会向结婚九年的妻子黛布拉·巴隆求情做爱，而她通常会拒绝。但即使按照黛布拉的标准，我也知道新婚夫妇七十五天没有性生活是很奇怪的事情。而法蒂玛迟早会问这个问题。我把最后一块麦香鸡塞进嘴里，热烈地吻她，手抚摩她的头发和脖子。我的额头贴着她的额头，舌头滋润着彼此的嘴唇。法蒂玛把剩下的麦香鸡扔到瓷砖上，作为一种热情的姿态，跳到我身上，在我柔软下腹上摩擦她的腹股沟。"停下来，"我说，双手搂住她的腰，按住她，我显然不想让她继续摩擦，"听着，我们不能就这么开始做爱，好吗？如果你想做爱，得帮我硬起来。"我把头靠在法蒂玛裸露的胸膛上，听着她怦怦乱跳的心跳。她低头看着我，长长的睫毛扑闪着。"我该怎么办？"她低声说，声音变得颤抖起来。

哦，哈利勒，孩子，瞧瞧，你父亲不就是个牲口吗？如果我妻子……用手抚摩我……我就能硬到跟她做爱。

"你能摸我下面吗？"我问道，心怦怦直跳，不是因为激动，而是因为不好意思。

法蒂玛从我的大腿上滑下来，盯着我，脸往后缩。"那么，至少让我戴上手套吧？"

操——！

没关系，完全没关系！法蒂玛一想到要碰我的私处，或者任何人的私处，就觉得恶心。可是既然如此，为什么，为什么，为什么，真主啊，她为什么要嫁给我？她显然还没有做好充分准备嫁人。也没有做好充分准备接受一个男人在她床上怪诞的行为。我多么希望她不要再等一个男人乘虚而入，来"救"她了。我多么希望她是那种已经能掌控自己生活的女人——像莱拉·海米太太那样。作为一个男孩，我梦想和海米太太在一起，这让我觉得自己像洛丽塔。而现在，作为一个男人，我发现自己和一个女孩在床上，这让我觉得自己像亨伯特[1]。哈利勒，我现在还不能收回那些话，让它们对你安全。我的心正一瘸一拐地走向永恒，最后一圈是最艰难的。我被扔在杂草腐烂的地方，剩下的都是淫欲和锯末。我觉得自己像个强奸犯，强迫一个无辜的年轻女孩违背她的意愿来取悦我，而实际上我不想让她碰我，就像她不想碰我一样。"好吧，"我说，"用手就是了。"

法蒂玛走到小厨房的水池边，戴上绿色橡胶手套。手套还没干，那是我半小时前洗碗时用过的。她跪在我面前哼了一声，头发在风扇吹来的风中飘了起来，湿漉漉的橡胶摩擦着我割过包皮的肉，很快它就起泡了。最后，我把手放在她的手上说："真的真的很抱歉。"

我从床上滑下来，一瘸一拐地走向浴室，生殖器感

---

[1] 亨伯特（Humbert）：《洛丽塔》中的男主人公。他是一位中年人，一天到晚诱惑小女孩。

到一阵阵刺痛。我赤裸着身子蹲在抽水马桶上，用力把手伸进喉咙，一次、两次、三次，吐了起来。吐了午餐和晚餐，吐了妈妈的绿色葡萄树叶，一罐柠檬水和消化了一半的麦香鸡。也许法蒂玛听不到我痛苦的呻吟，也许她听得到，但不想面对现实，希望只要她保持沉默，我们的问题就会解决。但我不想就此罢休。我想要相反的结果：我希望法蒂玛出现在眼前，她伸出双手准备好爱我。我想起萨哈拉的手。她坐在餐桌旁，一直在切草莓，一次一片地喂我吃。我在想，但愿这是我的余生。不知道为什么，我突然被一阵焦虑压倒，冲向浴室想吐，吐出来的东西溅在陶瓷马桶上。但我一个人待了不到三秒钟，就感觉到萨哈拉的手温柔地抚摩着我的后背，我一边呕吐一边抽泣。

现在，不到一年之后，我等待着，头埋在马桶里等了三十分钟，等待发生点什么——在那个旋转的空间，那个在戴着十字架的西红柿脸女孩和把肚脐上的银环用强力胶粘在肚皮上的竹节虫女孩之间旋转的空间。最后，我接受了不会有人来找我的事实。我站起来，把毛巾铺在浴室白色瓷砖上。我回到了罗马，躺在抽水马桶前，明亮的荧光灯在我头顶盘旋，像一个智力有缺陷的天使。我心里想：亲爱的安拉，为什么我要娶她？包法利夫人在我耳边低声说："这是上帝的旨意！"未来是一条黑暗的走廊；门的另一端是闩上的，门后面关着一个孩子心脏那么大的拳头。咚咚咚地敲打着。

二十二

巴基和他七十岁的父母住在一起，他们是希腊移民。他们家门前总是有两只姜黄色的猫做爱。周六晚上，我去接他，带他做一次经典的"心理健康散步"。像往常一样，我说话，他听着，像一具被药物麻醉的僵尸，紧紧抓着我的胳膊。我给他讲法蒂玛肚脐圈的事，手套的事，我在浴室地板上度过的夜晚，以及我独自待在车库时的惬意。有一次，法蒂玛和她的堂哥阿米尔——就是她钱包里放着的那张照片上和她亲吻的男人——在帕拉马塔西菲尔德购了一天物，把我自己丢在家里。我和巴基拐了个弯，来到伯伍德路，漫步经过一家韩国烧烤店、一家黎巴嫩炭火烤鸡店和一家崭新的药店。这家药店的玻璃橱窗上写着"牙齿瞬间变白"的字样。这几个字让我想起萨哈拉每天早上在浴室里漱口，直到牙膏沫从嘴里冒出来。我紧紧抓住巴基，大声说："我想知道萨哈拉是不是把我的牙刷扔了。"

巴基深吸了一口气，有一会儿我以为他要说什么，但他却把头靠在我的肩膀上，在我的袖子上擦了擦他泪水涟涟的眼睛。我拉着他走过青年俱乐部高高的铁链围栏，一个年轻女人正静悄悄地从前门走出来。她穿着一件浅粉色的开衫，袖子长得遮住了双手，手指在棉纱下摸索着钥匙，锁上了大楼的入口。"奥利！"我喊了一声。她直勾勾地盯着我，明亮的蓝眼睛睁得老大，双颊浮肿。"你看起来太不一样了，"她喃喃地说——这是我听到过的最轻柔、最有教养的声音。羞涩、尴尬和兴奋交织在一起。

"是的，我做了鼻子整形手术。"我回答，"好看点了吗？"

她停了一下，凝视着我的鼻子，凌乱的棕色头发耷拉在自己不对称的鼻子前。"我不想回答，"她犹犹豫豫地说，"因为那样就意味着我认为你以前的鼻子不好看。"奥利的左嘴角对着落日翘起，她向我挥了挥手里的钥匙，朝靠在我手臂上的那个沉默的男人轻轻摇了摇头，低声说："再见，巴尼。"然后就朝我们刚才来的方向快步走去。她就像简·奥斯丁小说里的人物一样，含蓄而又克制。哈利勒，我不敢说男人比女人健忘，男人容易忘情。也许我不公正，软弱，愤世嫉俗，但从来没有反复无常。

奥利消失之后，我用胳膊肘轻轻推了一下巴基的肋骨，示意他继续往前走，但他没有动。我转过脸，想看看发生了什么。只见他耷拉着下嘴唇，像史前石器时代的穴居人一样，目光呆滞，眼皮下陷。"你和那个白人女孩之间有什么关系。"他说。这是他一整天说的唯一一句话，刺痛了我的灵魂。我一半是痛苦，一半是希望。

二十三

躺在贝尔莫运动场前的草地上，斗牛犬的号叫声在桉树林回荡。巴基依偎在我身边，大口吸气，肚子鼓鼓的。"这么说，你的表妹莫娜不吃猪肉，但吃女人，是吗？"他气喘吁吁地说。这是巴基跟我说话的方式。他在我的婚礼上和我这位假小子表妹见过一面，认为她是同性恋，又是穆斯林，实在是糟透了。他通常声称每个人都是同性恋，或者至少每个人都有点同性恋倾向。从前，我只认为这是修辞手段，但在这个特定的情况下，他是正确的。

"她嫁了一个斜眼睛的'进口货'，"我告诉他，"因为她长得太像个男人了，在这儿找不到男人……"

"太好了。"巴基哼了一声，"那个家伙拿到签证之后，就会和她离婚，然后她会和一个在德鲁伊特山'招揽'卡车司机的、充当男性角色的女同性恋者搬到一起住。"这是没有服药的巴基，在自作聪明的人和文明的见证人之间那条细线之间徘徊时说的话。

我深吸了一口气，看到体育馆的墙上喷涂的一行字：荡妇的复仇——在阿拉伯人头上撒尿。我盯着那行字看了好几分钟,巴基也盯着看,直到翻了个身,不无沮丧地对我说:"这话能让你兴奋吗?"我对他说,一定是一个黎巴嫩人对某个可怜的姑娘做了什么卑鄙的事,她才会这么恨我们。高中时代我那些朋友交往过的任何一个女孩都可能写下这样的话:萨曼莎,在电影院里被沙凯不戴套就干了之后,就被甩了。娜达,在公共厕所给奥萨马口交后,就被甩了。阿什利在温特沃斯维尔一级方程式酒店为奥马尔、奥斯曼和伊萨手淫,换取偷来的诺基亚3210。

我转身面向天空,大声呻吟:"我的心好疼,兄弟。"

巴基回答说:"那是同性恋。"

但我说这话不是那种无病呻吟的陈词滥调,我的意思是我的心真的很疼,在胸腔里使劲撞击我的肋骨,把血推到我的喉咙里,喉结仿佛要破裂。过去的三个晚上,我一直坐在床沿,抱着枕头,在妻子熟睡的时候,透过车库的小窗户望着月亮。这是巴基的错——在他看到我俩在一起之前,奥利对巴尼也好,巴尼对奥利也罢,只是一个"背景"。可是现在,奥利突然变成三个字母,每当我闭上眼睛,就会折磨我。你看,哈利勒,从前,我被一个白人女人伤害了太多次,所以从来没有信任过她。那还是在庞奇博尔男子高中念书的时候,教英语的高级教师里昂女士痴迷于让阿拉伯人乖乖就范。当奥萨马说:"我想写枪和图帕克[1]"时,她回答说:"你为什么不写你喜欢从阿尔迪那里买的薯片呢?"当伊萨说:"巴勒斯坦被偷走了。"她回答说:"大屠杀。"当迈克尔·穆罕默德说:"比拉尔·斯卡夫被判五十五年,因为他是黎巴嫩人。"她回答说:"男人都是狗屎。"当沙凯说:"白人都是狗屎。"她回答说:"逆向种族主义。"六年后,我在大学的合作书店里偶然发现里昂女士在教我们的那些年里写的一本青少年小说。这本书名为《不可思议的男孩的轻率之举》,封面上有总理文学奖的贴纸,并引用了一句话:"真实的西悉尼声音。"我读了小说的题词——"献给我的第一个儿子阿拉丁"——以及小说的第一页,第一页是这样开头的:"有些人说庞奇博尔就像阴沟里的冰激凌,但我和我的儿子们喜欢它,就像我们喜欢烤串和炭火烤鸡一样。"

我想知道奥利是不是那种歧视阿拉伯人的白人女性(就像我们那个高中老师),还是那种一想到我的皮肤就哭得很伤心的白人女性(就像大学书店把每个黎巴嫩人都称为"你"的收银员)。

话说回来,有没有可能奥利是那种白人女人,那种女人,那种人——只在乎我这副皮囊下面是什么。我渴

---

[1] 图帕克(Tupac,1971—1996):非裔美国西岸嘻哈音乐人、诗人、演员。1996年9月7日,于拉斯维加斯在宝马车上被枪杀,引起全世界的震惊,也成为二十多年来的悬案之一,一直没有找到凶手。

望以这样的方式为人所知，渴望和一个能看到我本来面目的女人在一起：巴尼·亚当。

"帮我个忙，"我恳求道，巴基转过身来盯着我，一字眉变成凹形，"打打我的头。"只要能分散我的注意力，不让我满心痛苦地去想那个皮肤白皙、长着雀斑的女孩就行。那个从贝尔莫到拉克巴，到北悉尼，到拜斯山，到格兰维尔，到罗马，到威尼斯，到我的枕头边，灵魂深处一直陪伴着我的女孩。介于十字架和肚脐环之间的东西，这让我有理由把"逗号"放回去。

"不！"巴基闷闷不乐地说，"我不会卷入你那套异性恋的废话。"

"可这他妈的是你干的，"我告诉他，"是你把她装到我脑子里的。"

我再次把目光转向天空时，觉得什么东西砰的一声落到颧骨上，就像一小袋冰块砸下来，把我猛地拉回拳击台——黑手套打在我的大歪鼻子上，里奥尖叫一声，我的脸肿了起来，冰冷的水顺着裸露的身体流下。飘过走廊，奥利陷入恍惚。然后我又回到贝尔莫运动场前的草地上，巴基握着拳头对我微笑。"感觉好点了吗，公主？"

想起奥利凝视着我的眼神，痛苦减轻了，但与此同时，我的心觉得像被鹰爪紧紧抓住了一样。我不应该被困在我家商店后面的车库里,头埋在抽水马桶里。起初我想读书,读到我知道如何教书,教到我知道如何写作,写到我知道如何把你带到这个世界……

"看看我制造的麻烦,巴基。我真是个该死的笨蛋。"

"不,你不是,"他傻笑着回答说,"你不过是个黎巴嫩人,一个遵循所有黎巴嫩人都遵循的剧本去演戏的黎巴嫩人。"

回头看着墙上的涂鸦,我抱怨道:"应该有人在我头上撒尿。"周围一片寂静。我们俩耐着性子看太阳从一朵孤零零的云彩后面滑过。

"我有个好主意,"巴基最后回答道,"跟那个澳洲荡妇私奔吧,兄弟。反正你老婆也觉得你是个同性恋。"

巴基建议中关于同性恋的说法我倒没当回事——须知,那只是他惯常的说辞——我问自己,如果我真的离开了,法蒂玛会怎么样。部族对不再是处女的离婚妇女非常苛刻。我长到现在,总能听到大人和长辈对她们的评价:她是被宠坏了的肉。她是损坏了的货。她是不洁净的。她放荡。她是祸水。她无能。她是个sharmouta(荡妇)。在大多数情况下,这些女孩最终被运到黎巴嫩或叙利亚,嫁给一个想要签证移民到澳大利亚的男人。我不希望法蒂玛落得这样的下场,但我也不想再和她在一起了——我只想和陪伴我入睡的那"三个字母"(Oli)在一起。

"对不起，兄弟，你真让人失望。"我对巴基说，然后跳起来，飞快地穿过体育场，朝贝尔莫火车站和贝尔莫青年俱乐部方向跑去。

巴基在我身后叫喊："啊，巴尼，巴尼，巴尼……"

我停下脚步，但没有转身。眼前出现幻象：一个孩子，长着骆驼般的睫毛，棕色的卷发就像摩西的头发一样。"你不能相信白人女孩，兄弟，"巴基喊道，"你没从梅耶拉·尤厄尔[1]身上学到什么吗？"他的笑声在整个场地回荡，就像一万个阿拉伯人在为一群狗欢呼。我再次迈开双腿，奔向那个曾经告诉我她喜欢我原来那个鼻子的女孩。

进入青年俱乐部的大门，穿过走廊，到了前厅。奥利坐在桌子后面，细长的手指慢慢地按在键盘上。"你好，'奥利差不多'。"我说。"奥利差不多"歪着头看我，深蓝色眼睛睁得大大的。"巴尼？"白人女孩赶紧把手放到桌子底下，好像拇指插在鹰嘴豆泥里似的。"有什么事吗？"她问，朝我扬起细细的眉毛，就像一个自作聪明的人，从前一天和我对视的那一刻起，就知道她一定

---

[1] 梅耶拉·尤厄尔（Mayella Ewell）：美国著名女作家哈珀·李于1960年出版的小说《杀死一只知更鸟》中的人物。该书获得普利策文学奖，享誉世界。

会把我引诱到她的办公桌前,就像模仿鸟把我的目光吸引到它栖息的树上。

"我只是想告诉你我最近读过的书。"

"什么书,快告诉我。"她说,双手仍然放在桌子下面。

"不知道书名,"我回答道。但我在撒谎。我当然知道:只有一种人,人![1]

尽管我的话毫无意义,她还是使劲儿点了点头,然后站起来,伸手去拿电脑显示器旁边的手提包。那是一个黄色帆布小单肩包,就像我父亲在"奇迹之洞"卖的那种。

"等等,你要去哪里?"

"我要到大学去。"

"我陪你一起走,"我有点冲动地说,"我朝哪个方向走都行。反正就是出来溜达。"

奥利又一次使劲儿点了点头,只不过这次她咯咯地笑了起来——也许她觉我好像一条傻乎乎的狗,在追赶一辆救护车。

---

[1] "只有一种人,人!"原文是:There's just one kind of folks. Folks.这句话引自哈珀·李的《杀死一只知更鸟》。意思是人们都是一样的,不应该因为他们的种族和文化背景不同而被划分为不同的人。这是巴尼在用自己的方式表达他和奥利是一样的人。

我们肩并肩向贝尔莫火车站走去。我问奥利她最喜欢的书的名字，她说："等我拿到借书证就告诉你。"我问奥利她最喜欢的电影的名字，她说："等我买了电视就告诉你。"我问奥利有没有见过改变她生活的东西，她说："等我有眼睛，我会告诉你的。"

接着，我们静静地面对面坐着，火车摇摇晃晃地向内西区驶去，我欣赏白人女孩那身打扮。她穿着一件又轻又薄的浅粉色开襟羊毛衫，我以前见过她穿这件长袖羊毛衫。显然，她是从一个高得出奇的高中朋友那里弄来的。"我喜欢那些已经被爱过的东西，"奥利解释道，往下拉了拉开衫袖子，遮住手。但就在一瞬间，她松开了袖子，我看到了她的指尖。

"你剪指甲吗？"我问她。

"不剪，我咬，"她说，有点腼腆地笑着，"你呢？"

"我剪，但还是七长八短。"我张开右拳，有意识地伸出那只不戴结婚戒指的手，然后摊开手掌让奥利看。我的指关节都断过，相互之间都是拳击时留下的老茧。五个指甲都是锯齿状——那是一个左撇子用右手剪的。童年时代指甲都是这样七长八短。长大之后，指甲上能剪的白点和不能剪的粉红色小点都像波浪一样分开。

奥利目不转睛地盯着我的手指，但什么也没说。我把她的沉默理解为一种智慧。她似乎总是深思熟虑之后，才开口说话。在她身后是一个头戴螺旋帽的越南人，他漫不经心地哼着《泰坦尼克号》的主题曲，特别是1998年班克斯敦所有阿拉伯穆斯林小姐都他妈的没完没了地哼哼的长笛吹奏的那部分。

"现在你得给我看看你的。"我对奥利说。

她犹豫了一下，但只有一秒钟，然后把右手从朋友那件羊毛衫薄薄的袖子里露出来。指甲覆盖着指尖，全是粉红色，一直咬到边缘，不像剪刀剪过的指甲那样光滑。每一根手指尖都呈锯齿状，真是不完美的完美！我的裤裆里面好像着火了一样——羞耻、恐惧、兴奋。嗡嗡声盖过了铁轨的咔嗒声，我幻想着奥利的手疯狂地拍打蒙了一层雾气的车窗。我被她的汗水淹没，被她的呼吸包围。

她的头发是浅棕色的，介于卷发和直发之间。长长的发梢分叉，和她的指甲一样，参差不齐。就像把手指藏在袖子下面一样，她用刘海遮住了丰满的右脸颊上的雀斑。"你梳头吗？"我问道，用手指着她的脸。

"我喜欢你不是那种能一眼看穿的人。"她回答道。我想知道她是什么意思。她觉得我愚蠢还是天真？她是在居高临下地对待我，还是更糟，想占我的便宜？把我变成"个案"研究——一只小白鼠，为她下一次人类学评估做准备？哈利勒，我知道对我选择追求的某个白人女孩做这种假设有些牵强，但我以前确实遇到过这种情况！让我再告诉你一些我一直在说的那件事情。我十九岁那年，渴望成为一名演员。碰巧乔来班克斯敦，寻找一个黎巴嫩人在她制作的一部关于暴力的戏剧中演出。在我参与演出的那个星期里，按照剧情，她和团队里的其他白人女人大声辱骂先知。她们解释说，这是艺术。然后让我喊"荡妇"。接下去，就因为我说了"荡妇"这个词而攻击我。白人的眼泪浸湿了班克斯敦艺术服务中心的棕色地板。她们对着我的脸尖叫："Fuck。"她们解释说，这就是女权主义。

排练几周后，我给那个白人表演艺术家发了一条短信：我需要和你谈谈我在你的剧中饰演的角色如何表演的事情。为了确保我用英语写的短信语法正确，我咬文嚼字。我不想让她们小看我这个庞奇博尔男子高中傻乎乎的阿拉伯穆斯林。三天后，乔回答说："你不够白，我不在乎；你不够黑，我假装不在乎。"

我愿意相信奥利和我认识的所有其他白人女性都不一样。在我的脑海里，随着时间一分一秒地过去，我在思考我们俩谁对谁的威胁更大：她可能认为所有的穆斯林男人都是奥萨马·本·拉登，把电视机挂在树上；我认为所有白人女人都是希拉里·克林顿，在油井里洗澡。她可能认为所有黎巴嫩男人都是比拉尔·斯卡夫，他被判了五十五年；我觉得所有白人小妞都是琳达·费尔斯坦[1]，她起诉了中央公园"五人帮"。如果她把一个黎巴嫩人带回家，她父亲可能会威胁要把她的名字从遗嘱上画掉；如果我带个澳洲女人回家，父亲会把我的脑袋往墙上撞。她妈妈可能希望她在教堂结婚；我已经结婚了！

离奥利下车的那一站越近，我就越觉得无话可说，试图"净化"我们在一起的最后时刻——你父亲太具戏剧色彩了，是不是，哈利勒？就连珀菲利亚[2]——她的情人用她的头发编成一根黄色的绳子将她勒死——也告诉我一切已经开始。

"你穿衣服有什么爱好？"她问。现在我明白了她对我说"我喜欢你不是那种能一眼看穿的人"的意思了。就连萨哈拉——我所见过的最不肤浅的人也能明白这话是什么意思。她经常让我换衣服。有一次，在百老汇购物

---

[1] 琳达·费尔斯坦（Linda Fairstein）：改编自真实历史事件的美国电视剧《有色眼镜》(*When They See Us*) 中的人物。1989年4月19日晚上，与曼哈顿北部哈林区相邻的中央公园里发生了一起强奸案，受害者是一名二十八岁的精英阶层白人女性崔莎·梅里（Trisha Meili）。事发前，她正像往常一样进行慢跑锻炼，却不幸遭到强奸和手段残忍的暴力对待，导致其生命垂危，在昏迷接近十二天后才清醒过来。接手这起"中央公园慢跑者案"的是极端的女权主义者琳达·费尔斯坦，她在未对案件始末进行慎重审查和判断的情况下，以自己对黑人存在的刻板印象，贸然锁定五位犯罪嫌疑人。最终判定五人有罪，制造了美国当代社会最大的冤案之一。
[2] 珀菲利亚（Porphyria）：英国诗人罗伯特·勃朗宁（1812—1889）的诗歌《珀菲利亚的情人》(*Porphyria's Lover*) 中的人物。

中心，她指着一家李维斯专卖店，若无其事地说："嘿，只是为了好玩，想去那家店看看男裤，好吗？"我知道这是她在用一种"被动攻击"的方式说我穿得像个同性恋，对我来说，这是一种痛苦的讽刺，一个从不刮腿毛、只穿冲浪短裤和背心的女孩，因为男朋友穿衣打扮不符合传统的性别标准而尴尬。

"嗯，我从这边走。"快到出口时，奥利喃喃地说。她漫不经心地指了指通往悉尼大学的地下通道，数百人像螃蟹一样从那里匆匆走过。

在门口，我站在奥利后面排队，从她的肩膀望过去，看见她打开一个翠绿色钱包，拿出一张车票。我还注意到钱包左手边有几张卡片，包括学生证和银行卡；右手边有几张卡片，还有一张钱包大小的照片，照片上是她自己一张看起来年纪更大、更丰满、红头发的"版本"。钱包中间是驾照。驾照上的照片，看起来年轻了五岁，是汉娜·蒙塔娜[1]和长袜子皮皮[2]的"结合体"，直挺挺的鼻子意味着她一定是在最近几年鼻梁骨才受过伤。然后我注意到驾照上她的名字：奥利芙。

---

1 汉娜·蒙塔娜（Hannah Montana）：美国华特迪士尼公司出品的青少年情景喜剧《汉娜·蒙塔娜》中的主要人物，于2006年3月24日在美国迪士尼频道首播。

2 长袜子皮皮（Pippi Longstocking）：瑞典儿童文学作家阿斯特里德·林格伦的童话代表作之一《长袜子皮皮》中的主人公。皮皮被誉为"世纪儿童"，成为二十一世纪自由儿童的代表。

白人女孩把车票塞进闸机小口,三角形闸门打开。她在那个狭窄的空间转过身面对我,闪闪发光的蓝眼睛里黄色色调散漫开来。

"你叫奥利芙,"我大声说,无法抑制我的阿拉伯语,"你为什么不告诉我?"

闸门在我们之间啪的一声关上,白人女孩瓷一般细腻的脸像干旱中的雏菊一下子枯萎了。"因为奥利芙太普通了,"她说,目光紧盯着我的结婚戒指,"我想你现在要赶火车回你妻子那儿去了吧?"她迅速转身朝地下通道跑去,消失在肉、棉布和爪子的海洋之间。哦,太普通的奥利芙:敏感,消极被动,"被动攻击",有自知之明。我的心仿佛被掏空,提醒我,一切的一切都已成为过去。

二十四

一千零一,一千零二,一千零三,一千零四。我被困在"奇迹之洞"里,整天盯着洞口,一颗心沿坎特伯雷路漂游到下一个郊区贝尔莫。那个有点笨手笨脚、皮肤娇嫩、长着棕色雀斑的女孩折磨着我。她整天坐在办公桌前都做些什么——打字吗,写一篇为巴勒斯坦人提供另外一种解决方案的论文吗?当她从火车上下来,穿过车站一扇扇大门时,她是谁?是某个留着脏兮兮的棕色直发、戴着方框大眼镜、胡须蓬乱、整晚和她讨论《大人物拿破仑》[1]中互文性引用的某个嬉皮士的女朋友吗?她住得离父母很远吗?我敢打赌,小时候父母一定给她讲故事、读书。她和悉尼大学那些穿着二手衣服的古怪朋友合租房子吗?我对她的假设建立在我的本科学位、Triple J乐队以及伍迪·艾伦[2]和韦斯·安德森[3]演的电影的基础之上。我从中积累起来对"垮掉的一代"刻板的印象。但我要说的是,我不是在评判她,而是忌妒,渴望成为她的世界的一部分。

法蒂玛在车库那边一部接一部地看电影,我在一墙之隔的商店听得清清楚楚。电影里一个独自在家的男孩向闯入者的脑袋扔砖头时,法蒂玛歇斯底里地大笑。手持电锯的男人肢解那几个十几岁的孩子时,她突然尖叫起来。父亲下午四点半来店里替我值班。我立刻跳起来,准备爬到床上,闭上眼睛想奥利。爸爸皱着眉头说:"你姑妈雅斯敏那天在火车上看到你和一个不是你妻子的女人在一起。"

---

1 《大人物拿破仑》(*Napoleon Dynamite*):是由杰瑞德·赫斯执导的剧情片,于2004年1月17日在美国上映。
2 伍迪·艾伦(Woody Allen, 1935—):美国电影导演、戏剧和电影剧作家,电影演员、爵士乐单簧管演奏家。出身于纽约布鲁克林一个穷苦的犹太人家庭。
3 韦斯·安德森(Wes Anderson, 1969—):美国著名导演。安德森是一位全才型的导演,通常还会参与到自己作品的编剧、摄影以及配乐等各个细节,奉献出极具个人特色的作品。

我紧握拳头，咬牙切齿。那个该死的大嘴巴，该死的长舌妇！至少，我想成为奥利的朋友，我想自由自在地坐在她面前欣赏她的头发。然而在他们眼里即使朋友也太过分了。

"你应该明白，这事儿下不为例！"父亲说，他用食指指着我身后厕所的门，"如果你让我们难堪，你的脸可就得丢在那片树林里了。"

那一刻，我怎么能把自己的脸从那扇门扔出去，丢到树林里呢。你还记得吗，哈利勒，许多个斋月前，我爸爸在麦加给我列出娶本部族女孩的好处："你会自由，富有，受到保护，安全，被包容，被爱。"我相信他的话，我选择这种生活唯一的安慰就是他的承诺——和本部族人一起生活比和外人一起要容易得多。我的选择会让他满意，并为自己有两个好儿子而自豪。但最后，我明白了，你在部族里陷得越深，他们就越把你捏在手心，认为可以控制你，决定你可以做什么，不可以做什么——毕竟，你已经向他们证明，他们可以侥幸成功。

"你想让我怎么办？"我对着爸爸尖叫，拳头猛击自己的胸膛，"你想让我像雅斯敏的孩子们一样——在大街上为了某个'公主'和表兄大吵；或者娶某位'进口'堂妹为妻，这样就不会再拿别的女人烦我。或者假装一辈子都是'异性恋'，仅仅因为你们都是一群憎恨同性恋的人!"一怒之下,我一拳重重地砸在厕所门上,拳头在木板上砸出四个坑。剧痛穿透血肉,把我带回到"斗士"时代。那时,我打出去的每一拳和被打的每一拳都在一呼一吸之间。父亲异常平静,一声不响站在那里,脸上的皱纹松弛下来,似乎有些困惑,甚至有些担心。我突然看清他的真面目——只是一个把阿拉伯人要传承的东西传承下去的阿拉伯人。他的教父在他十二岁的时候被派来照顾他。他给了我父亲一个非常简单的生活准则:"永远不要和外人结婚,永远不要生少于五个孩子,永远不要背叛家庭,永远不要对抗一个村里的老乡,永远不要质疑我。"

我厌倦了那个永远不要,永远不要,永远不要!电话响个不停,没有人接。但当电话的另一端是一位四十岁的寡妇时,先知穆罕默德接了电话。当电话的另一端是一位逊尼派妇女时,我的祖父接了电话。现在电话那头是奥利。我拔腿就跑,比我这辈子任何时候跑得都快。爸爸站在他的店门口,在我身后叫喊:"巴尼——巴尼——巴尼!"但我头也没回。这次没回。一千零五。一千零六[1]。

---

1 作者用"一千零五,一千零六……"形容巴尼对奥利的思念。本章开头,巴尼从一千零一开始计数,隐喻这个故事是阿拉伯《一千零一夜》的延续。

二十五

一个完全断裂的鼻子——那个白人女孩坐在前台后面。但和我以往在健身房看到的她完全不同。她没有在电脑上打字,坐在那儿一动不动,盯着走廊,目光缥缥缈缈,好像沉思着等待什么。我出现在她面前,浑身燥热,气喘吁吁,动脉在抽动。看到我,她倒吸一口凉气。"你。"

我的指关节很疼。我已经很久没有出拳了,手上的老茧已经软化了,我把它们撕开,感觉好极了——血液又一次在我的血管里沸腾了。我把旧会员卡放在白人女孩面前,跌跌撞撞地沿着走廊向健身房走去。汗水、蒸汽和皮革的味道扑面而来,在我的肺里流淌,带回里奥的声音,在我耳朵里隆隆作响——"那个该死的婊子!"在空无一人的拳击馆里,我找到最大的一个沉重的沙袋,踉踉跄跄,发了疯似的扑过去,打出一记左勾拳。袋子朝我晃来晃去。我又扑过去猛击,勾拳,上勾拳,痛苦地尖叫着,破碎的心试图跟上疼痛的手臂。我不可避免地瘫倒在地,张开颤抖的双手,好像手里拿着一本《古兰经》,喘着最后一口气。

吊沙袋的转环来回摇晃着,发出吱吱嘎嘎的声音,拳击馆里其他地方一片寂静,直到一双帆布运动鞋悄悄从门口走过。"这一切都是为了一个澳大利亚丑女?"奥利笑着说。她在我身边悄无声息地坐下,白裙子铺在我的膝盖上,像毯子一样铺在地板上。她慢慢地伸出手,默默地握住我的手。"嘘——嘘——嘘。"

我的呼吸平稳了,我的心安定了,我的指关节收缩回来了。我的血,我的灵魂,汇聚在一起,向你呼喊。你,信心满满。你,不请自来。你知道怎么来到这里。你冲我眨眨眼,然后继续睡觉。嘘。

未来

二十六

"亚当家族"是我的魔咒。法蒂玛是我的宿命。而你母亲就是我未受诅咒的宿命。她的到来撕裂了我的血统。爱情像打谷机一样,把我打得洁白。就这样,哈利勒,你续写了我们的血统。等我们到医院的时候,她的宫口已经扩张到八厘米。助产士说:"你是个创造奇迹的人。"我会打电话给你母亲的父亲,告诉他你出生了,产婆说这是个奇迹。你的外祖父会回答说:"没有奇迹这回事,但我还是会流泪。"接下来,我要打电话给我父亲,告诉他你出生了,助产士宣布这是个奇迹。你的爷爷会回答说:"巴尼,把我的孙子抱在怀里,对着他的耳朵低语这句话：'Ash-hadu alla ilaha illallah, wa ash-hadu anna Muhammadar- Rasulullah[1].'" 在我颤抖的嘴唇下，你的耳朵宛如柔软的面团。把你抱回到我们的病房时，医院里将是一片漆黑，充满不安和渴望。你妈妈把你抱在怀里，小脑袋露在淡粉色的毯子外面。她抱着你，轻轻地摇来晃去，嘴里哼着歌，而你尖叫着，呻吟着，诉说生存的痛苦，回望她，就像一块掉进深渊的鹅卵石。你像远古的人皱着眉头，奶油般娇嫩的小脸现出道道皱纹，紧闭的眼睑挣扎着要张开。你母亲仿佛要用鼻子把你再吸进去，脸上的雀斑一闪一闪，和你一起跳舞，让你安静下来。我会看着你那双银色的小眼睛在她身上闪烁，在你再也不能抬起眼睑之前——安拉会找到各种方法向我们眨眼。你妈妈第六次给你喂奶的时候会哭，直勾勾地看着我尖叫："就像砂纸贴在我的肉上。"我把你轻飘飘的身体从她手里接过来，抱着你的头，一颗明亮的新星在我的怀抱里诞生。我会告诉你，你曾祖父的臂膀多么坚强。他怀抱着十一个孩子走过的黎波里和贝鲁特的街道；我会告诉你，你祖父的臂膀多么坚强。他怀抱着他的六个孩子走过亚历山大、纽敦和雷德芬的街道。也许有

---

[1] Ash-hadu alla ilaha illallah, wa ash-hadu anna Muhammadar- Rasulullah：阿拉伯语："万物非主，唯有真主。穆罕默德是真主的使者。"

一天你会告诉你的儿子,我张开双臂,抱着你走过拉克巴、庞奇博尔和班克斯敦的街道。在那里,阿拉伯人会问我:"你的儿子?"我回答说:"不是,我的太阳。"你这个小东西,能不能给我解释一下,你怎么毫不费力就赢得我的爱?像一个面团一样躺在那里,眼睛下面有一条浅浅的皱纹,丘比特之弓似的嘴唇上方有一条深深的沟槽,和你母亲一样。胳膊和腿紧紧地蜷在一起。你的声音像一支破笛子发出的响声,因为鼻塞仿佛在吹口哨。鼻孔呼气的时候,脸颊鼓鼓的,就像在吹大米泡泡。我会把毯子从嘴边拿开,这样你就能呼吸了。我要让你睡觉的每一秒都成为你母亲休息和康复的时间,直到你又为得到她的骨血、皮肤而哭泣。我们的房间寂静无声,布满暗影,只有你母亲的喘息声打破宁静。她翻身的时候,你娇嫩的小脸在我的胳膊弯里扭歪。她半睁着眼睛,喃喃地说:"嘘——嘘——嘘——"然后又睡着了。我将被燃烧的丛林火焰击中,用噼啪的回声填充医院午夜的睡眠。你张开嘴唇,露出娇小的舌头和柔软的牙龈,现出最纯粹的微笑——那微笑,除了真主,没有人能和我们分享。你开始吮吸空气,寻找妈妈的乳头。在你找到你的声音之前——那声音会让我失去自我,完全听命于你——你的左眼会睁开又闭上。安拉会找到各种方法向我们眨眼。

二十七

十二点。我们家商店门口的一个牛奶箱上坐着一个人。黑暗中，除了马路上红绿灯的灯光，没有任何光亮。如果不是父亲硕大的鼻子的轮廓，很难认出他是谁。我走到他身边时，他目不转睛地盯着开过去的汽车。"如果你想知道的话，我可以告诉你，你妻子睡着了……"我什么也没说，只是站在他面前，像农民站在国王面前。"不要再这样伤害自己了，"他接着说，转过身面对着我，眉头紧皱，黑眼圈深陷在眼窝里，看起来很虚弱，"你受伤时，我也会流血。"

我扑通一声坐在他旁边，背靠橱窗玻璃，凝视着外面的道路，等待着下一辆汽车、摩托车或卡车开过，等待着合适的话从我嘴里说出来。哦，安拉——怎样才能让父亲明白，这不是要不要做的事：爱一个外人并不等于恨他；恨我自己并不等于爱他。哦，安拉。哦，安拉。哦，安拉。父亲还能忍受什么呢？

"哦，真主。"

那之后，我俩好一阵子没有说话，只是盯着越来越少的过往车辆，看着坎特伯雷路和哈尔敦街交叉路口的交通灯从绿色到橙色再到红色，然后又变回绿色，好像它们也在等待。

最后，你的祖父开口了。"我娶你母亲的时候并不爱她，"他用对我用过的最温和的语气说，"你奶奶说，部族里有个好姑娘，家庭不错，我应该见见她。她胖乎乎的，一副天真无邪的样子，我就答应了，二十天后她就成了我的妻子。真主啊，我从来没有动过你母亲一根手指头，但我们结婚的第一周，她问我要新窗帘，我太尴尬了，不敢承认买不起，狠狠地砸着墙壁，砸出一个坑，把自己锁在浴室里，久久不愿出来……"爸爸深吸了一口气，好像很惭愧，然后继续说下去，"可是你知道，一年后她生了你哥哥——他是第一个出生的孩子；又过了一年，生下了你——天哪，你的头真大；一年后，又生下你妹妹——我们用我妈妈的名字给她取名。每次我把你们中的一个抱在怀里，心里就想，这个女人，马什拉，这个女人。"这时爸爸停止了说话，等一辆巨大的半挂车隆隆驶过。路上又静了下来，车灯从橙色变成红色再变成绿色。"一切都会好的，巴尼，"他说，"只要别想那么多。"

二十八

凌晨一点。回到车库里，脱掉气垫跑鞋、白色阿迪达斯短袜，黑色无袖健美衫，喇叭牛仔裤和黑色平角短裤。我在妻子旁边的被窝里躺下，胳膊搭在她裸露的肚子上，手掌轻轻地放在她肚脐周围的伤疤上，腹股沟压在她大腿之间，脑袋贴在她刚刚拉直的头发上，嘴唇亲吻她的脖颈。她在睡梦中低声哼哼，飘向漫长人生的灾难。去死，去睡——去睡，也许还会做梦。

二十九

奥利，奥利，奥利。奥利，奥利，奥利。奥利，奥利，奥利，奥利，奥利，奥利，奥利，奥利，奥利，奥利，奥利。奥利，奥利，奥利，奥利，奥利，奥利，奥利，奥利，奥利……

三十

三点。"什么？"我在闷热和黑暗中醒来，空气吞噬着自己，我的眼睑沉重而潮湿，四肢无力，腹股沟扑扑跳动。法蒂玛用她充满孩子气的声音说："你说梦话了，说'普通'。"安拉，原谅我。我和妻子躺在床上的时候，梦见茫茫无际的大海里有一棵橄榄树[1]。她很普通。那么普通。多么奇怪。

---

1 橄榄树（olive）：Olive（奥利芙）是巴尼心爱的女人——奥利的名字，所以这里的"橄榄树"是指那个女孩。

三十一

结婚六个月后,终于没有DVD可看了,法蒂玛开始拜访父母。她在那儿可以和住在同一条街上的堂兄阿米尔玩。我第一次和她一起去是在做梦后的那个晚上。我和岳父坐在一起,跟着他点头,他对我说,同性恋、荡妇、赌徒和酗酒者都要下地狱。我能听到隔壁房间里,法蒂玛歇斯底里地笑着,她和阿米尔好像在打枕头仗。

开车回家的路上,我对法蒂玛说,也许我不应该再去她父母家了。她照着镜子,补上口红,好像我们正在去参加某人婚礼的路上。她毫不犹豫地回答说:"是的。"

她不想让我去,见证她和堂哥打情骂俏,就像我不想去一样。我非常希望他们挠痒痒玩的时候,开始接吻,然后做爱,最后意识到他们一直都爱着对方,然后一起私奔。可是话说回来,法蒂玛是我的妻子,我是她的丈夫,我们仍然生活在对彼此永远忠诚的假想中。红灯亮起的那一霎,我拼命踩刹车,车轮打滑。我被妻子的热情激怒了。"我说的是'也许',好吧,让我想想。"

法蒂玛和阿米尔的关系让我整晚辗转反侧,难以成眠:他们想做爱,对吧?没有一个女孩在舞池里为她不想驾驭的男人那么用力地摇摆身体。不,不可能,太恶心了,他们是堂兄妹。他们一起长大,在澳大利亚长大,对，对。我要入睡时，告诉自己别睡。她绝不会离开你，哪怕是为了她的堂哥。你这个可悲的讨厌鬼。你这个可怜的讨厌鬼。你这个陷入困境的讨厌鬼。

第二天，我决定再陪法蒂玛去看望她的父母。她穿上我所见过的最紧的白裤子，把粉红色的丁字裤的轮廓映得清清楚楚。她虽然对我的选择很失望，但想不出一个不让我去的理由，只好无奈地说："随你便。"这一次，我和法蒂玛的父母以及阿米尔两岁的妹妹希巴（他们在照看她）一起坐在客厅里，而法蒂玛则和阿米尔在后院闲逛——不到一年前，就在这个后院，我和她决定共度余生。堂兄妹俩大声争论金·卡戴珊和詹妮弗·洛佩兹谁的屁股更好看。"金·卡戴珊长着班克斯敦女孩的屁股，"阿米尔笑着说，法蒂玛也轻声笑着说。"哦，你喜欢班克斯敦女孩的屁股，是吗？你喜欢班克斯敦女孩的屁股？"

岳父左脸抽搐着，我可以看出他尽其所能无视他们。他无法像过去那样监督女儿的着装和言行，但我认为他试图传达他希望我对法蒂玛做的事情，他用阿拉伯语说，"不要听嬉皮士穆斯林的话，先知说可以打你的妻子。"岳母说："用牙刷，用牙刷毛打她。"

就在这时，玻璃掉在瓷砖上发出刺耳的声音，响彻整个房子。我们三个人同时转过身，看到希巴宝宝在尖叫，她从厨房的工作台上拉下一个大杯子。也许是这声音把她吓坏了，也许是她意识到这声音是她造成的，也许两者都有。我仍然坐着，但岳父母立即跳了起来，朝那个棕色皮肤、留着浓密棕色卷发的孩子扑去。我以为他们会安慰小姑娘，让她平静下来，确保没有被任何玻璃碎片刺破，但老两口却蹲在小姑娘身边，我岳父扯下一只人字拖，用鞋底狠狠地打她的手，岳母拍着她的屁股，尿不湿扑哧扑哧地响着。我目睹了这种伴随法蒂玛童年的暴力。我知道这种暴力不会在我妻子身上结束，而且会传给她的孩子，传给我的孩子。如果你是我和法蒂玛的孩子，不管安拉把你塑造成什么样子，她的家人都会打你，他们打你的时候，你母亲正在后院和她的堂兄调情。而我就坐在你面前，为了你，努力克制尊严被伤害的愤怒。

回家的路上，法蒂玛重新化了妆。我建议以后别再去看她父母了，提醒她，她嫁给我就是为了远离他们。"我已经说过你可以不跟我一起去，"她反驳道，"我现在喜欢我的家人。"

汽车驶近一个十字路口时，信号灯变成橙色，我本可以加速闯过去，但却像前一天晚上一样猛踩刹车，身后的汽车司机不高兴地鸣笛。"他们不再打你，并不意味着他们不再是浑蛋了。"我对法蒂玛喊道，"我亲眼看见你父母打你的小堂妹！"

法蒂玛啪地合上她的化妆包，对我皱了皱眉头。"那不一样，"她尖叫道，"那个女孩活该挨揍——她是个小浑蛋！"

在法蒂玛看望她父母的第三个晚上，我站在坎特伯雷路的红绿灯前，看着她开着尼桑脉冲星消失在车流中。然后，父亲和哥哥照看"奇迹之洞"时，我像一个"地毯骑士"[1]一样在拉克巴的街道上游荡，困惑而又睡眠不足：小浑蛋？小浑蛋？这就是法蒂玛殴打自己孩子的理由吗？我的哪个孩子能经得起这样的折腾？

沿着哈尔登街向火车站方向走去——穿过上百个蓄着胡子、戴着头巾的人、十几家穆斯林书店和十几家黎巴嫩餐馆——我听到马路对面有人尖声叫我的名字。"哦，我的上帝，巴尼！"我妹妹约切维德向我跑过来，在朝不同方向缓慢行驶的汽车之间穿行。她长长的黑发扎成一个形似菠萝的发髻，穿着宽松的白色T恤衫，黑色紧身裤，脚蹬白色锐步鞋。她的脸红扑扑的，汗流浃背，黑眼睛睁得大大的，上气不接下气。她看起来强壮、健康，自从我们上次见面，她的体重已经至少减掉六公斤。那是一个多月前，我去父母家拿了一盘摩洛哥肉丸和米

---

[1] 地毯骑士（Rug Rider）：这是对阿拉伯人的蔑称，因为在阿拉伯民间故事里他们骑着魔毯。

饭。约切维德和她的未婚夫坐在我们家前面的门廊下。那是一个说话轻声细语的第二代叙利亚移民，穿着米色工装裤，给她剥橘子。我妹妹凝视着他，眼睛里带着天真的喜悦。那种纯粹的爱会让你在街上激动地慢跑。我赞赏她的坚持，她拒绝了一个又一个"进口"男人，直到一个欣赏她吃水果的男人终于来到身边。

我正要告诉约切维德她看起来很棒，她说："你怎么看起来像死人一样！"我被她的话吓了一跳，突然转身离开她，走到一家联邦银行黑色玻璃橱窗前面。"看看你，"她接着说，"说正经的，看看你自己那副样子。"自打我从意大利回来以后，第一次打量着自己，全神贯注地看玻璃橱窗里那个人影儿。玻璃上，宛如一团无烟的火盯着我。脸陷进头颅骨里，黑眼圈像两颗超新星一样吞没了眼睛。皮肤粗糙，头发干枯——仿佛从头皮上伸出一棵枯死的雪松的根。没有嘴唇、没有牙齿、没有耳朵、没有眉毛的精灵，鼻子是一块融化的塑料做的。

"巴尼，让我来帮你。"约切维德低声说，她走到我身后时，镜子里映出了她明亮的映像。与我形成鲜明对比的是，她的皮肤泛着金光，这让我想起了与她同名的祖母约切维德。祖母在我十一岁，妹妹十岁时去世。祖母出身于一个逊尼派家庭，因为嫁给我们的阿拉维派祖父而被整个家族抛弃。记得奶奶在厨房里，妹妹帮她压橄榄和大蒜,整整干了六个小时。在浴室里,妹妹帮她脱下了一件穆穆裙[1],洗了洗两腿之间的皮肉,换上另一件穆穆裙。在洗衣房,妹妹帮她把家里十七个成员的袜子和内衣都放进洗衣机里。夏天的晚上,妹妹和她一起坐在前面门廊下的牛奶箱上看鸟,直到太阳下山。她们睡在客厅的沙发上,妹妹躺在她疼痛的腿上,缓解她的疼痛。奶奶看着我们一家人:儿子、儿媳和孙子,会说:"我死的时候,会把灵魂留给这个小家伙,留给你们所有人……"三年后,奶奶去世了。父亲的姐妹们给我们家打电话,请求父亲允许约切维德在她们那里过夜。"喂,喂,喂!"她们大声说,"她身体里有我们母亲的味道!"

那时我还不明白,但现在,十三年过去了,我也能闻到祖母的味道了——大蒜、橄榄、织物柔软剂和夏天的热气——从妹妹额头上的汗水中散发出来。"你已经帮过我了,"我对约切维德说,"谢谢你提醒我,我们是谁。"我转身吻了吻她的前额,然后拔腿朝火车站走去。我赶上了第一列火车,在下一站下车,在那里等着,等着一个叫奥利芙的白人女孩,奥利芙很普通,普通到让我觉得她比我见过的任何人都陌生。至少在我遇到你之前。你会说的第一个词是"拖拉机"。为什么,为什么是"拖

---

[1] 穆穆裙(muu-muu):夏威夷传统妇女装。

拉机",为什么?

四列火车进站,然后朝市区驶去。当第五列火车到站时,三个戴着耐克帽的阿拉伯穆斯林跟跟跄跄地走下楼梯来到站台,其中一个尖叫着让交通警卫把住车门:"警察,警察,请等一下,我们这里有个残疾胖女人。"他们身后是奥利,光脚丫穿着黑色人字拖鞋踩着一级级台阶飘然而下。然后纤细的小腿、膝盖、大腿和屁股映入眼帘。她穿蓝色牛仔裤,系棕色皮带,粉色开襟羊毛衫的下摆。她往下拉拉粉红色的袖子,然后是她小小的乳峰、雀斑点点的前胸后背,她的脖子、圆圆的小下巴、干裂的嘴唇、受过伤的鼻子,还有她的眼睛——介于蓝色和黑色之间的黄色在我面前闪烁。奥利的目光锁定在我的身上,朝刚刚爬上火车的三个阿拉伯穆斯林努努嘴,说:"你是来找你的表兄妹的吗?"

一阵大笑从我的胸膛里爆发出来,那是一种你无法控制的发自内心的大笑。当你重新集中注意力时,喉咙会隐隐作痛。这种笑声是我从小时候起就没经历过的。除了雨中疾跑,摔个屁股蹲儿,爬起来哈哈大笑。我问自己:一个已婚男人发现另一个女人如此有趣,这是一种罪过吗?

"不,"我回答,"我是来接一个澳洲荡妇的……"她也对我笑了笑,好像她也记起了小时候在倾盆大雨中奔跑的情景。我不像她那么狡猾，但我们了解彼此。

在火车上，我一直盯着奥利，想着她那一头乱糟糟的棕色发梢打结是多么漂亮。我再一次问自己：一个已婚男人欣赏另一个女人的头发是一种罪过吗？她温柔地微笑着，脸转向车窗。车轮滚滚，我们乘坐的火车从贝尔莫到坎普西，再到厄斯凯内维尔，再到雷德芬，再到中环。随着刺耳的刹车声，火车停了下来，奥利皱着眉头，说："巴尼，小时候你想长大了做什么？"

在接下来的十分钟里，我不停地说着，奥利一直神情专注地听我讲话。我告诉她，我最早的记忆是渴望，不是对母亲奶水的渴望，而是渴望在奶油色的书页上找到的黑色墨水书写的文字。但我的父母都是在1968年至1975年间从黎巴嫩移民到澳大利亚的，没有一个人完成学业，学会读写。我六岁的时候，就翻找祖母、父母、姑姑、叔叔、兄弟姐妹和表兄妹的抽屉和壁橱，寻找任何文字书写的文件。探索过程中，读到父亲的父亲的名字，巴尼·亚当，镌刻在一枚金戒指上；一盒避孕套里装着薄薄的说明书；《好色客》[1]杂志的一篇文章，讲的是一位俄罗斯男子与一位失明女士发生性关系的故事；《女性周刊》一篇专题报道讲了一则奇闻：一个体重二百公斤的英国妇

1　《好色客》(Hustler)：美国创办于1968年的色情杂志。

女，胖得医生不得不缝合她的嘴唇，让她节食。后来我们搬到拉克巴，沿着我住的那条街走十分钟，沿着林荫大道就到了当地的图书馆。这是我获得第一张借书证的地方；在那里我终于解渴了，喝了无数诗人的墨水。我读了哈利勒·纪伯伦的书。他告诉我，爱会心甘情愿地流血。我读了托妮·莫里森[1]的书，她告诉我爱可以是深沉的。墨水是我的初恋，在我的血管里流淌。从那以后，我感觉它在我体内涌动，迫不及待地想在书中爆发。

我说完后，奥利皱起眉头，脸像花瓣一样枯萎。她说："被已婚男人吸引有错吗？"我没有回答，但这一次，火车到达中央车站时，我跟着她穿过大门，沿着车站地下通道向格里布走去。从染绿头发的白人妇女和穿紧身牛仔裤的白人男子旁边走过，一直沿着海湾大街，走到萨哈拉居住的住房委员会分配的房子。自从那个"沙漠姑娘"和我分手后，这是我第一次回来。你看，我以前很害怕，但现在不害怕了。哈利勒，我的小宝贝，做个乖宝宝——即使是牙刷的毛也不会伤害到你的皮肤。你的灵魂在阳光下调皮地玩耍。我的灵魂长了雀斑。如果此刻遇到那个戴着十字架的"西红柿脸""普通橄

---

[1] 托妮·莫里森（Toni Morrison，1931—2019）：美国黑人女作家，1993年获诺贝尔文学奖。

榄"——奥利芙在我身边,我知道我会问她什么:"一个已婚男人终于忘记了你,但不是因为他的妻子,这是一种罪过吗?"

奥利和我都一句话也没说,我们朝她家走去。她在2037号的一条后街租了一幢两居室的砖砌联排房。我走到这个白人女孩家门口,问她:"我在梦中看到你的房间,这是罪过吗?"她回答说:"除非你没有被邀请。"我还是个孩子的时候,就很清楚自己想做什么。我想成为诗人。当我被邀请进入你母亲的卧室时,我就知道我想做什么了。这本书的作者。

三十二

她的房间是"反阿拉伯"的。地板上到处乱扔着衣服——五颜六色的长裙、纯白色和粉红色的T恤、黑色工装裤、紫色圆点睡衣睡裤、白色胸罩、浅蓝色开衫、厚厚的羊毛套头衫和夹克。我还发现了几包没吃完的薯片、银币、一个小木佛像、一朵枯萎的玫瑰、一瓶密封的椰子水、一堆书——最上面是《女太监》[1]——还有一枚黄色的辣妹[2]戒指。狭小的房间中央,是奥利的床,大号床垫,

---

1 《女太监》(*The Female Eunuch*):是澳大利亚作家杰梅茵·格里尔(Germaine Greer)1970年出版的社会学著作,是作者本人的博士论文。
2 辣妹(Spice Girls):指英国"辣妹合唱团"。

装在棕色木框里。薄薄的白毯子皱皱巴巴，就好像她刚在毯子下面醒来一样。她的枕头摊开，两个靠床头摞着，另一个竖着放在中间，还有一个扔在左下角。

一想到奥利需要熬夜完成论文，没有时间打扫卫生，我就想坐在她后面，温柔地解开她的头发。然而，与此同时，我发现自己在想，我是否真的能和这样一个女人生活在一起，工作和学习似乎超过了她对生活在一个干净整洁的空间里的需要。没有哪个阿拉伯女人会让自己的房间乱成奥利那个样子，也不会让家里的其他地方变成那样。在我成长的家庭中，女人都非常利索，都是打扫卫生的高手，我吃摩洛哥肉丸和米饭时，她们会看着我的盘子，我舔完盘子里的番茄酱，眨眼之间就发现盘子已经放到水槽里，妈妈已经刷洗干净，收了起来。我妻子家里也是这样。她经常说，她对整洁和秩序更感兴趣，而不是阅读历史上女性被男性阉割的方式。我们的衣柜放在床和电视之间，有三个架子是法蒂玛的，里面有一百多件化妆品，包括口红、粉底和睫毛膏，按大小、日期、品牌和深浅一字排开。

阿拉伯女人的洁癖完全感染了我。站在奥利的卧室里，我的第一反应是叠好她所有的衣服，整理好她的小摆设，扔垃圾，用吸尘器吸地板（我当时还不确定这小屋铺没铺地板）。可是后来，当奥利在那一片混乱中举止优雅地择路而行，把绿色钱包扔在右手角落的一堆练习本中时，我发现自己被她对混乱的视而不见完全迷住了。因为从她身上脱下来、里子朝外随手扔到地板上的衣服，从她没有整理过的床上，我仿佛看到她昨晚的模样。她平静而自由地睡着，一个枕头贴着她长着雀斑的脸颊，一个枕头夹在她纤细的手臂之间，一个枕头夹在她匀称的大腿之间。我觉得血液刺痛了我的肌肉，我想成为这一片混乱的一部分，成为奥利一天生活印迹中挥之不去的灵魂。我用右脚踢掉左脚上的鞋子，用左脚踢掉右脚上的鞋子。然后，脱下衬衫，扔在她那一堆衣服上，光着膀子躺到奥利的床垫上，钻进她蓬松舒适的被子下面，脑袋埋进她的枕头里。被乳酪、汗水、润肤霜、眼泪和她温暖的气息吞没了。我被一颗邪恶的星星阻挠，睡眼惺忪，心如止水。只想安静地睡去，甜蜜地休息。

"你在我的床上。"奥利喘着粗气，扯开嗓门儿说。

"对不起，"我回答，"如果你要我出去，我就出去。"

奥利坐在床垫边上，背对着我。"别，"她低声说，"你是我见过的最奇怪的人。"

我发现自己也被她的困惑弄糊涂了——在庞奇博尔的街道上长大，其他黎巴嫩人都说我"奇怪"，因为我喜欢读书，穿着打扮、行为举止都像个嬉皮士。可是奥利自己就是个嬉皮士，她怎么会觉得我奇怪呢？于是，就在那一刻，我突然明白，我不是一个标签，而是被命运捉弄的傻瓜！

坐在奥利身后，我能感觉到她急促的呼吸，她的心跳在棉床单上回荡。我的心和她共鸣。给她脱衣服就是违背我对法蒂玛的誓言，违背我对部族的誓言，违背我对安拉的誓言。我可以离她而去，活下来；也可以留在她身边，死去。我把手放在她的羊毛开衫和汗衫下面，跟她一起，慢慢地从头顶脱下来，扔进我的黑衬衫里。看着奥利裸露的皮肤，我的整个身体开始颤抖、悸动，胳膊、腿和脖子后面细细的黑色汗毛阵阵刺痛。你看，与我自己的橄榄色皮肤相比，我并不特别欣赏白皮肤，真正的白皮肤，直到奥利羞答答地向我展示了她笨拙的"衣橱"下的"真面目"。她的皮肤白得像牛奶，白得像雪，白得像纸，上面点缀着褐色的雀斑。我吻着她的脖颈儿，抚摩她的肌肤，向上移动到她粉红色胸罩的挂钩，右肩上的背带，一道锯齿状的疤痕仿佛皱着眉头看我。"白皮肤是被诅咒的，"奥利解释道。我永远不会比那一刻更像阿拉伯人。就这样，我宁愿在亲吻中死去。

"难道我应该忘记你已经结婚了吗？"奥利问，声音颤抖着，转过脸颊。

"难道我应该忘记思考吗？"我回答道，解开她的胸罩，嘴唇慢慢地亲吻她一节节的脊椎骨，吸着她的气息。凝固的血生了锈。她的雀斑枯萎成星尘。她说:"巴尼·亚当,我永远不会辜负你的罪过。"我说:"'普普通通的奥利芙',把我的罪还给我吧。"白人女孩仰面躺着,直勾勾地盯着我的眼睛,一眨不眨,毫不畏缩。我趴在她身上,双臂紧紧搂住她的腰,额头压在她的刘海上。哈利勒,锈和星尘的孩子,到现在为止,我已经告诉了你比你想知道的更多的事情,但是请原谅我和你分享最后一个细节——在你出生之前,我重生了。

三十三

我裹在她的床单里,彼此抱在一起,头夹在奥利的脖子和肩膀之间。宝丽来一次成像的照片上,一个红头发胖女人斜眼看着我。这张照片放在奥利床头柜上一个贝壳小相框里。几周前,我在火车站偷看奥利的钱包时,看到一张相似的照片,认出这位女士。"是你妈妈吗?"我问道,我的嘴唇亲吻着她的耳朵。"是啊,她死了。"奥利喃喃地说,"不过请不要为我难过。多想想我就是了。"她的双臂紧紧地搂着我的胸膛,在被窝里讲述着她那个"族群"的故事:她的母亲,在被诊断为黑色素瘤四期之前是一名小学教师。父亲在新南威尔士州职业技术与继续教育学院工作,教母语非英语的学生英语。她的妹妹是舞蹈演员,目前正在进行为期八个月的全国巡演,扮演天鹅。她父亲那边的一个叔叔投票给宝琳·汉森[1]的一国党；她母亲那边有一个姑姑，主修地理。还有她的三个堂兄弟，三个家伙都是瘾君子。

我把手放在奥利的脖子上，向后仰着脑袋，盯着她——就像她要我看她一样——然后用我的"新"塑料鼻子轻轻碰了碰她受过伤的鼻子。"你是怎么弄断的？"

奥利向后缩了一下，仿佛重温那段记忆。"我开车追尾，鼻子撞到了方向盘上。"

看到这个有点难为情的白人女孩，我不禁笑了。她陷入沉思，仿佛她开车追尾成了对公众的威胁。我吻了吻她扁平的鼻尖，下嘴唇微微颤抖。这个女孩是否是我——一个大歪鼻子——从带刺铁丝网和监控摄像头"封锁"的庞奇博尔男子高中走出来的黎巴嫩小伙子成为作家的"贵人"？自从大学毕业以来，我第一次想象自己离开父亲的商店，继续学业，哪怕只是为了最终摆脱黑暗的走廊尽头那扇上了闩的门后面的东西……

我松开奥利的手，我们俩面对面侧身躺在床上。"巴尼，答应我一件事，"她把身子往被窝里缩了缩说，"如果你被婚姻所困，就会继续出轨。"我从来没有那样想过，但也许她是对的——也许我注定要以通奸者的身份

---

[1] 宝琳·汉森（Pauline Hanson）：澳大利亚一国党（One Nation Party）党魁。

度过余生。教父在我十几岁的时候就告诉我，按照伊斯兰教的教规，如果有四个证人证明你通奸，就会受到惩罚——用白床单裹起来，用石头砸死。我知道这种事永远不会发生在我身上，但我还是努力回想去奥利家一路上的情景，问有没有人看见我和她在一起。肯定没有，但怎么能肯定呢？因为我的眼睛一直只盯着这个弱不禁风的、长着雀斑的女孩，心想："我向你们挑战，星星们！"

奥利的下巴转向胸脯。"答应我，永远不要让我知道。"

哈利勒，躺在你母亲的床上，她拥有的一切都展示在我的面前。我想象着。我看到的是她的整个生命永远和我的生命交织在一起，但代价是什么？抛弃一个如此依赖我的年轻女人。她经常说这样的话："如果你离开我，我就炸了自己。"为了嫁给我，法蒂玛除了把她自己"原原本本"展示在我面前，还做过什么？她什么时候骗过我，她想从丈夫那里得到什么？撒谎的人是我，是我告诉她永远只有我和她，即使那个信奉基督教的"西红柿脸"的魂魄继续纠缠着我。

想到我会伤透法蒂玛的心，已经无法忍受，而在我们这个部族，离婚也意味着与父母分手。他们那么快把她嫁给我，可不是为了轻而易举就把她再接回家。还有我的父母，尤其是我的父亲，他认为只要他快乐，我就快乐。好像他是那个每天早上必须在我妻子身边醒来的人一样。我也知道,结束我的婚姻意味着挑战教父,我一直被教育相信他与上帝有密切关系,如果我胆敢违抗他,他就会让安拉把我打垮。想到离婚的后果,我全身疼痛,唯一能做的就是回答那个白人女孩:"我保证。"

我从奥利的床上滑下来,依然抱着她,抱着她的一切,穿上我的黑色三角裤、喇叭牛仔裤、黑色衬衫、阿迪达斯袜子和耐克牌气垫跑鞋。我穿好衣服后,奥利站起身,裹在床单里,变成阿芙洛狄忒[1]没有手臂的白色雕像。我走下楼梯,朝厨房门口旁边的前门走去,奥利在我后面一步之遥的地方徘徊,直到我走到楼梯底部。我转身向她道别时,看见她白色冰箱上贴着一张待办事项的小条。最上面用整齐的手写体写着:买海绵。

我回头看了看奥利。看见她傻傻地盯着我,觉得血仿佛从心里喷涌而出。我不想让她成为"罪恶之源"令人激动的记忆,只想让她成为我生活中平平凡凡的人。我想和她一起在伍尔沃斯超市的货架子之间闲逛,在手推车里装满海绵,为她做饭,和她一起吃饭,给她洗碗,直到我死。我真想把头撞到水泥墙上,问自己为什么被

---

[1] 阿芙洛狄忒(Aphrodite):希腊神话中代表爱情、美丽与性欲的女神,十二主神之一。

剥夺了这样一个基本的人性支柱,我听到一百个不同的声音在尖叫:娶一个白人女孩,是罪恶!你会给亚当家带来耻辱。给亚当家带来耻辱!你看起来就像死亡,死亡,死亡!你想想你的鼻子,如果你要死在我面前,我就杀了你。用牙刷子打她。骑在那个母狗身上。永远不会让那个妓女辱没我们!妓女,妓女!安拉,我再也无法忍受了。感谢真主赐予我们海绵。海绵吸收了注入我血管的疯狂。海绵使我的大脑变得清晰。我知道我有两个选择。一直以来我只有两个选择:爱或死。对于没有爱的生命来说,那是默认的死亡。奥利就像海市蜃楼一样屹立在我面前,一片绿洲在空荡荡的沙漠中闪闪发光,那已经成为我的未来,让我的骨头吱吱作响。我跑向她,把裹着她的被单和她纤弱的身体搂在怀里,吻着她的嘴唇、她的脸颊、受过伤的鼻子、前额、脖子,还有她胸脯中间的一个小雀斑。白人女孩问:"什么?"黎巴嫩人说:"一切。"

三十四

"也许巴基可以带我去购物。"这是我晚上八点半进入车库时听到的声音。现在天气太冷了,不能再穿着内衣嬉闹了,法蒂玛穿着黑色长袍蜷缩在床上,看一集

《粉雄救兵》[1]。她的脸被电视屏幕的光辉照得很亮,红唇弯成痴痴的微笑。

"巴基不是那种同性恋者,"我语气坚定地反驳道,"你所有的知识难道都来自该死的电视吗?我的柜子里有一百本书。你能不能读几本改变一下自己!"

妻子立刻朝我扭了一下脖子,注意力从她正看的节目上转移过来。"嗯?"

电视喇叭里,一个装腔作势的白人男子在说:"喜欢这个,这颜色很适合你,一个同性恋能带来多大的不同啊。"车库薄薄的墙壁后面传来已经疲惫不堪的哥哥和父亲大声开玩笑的声音。周四夜里也会有人购物,现在离下班还有半小时。如果总想下一步如何办,总想会有什么后果,我会惊慌失措,连该说的话也无法说出。我必须像对待拳击比赛一样对待这件事:意识到脸会被揍之前,清理一下思绪,走上拳击台。

"法蒂玛,talaq, talaq, talaq。"在阿拉伯语中,"talaq"的意思是"断绝关系"和"离婚",而在伊斯兰教规中,我只要大声说出三次"talaq"就可以结束婚姻。我的心怦怦直跳,就像被打了成千上万次上勾拳一样,

---

[1] 《粉雄救兵》(*Queer Eye For The Straight Guy*):美国一部真人秀综艺节目,由五位靓男同性恋者亲自调教邋遢男人成为帅哥!该节目一反美国电视主流常态,颠覆了美国观众几十年来的视觉习惯。

我等待着法蒂玛在一连串的尖叫、抽泣和眼泪中做出反应，但她对正式的阿拉伯语一窍不通，以为我在胡言乱语，仍然蜷缩在床上，咯咯咯地笑着说："这——这是什么意思？"

我的脚一点儿力气也没有，连腿都支撑不住，手握得那么紧，指甲都陷进手掌里。开弓没有回头箭，我强迫自己把这件事情进行下去。如果坚持到底，三分钟一轮的拳击就能见分晓。"我要和你离婚，"我说，"你明白吗？和你离婚。"

法蒂玛像受惊的老鼠一样从床上跳起来。"不，"她尖叫道，"我不在乎，我不在乎你是不是同性恋！"

天哪！我惊呆了，整个身体都僵住了，嘴唇不由自主地抿在一起。巴基是对的！法蒂玛认为我是同性恋，从一开始她就是这么想的，但她仍然想和我在一起。她的恳求撕裂了我的灵魂，我怎么能抛弃一个如此可怜的人，可是与此同时，我怎么能留在这里？她看着我尖叫："你要过更好的生活了，你现在就要开始新生活了。"我对她尖叫："你看的烂片儿太多了！"

法蒂玛开始发抖，她的头从左到右疯狂地摇晃着。"不，我不，我不喜欢电视。"她跑向电视机，双手把它拖到地板上，屏幕撞在瓷砖上摔碎了。"如果你离开我，大家都会发现你是个同性恋，"她哭着说，"就让我来帮你吧，没有别的女人会容忍你的！"

那一刻我多么想紧紧地抱着她，搂着她的腰，手放在她的小腹和屁股之间，前额贴在她的额头上，呼吸喷在她的嘴上，求她原谅我。原谅我夺走了她的童贞。原谅我违背了自己的诺言——我曾经发誓和她永远在一起。原谅我要把她送回到父母身边。原谅我现在让她更难找到那个可以与她共度一生的阿拉维派教徒。原谅我不是那种对异性没有欲望的同性恋。原谅我这个正常的男人只是不想要她。原谅我……选择了奥利。但当我试图告诉她奥利的事时，我嘴里只说了一个"奥"，就听见法蒂玛尖声叫道："我要自杀。真主呀，如果你离开我，我就自杀。"

她紧紧抓住我，刺耳的叫喊声在车库拼接的天花板上回荡。"我要自杀！"她又吼了一声，把我推到床和浴室门之间的空当，泪流满面，眼睛睁得老大。她的怒视幻化成两点幽灵般的目光。

我的后脑勺撞到墙上，脊椎骨隐隐作痛，我十分沮丧，结结巴巴地对她说："我欠你什么，兄弟，我他妈的欠你什么？"我受够了！只要我不按他们的要求去做，这些人就威胁我。吓唬我，要告诉部族里的人们，说我拍过色情片。吓唬我，有人在火车上看见我和一个白人女孩一起，要把我从厕所扔出去！现在又以死相逼！可是，再也没有什么威胁比没有奥利的生活更让我害怕了。再也没有任何威胁能比得上我内心膨胀的疯狂,马季侬的疯狂。她知道无论经历多么深重的苦难,只要是为了爱,都值。还有罗密欧的疯狂,他警告我们永远不要诱惑一个绝望的人。我双手紧紧抓住法蒂玛的手腕,把她推开,她跌跌撞撞地回到床上,撕破了我的衬衫领子。"啊,好刀子!"我冲她尖叫。她又一次茫然无神地盯着我,好像我在胡言乱语。"这就是你的鞘子;你插了进去,让我死了吧!"[1]我闭上眼睛,向身后的墙壁猛冲过去,拼尽全力,把头撞到木板上。一声刺耳的爆裂声在屋子里回荡,法蒂玛惊恐地尖叫着,我的前额仿佛被一阵让人麻木的刺痛压平了。我觉得我的腿弯曲了,就像被大锤砸在脸上一样,但我并没有后退,而是利用这种势头更加用力地把头撞向墙壁,一次又一次,直到木板上留下一个和我头骨一样大的洞。最后一撞时,我的双腿宛如在滚烫的油锅里沉下去一样,瘫倒在地板上,太阳穴砰砰作响、抽搐、刺痛、火烧火燎,第一股鲜血从眉毛上流。躺在瓷砖上,我发现自己仿佛回到童年时代。五岁时,我和叔叔、堂兄弟们玩一种叫"柠檬"的游戏。做游戏时,我们

---

[1] "啊,好刀子!这就是你的鞘子;你插了进去,让我死了吧!"出自《罗密欧与朱丽叶》。原文为:"Happy dagger! This is thy sheath; there rust, and let me die."

像两只公羊一样撞头，直到其中一人脑震荡或放弃。我和法蒂玛分手的那天晚上，我决定要么"柠檬死"，要么做你的父亲。"哦，奥利，"口水顺着瓷砖流淌，"你无法想象我是多么的'马季侬'。为了你，我已经失去了自己。"

一秒钟后，或者至少感觉是一秒钟后，我被扶了起来，慢慢地躺到床边，像个婴儿一样倒在父亲怀里。记得我两英尺高的时候，他把我举到他的下巴，好像我是伊卡洛斯[1]一样。他金色的手就是我的翅膀，他那朝我微笑的严厉的脸就是太阳。外面，法蒂玛痛哭流涕。哥哥悦耳的声音盖过她的哭声。他坚称这不是她的错，他的弟弟一直都是个"马季侬"——比一千个"马季侬"还"马季侬"。我的脸贴在父亲怦怦跳动的胸膛上，头顶流淌的鲜血浸透他灰色的衬衫，撕心裂肺地哭喊："求求你，求你教教我，教我如何才能成为一个没有思想的人。"

你祖父把我抓得更紧了，他钢铁般坚硬的下巴陷进我卷曲的黑发里，深深地吸了一口气，听起来就像吞下大海。"我应该放他一马，"他说，"真主知道，我应该放他一马。"

1　伊卡洛斯（Icarus）：希腊神话中代达罗斯的儿子，飞得离太阳太近。

三十五

我趁爸爸给教父打电话，哥哥给母亲打电话，妻子在给岳母打电话的时候，从车库门口飞也似的跑出来，沿坎特伯雷路全速跑到"一桶炸鸡"和"两个金色拱门"之间的十字路口。"来麦当劳接我，兄弟？"我在人行道上踱来踱去，给巴基发了条短信。我能感觉到先知穆罕默德从月亮上凝视着我，让我想起他曾经起而战斗，对抗麦加强大的部落。他宣称："除了真主，没有别的神。"这对当地的商人来说可不是什么好事。他们想靠卖黏土做的偶像发财。"我们会给你财富、土地、女人，任何你想要的，"他们告诉穆罕默德。穆罕默德回答说，"即使你把太阳放在我的右手，把月亮放在我的左手，我也不会背弃真主的教诲。"你看，哈利勒，我们的先知毫不妥协。我厌倦了妥协。我向庞奇博尔男子高中的黎巴嫩人妥协。他们把世界分成荡妇和处女。让坎贝尔的澳大利亚小姐给他们口交，胡闹够了去黎巴嫩找一个未被宠爱的新娘。我向戏剧界的白人女性妥协，她们告诉我，如果我想成为一名艺术家，就得首先把身上阿拉伯男人的阳刚之气"打出来"。我和我的部族妥协，他们不知道鸡骨头、脐环和雀斑之间的区别。

巴基开着他那辆旧白色丰田卡罗拉来接我，拉着我向内西区驶去时,月亮已经带着先知一起滑回到云层里。他的车里堆满了巨无霸、麦香鸡、牛肉汉堡和皇堡的包装纸。车顶篷的布松了下来,像床单一样垂在头上。"你的好基友开车送你去找你那位白人妓女,"巴基咯咯地笑着,撇着肥厚的下嘴唇,"兄弟,我还不如直接把你送到地狱去呢。"

"比我自己开车到地狱里强多了。"我气喘吁吁地说,再也无法想象坐在自己车里的情形。

我把手机调成静音,但能感觉到它在口袋里不停地震动。只一小会儿,又响了起来。又是《墨西哥帽子舞》彩铃。只不过这次被砸的不是我表兄的头,而是我的头。

巴基把车停在奥利的联排房前。我下车之前,他说:"听着,巴尼,我要当一段时间的素食主义者了,但我还是个'东方佬',好吧,永远不要忘记这一点。"我感激地盯着他,摘下结婚戒指,塞在他手里,说:"给你的。"我把手指放在嘴唇上,吻了吻,然后把手指贴在他的嘴唇上,这是我向另一个男人表达爱意的最露骨的一次。

不管怎么说,离开奥利的床几个小时之后,我又回到她的床上,赤身裸体躺在被窝里颤抖。奥利用热毛巾轻轻地擦着我的额头,擦去我伤口上凝结的干血,泪水顺着脸颊无声无息地流下,眼睛在朦胧的烛光中闪闪发光。"我诅咒过你吗?"

我用一个故事回答了她的问题。一千五百年前,一个名叫穆罕默德的、没有文化的商人爱上一个比他大十五岁的寡妇——成功的女商人哈迪贾。穆罕默德二十五岁时,他接受了哈迪贾的求婚,结婚十五年后,穆罕默德在山上冥想时,遭到大天使吉布里勒[1]的伏击。天使带来一封信:"读。"穆罕默德回答说:"我不识字,看不懂。"天使重复道:"读吧,以主的名义,他创造了人类,从黏稠的血块中创造了人类,读吧。"听到这些话——《古兰经》的第一句话——穆罕默德惊恐万分地回到家,恳求哈迪贾用毯子盖住他,向她讲了这件事。她相信他,让自己变成历史上第一个穆斯林。"如果我被诅咒了,"我对白人女孩说,"那只是被先知诅咒的榜样。"

奥利紧紧地抱着我,蜡烛闪烁着,融化在寂静的夜晚。我们的夜晚,她凹凸不平的指甲擦过我指关节间的老茧;我们的夜晚,我的血和汗渗进她枕头;我们的夜晚,那是你生命的渴望……

1　吉布里勒(Jabrail):伊斯兰教中的大天使,在上帝与人之间扮演媒介,将神的启示传达给穆罕默德和以前的先知们。吉布里勒在危急时候帮助穆罕默德,并帮他升天。根据穆斯林的传说,阿丹被驱逐出天堂后,吉布里勒就来到他的面前,教他如何书写、种植麦子、制作铁器。他还帮助摩西把以色列人从埃及解救出来。

三十六

我和奥利一起的日子里，总是笼罩在鄙视的目光下。我们在格里布角路的书店里闲逛，遇到她的前男友——一个穿着格子衬衫、打着领结的矮个子嬉皮士。那人名叫特伦特，脸上布满雀斑，干巴巴的，蓄着一撮橘黄色的胡须。他用我见过的男人最短的手指不停地摸着胡子。他抬起头看着我说："听说你是黎巴嫩人——太厉害了，兄弟。"

我朝他假笑了一下，看着他像斗牛犬追兔子一样和奥利吻别，什么也没买就离开书店。"你为什么要和这样一个失败者谈恋爱？"我问奥利，她回答说："他是个表演艺术家，只是比和我一起长大的那些男孩更有趣一点罢了。"

接下来，我们在纽敦国王街的书店里闲逛，奥利在那里遇到她高中时最好的朋友莉兹。莉兹满脸粉刺，一头红色直发，一双明亮的绿眼睛，戴着一副大大的方形眼镜。奥利已经六个月没见过她了，因为莉兹和她的英国男朋友去了一趟印度，刚回来，从希尔斯郡[1]搬到内

---

[1] 希尔斯郡（又译山郡；英语：Hills Shire）：旧称宝琴山郡（英语：Baulkham Hills Shire），是悉尼西北地区的一个地方政府；郡辖境有386平方公里。山郡由于公园、生态保护区、农庄遍布全境，因此素有"花园之郡"的美称。2000年以后，由于"悉尼中央商业区"市区周围房价高涨，而当地居住环境怡人，因此吸引了许多新家庭的迁入。

西区，在新南威尔士大学完成文学博士学位。她看着我的贝雷帽，像吃咖喱的人一样摇晃着头，用沙哑的声音说："听说你是穆斯林——极端主义。"

我朝她微微一笑，就像朝特伦特假笑那样，看着她闭上眼睛，深吸一口气，紧紧地拥抱着奥利，一直拥抱了几分钟。"我真为你高兴，"她低声说，"天哪，我好忌妒。"

莉兹一走出商店，奥利就对我说："她不是指恐怖分子那样'极端主义'，只是……你知道，意思是你很酷……"

好像不是种族歧视似的。

之后，奥利带我去马里克维尔的二手服装店看了看二十世纪七十年代风格的裤子——她熟知内西区的潮人商店，就像我知道班克斯敦的烤肉店一样。我们在一家华人混业经营的商店前面，看到她姐姐的朋友的朋友向我们走来。一个面色苍白的演员，我在电视上见过他，化着棕色的妆，戴着非洲式假发。"迪克！"奥利叫道，"我是说，理查德。"他没有理会她，而是把注意力集中在我身上，低头看了看我的运动鞋，然后看了看我的喇叭裤，又看了看我的裤裆，好像想知道我的生殖器有多大。接着又看了看我青筋毕现的手臂、肌肉发达的胸脯和一头卷发，好像我是他想穿的一件戏服。我也盯着他看，好像如果这浑蛋继续盯着我,我就把他的眼睛挖出来。

最后,当太阳落山,第一颗星出现时,我和奥利在空荡荡的街道上漫步。黄昏的宁静突然被一声尖叫打破。大学书店里那个银发女人说,"你对那些女孩做了什么?"好像出了一个比拉尔·斯卡夫就意味着我们都是比拉尔·斯卡夫。我在路中间停了下来。"怎么了,嗯?你是没事找事吗?废什么话?我现在是奥赛罗了!"恕我直言,哈利勒,我知道我对她太苛刻了,但请不要对我太苛刻。我是另外一个,你是另一半,你妈妈是你的另外一半。

白人女孩虽然很尴尬,但这次她没有犹豫,双手紧紧地掐住我的脖子,深吸了一口气。"巴尼,我不能为自己是白人而道歉——我就是我,我不可能是别人。但如果你想知道我为什么选择你,我会告诉你。"她强忍着想哭的冲动,只有一滴眼泪,顺着左脸颊往下流,一直流到嘴角。"是因为你那双黑眼睛,"她说,颧骨颤动着。"你以一种最痛苦的方式去爱,我太自私了,我希望得到这样的爱。"

我模仿她,两只手也掐住她的脖子,眯细眼睛,从睫毛的缝隙看着她。明天杀了我们,今晚让我们活着吧。因为她有眼睛,选择了我。

三十七

每次我想从禁锢中挣脱,教父就要把我拉回去。在我逃离那个车库,逃离那个妻子,逃离那个部族的第一周,就来了三十二个未接电话。起初我没有理会,不是因为我仍然怕他,而是因为我已经不怕了。他成为我教父的那天,就对我说,"对真主而言,你生命中没有什么比我更重要的人了。我叫你的时候,你要马上回答。我什么时候叫你,你就到我门口来。每当我把手伸给你的时候,吻它,马上把你准备的彩礼给我。"

对真主而言,没有什么比爱更重要,每当电话铃声响起,然后转到语音信箱时,我都会对自己这样说。但随着电话不断打进来,我开始急切地想知道我小时候被教导的传说是否真实:如果我起来反抗我的教父,安拉真的会把我打倒吗?"你好。"我平静地回答,光着脚站在奥利那堆衬衫、裤子和裙子上。

"你好?你好?"他嘲笑道,好像我祝他平安是对他的侮辱。然后他沉默了,好像在等我回答。我没有回答,他又说:"你是个无耻的、罪恶的、道德败坏的懦夫。"他又一次沉默了,几乎是在乞求我做出什么反应,但我还是一声不吭。最后他只得说:"我会告诉我们的人,你在电视节目里骑了一只母狗!"

我的脚趾紧紧地夹着奥利的红色内裤。"告诉他们!"我终于尖叫起来,"除了真主,我什么都不怕。你不是真主。除了真主,没别的神。"我把手机扔到房间那头的一堵墙上,心跳加速,呼吸急促,指关节收缩,脚趾放松。然后我就等着,随时准备烧成一团火,或者变成一尊盐雕像。但是什么也没有发生。真主对我的兴趣就像我对一粒尘埃的兴趣。

从那以后,阿布·哈桑再也没有拨过我的电话,我们也没再见过面。直到三年后有一次在班克斯敦的伍尔沃斯超市,我看到他在卖肥皂的货架子那头注视着我和奥利。那时他至少又增重了三十公斤,五短身材站在那儿,像一个干巴巴的鼻涕虫,两条浓眉向我们耷拉着。

"他是谁?"奥利问。我没有回答,在过道中间抱住她,疯狂地亲吻起来,直到从眼角的余光看到他消失。我很抱歉那样不尊重你母亲。但我停下来之后,她又把我拉过去,亲了一轮。她的嘴唇和我的嘴唇紧紧地贴在一起——我们是超市两个色情明星。除了真主,没有人能评判我们。我尖叫道:"真主至大!"然后我在购物车里装满了海绵。几百块海绵。

三十八

在那个决定命运的星期四晚上之后四个星期的星期

四晚上，我回到家里。"奇迹之洞"关门了，后面的车库笼罩在一片暗影之中。我还记得那里曾经回荡着法蒂玛播放的DVD的声音，电视屏幕闪烁着亮光。我走了进去，打开车库的灯，灯光照亮了房间的每个角落，照亮了法蒂玛留下的最后的痕迹。床还在，但床垫上没有床单和枕头。电视机屏幕碎了，已经放回到电视柜上。浴室里没有毛巾，梳妆台上没有直发器或者吹风机。药柜里没有油、面霜或扑热息痛片，淋浴间里没有茉莉花洗发水或牛奶蜂蜜沐浴露或薰衣草护发素。厨房水槽上没有擦碗布、海绵或肥皂。打开衣柜，我看到我的衣服还原封不动挂在衣架上，但她的衣服已经不见踪影。抽屉里也没有她的丁字裤。没有完美组合的化妆品，架子上也没有摄像机——但是像法蒂玛这样的人，把这些东西都带走有什么用呢？

我只在度完蜜月回来后打开过一次摄像机，给哥哥看我们在贡多拉的一段视频。他仔细观察了几分钟，然后回答说："船不错，但为什么你太太一直盯着化妆镜呢？"所有的DVD也都下架了，包括我的，比如《搏击俱乐部》《低俗小说》《美国惊魂记》《愤怒的公牛》《好家伙》和《蜘蛛侠2》。剩下的是我的几百本书，也许法蒂玛用这些书最后一次提醒我，我俩很不般配，似乎没有一本值得她放在行李箱里。我从书架上拿起《洛丽塔》，封面和黄褐色扉页上印着鲜红的嘴唇。我把书打开，呼吸着陈年木材和香草的气味，松了口气。那书中的文字在我叔祖父的手中不会安全，在的黎波里他曾猥亵我年幼的姑妈。这些文字在我的堂兄努尔手中也不会安全，他曾在被窝里蹭来蹭去，弄湿我的短裤。这些文字在我岳父手中也不会安全，在波拉拉他赤手空拳打我妻子。但这本书跟我在一起很安全，哈利勒。人生不过是一部未完成的巨著的一系列注脚。看看我是如何让这些文字对你而言是安全的……

我独自坐在床上，盯着我在墙上留下的洞。脑袋上的伤口已经愈合，但幽灵还在徘徊。我仿佛听到法蒂玛在外面大声叫喊："怎么回事？""我做了什么？""事情不应该这样。"我焦急地等待着她那张脸出现在门口，她涂着鲜红的口红和黑色的睫毛膏。但出现在我面前的是母亲，仍然化着浓妆。

"你回来了，"她温柔地说，"我每天晚上都带着枕头、毯子和食物来看你。"一位阿拉伯母亲无条件的爱让我既感到羞愧，又感到安慰。在我十几岁的时候，如果她做沙拉三明治当晚餐，我不爱吃，就告诉她我不饿，然后默默地等着。十分钟后，她就如坐针毡，着急慌忙地开始切土豆，给我做新鲜的油炸热薯片，上面涂着鸡肉味调味品和烧烤酱，这样我就不会挨饿了。

我急不可耐地撕开妈妈做的瓦拉克布——葡萄叶、米饭、肉、油、水、盐和柠檬汁在我的舌头上蠕动——就像以前从未见过食物一样。

妈妈说:"曼迪怀孕了。"

我想,我会是个多么糟糕的叔叔。

她说:"约切维德已经定好了结婚日期。"

我想,我会是个多么糟糕的大舅哥啊。

她说:"法蒂玛回家和父母待在一起了。"

我想,我真是个糟糕的丈夫。

我从盘子上抬起头看着妈妈,嚼着米饭。米饭煮得太久,软得像黄油一样。我的眼睛逼视着她,希望她细说家里的情况。"你父亲和她父亲谈妥了支付两万五千美元的补偿,协议离婚,"她沮丧地说,她的脸颊和前额都皱了起来,"你必须用你为住房贷款攒下的钱来支付。但你不在乎,对吧?"

不,我不在乎。部族给我的任何惩罚或要求的补偿都无法减轻我的罪恶感。在奥利家的最初几天,我所做的就是躲在她的被单下哭泣。想起法蒂玛的脸,我哭了。她面色苍白,满脸恐惧和困惑——她只是个十几岁的孩子,根本不明白我俩任由父母摆布的婚姻怎么会戛然而止。想到她那无奈的诉说,我哭了起来。我听到她最后的尖叫声是:"这不应该发生!"她听过的每一个故事,无论从抚养她长大的部族，还是整天沉迷其中的美国情景喜剧，都向她保证，如果她足够瘦，最终会有一个男人来敲她的门，对她一见钟情，然后娶她，带她去一个地方度蜜月。在那里道路是河流，汽车是缆车，给她买房子，生孩子，这就是生活。一想到她回到她父亲身边，我就哭了。如果她在浴室里待得太久，剪指甲、刮腿毛、拉直头发、做深蹲以及其他年轻女性在浴室里做的事情，父亲就会扇她耳光。我哭了，因为她必须回到她母亲身边。她母亲剥夺了法蒂玛在订婚时穿粉色连衣裙的机会，好像她想在她的位置上。她现在想在女儿的位置上吗？我哭得最伤心的是，违背了唯一的承诺——永远只有我和她——把法蒂玛送回到她父母身边。我没有借口——作为妻子，法蒂玛虽然有许多缺点，但我没有理由一纸休书，就和她离婚。她一直忠诚于我，我们第一次谈话时，她就将她的"本来面目"展示在我面前："你会让我穿丁字裤吗？"她问。我不认为因为我答应了她，就值得任何人原谅，哈利勒，除了你。这不是你精心策划的吗？难道不是你提醒我，我才二十三岁，二十三岁的错误不值得赌上一生。

妈妈告诉我，法蒂玛的家人希望尽快收到这笔钱。显然，他们为她找到了另一个丈夫，一个来自叙利亚的表亲。一旦我的行为让他们得到补偿，他们就会让她和他订婚。然后一年后，一旦和我离完婚，他们就会让她正式嫁给他。"明天早上我会把钱转到法蒂玛的账户上，"我毫不犹豫地说，尽管我对这些人打算用我毕生的积蓄来做的事情感到厌恶。为什么我们部族把婚姻当作解决儿女问题的唯一办法？他们把女儿嫁给我还不到一年，我们分开还不到一个月，就已经把她送到另一个男人那里了。

我边吃边点头，妈妈继续唠叨，我根本没听她说什么，直到她突然问了我一个意想不到的问题："你会留下来，还是回去和那个同性恋住在一起？"这时我才意识到，我的家人以为我一直和巴基住在一起。我想知道她怎么知道巴基是同性恋？也许是妹妹告诉她的。我把这类信息告诉过家里的女孩子们。她们对同性恋往往比亚当家的男孩、男人和女人更少畏惧，比起部族里有一定权力和地位的人，对同性恋也更多理解。我笑着回答说："你知道我不是同性恋，对吧？"她说："是的，我当然知道，我们都知道。怎么会有那么多同性恋呢？没人说你是同性恋。即使你穿着滑稽的牛仔裤，戴着滑稽的帽子，我也从没想过你是同性恋。"她松了一口气，脸肿得像个气球，涨得粉红。

"你爸爸会让你回来做原来的工作……"她接着说。一想到又要在那个"山洞"里工作，我就僵住了。"妈妈，我不会再回商店里去了，我不是为卖帐篷而生的，我是为写故事而生的。"她的脸又缩回到原来的模样，脸色也变白了。好像又一次怀疑我是不是同性恋。但比起我是否喜欢男人更重要的是我是否想留在这里。我当然很享受和奥利一起躲在内西区腹地的美好时光。这四周里，我和她分享的食物、回忆和汗水比我一生中和任何人分享的都要多。我渐渐地淡忘了萨哈拉，直到有一天晚上，奥利问我阿拉维派是否会因为她是无神论者而拒绝她。我的心快跳到嗓子眼儿里了。对部族来说，只信仰一个神——非伊斯兰教的神——的女孩都不合要求，别说"无神论者"了。我告诉奥利萨哈拉的事，她金色的皮肤，天真无邪的棕色眼睛，长长的黑发，活泼的声音，还有她口袋里装着的鸡骨头。

"很遗憾，你没能和她在一起。"奥利温柔地说。那一刻，我明白了，没什么好遗憾的。伟大的爱不在身后，而是在我面前——沿着内西区的火车线延伸，夏天里布满雀斑，把自己磨成白色……我让白人女孩和我一起感谢安拉，她的声音变得嘶哑。"我是在不信神的家庭长大的，巴尼·亚当。我怎么能感谢一个我不相信的人呢？"原谅她吧，哈利勒——再过五年她才会把你抱在瘦弱的臂弯里。

是的，我很感激和奥利一起自我放逐的时光，但我也很想念西郊。想念哈尔敦大街上一张张紫铜色的面孔、浓密的胡须、白色的头巾。想念拉克巴清真寺前召唤人们做祈祷的声音。火车站台阶上,"情人男孩儿们"相互叫喊着:"天哪!我不会说话了。""情人女孩儿们"从阿布·阿哈默德店前买大蒜和烤鸡,嘴里嘟囔着:"我肚子饿得咕咕响呢!"但我最想念的还是从车库与商店之间那堵墙那边传来的父亲和哥哥的声音。他们在那里大声争论穆罕默德·阿里和迈克·泰森谁会在比赛中获胜,但都同意他们中的任何一个人都能击败李小龙。就像白人女孩和我分享她的世界一样,我渴望和她分享这个世界。只要他们欢迎她和我一起回来,我就回家。我把每一片葡萄叶子都吃掉,一边用勺子舔着剩下的柠檬汁,一边告诉妈妈奥利的事——她是澳大利亚人,不信神,比我大两岁。妈妈点了很长时间头,最后才说:"你看,你当然不是同性恋。"

三十九

妻子尖叫。这是不应该发生的。我哀号。安拉,原谅我。醒来时眼眶里满是泪水。湿湿的、咸咸的。奥利一根食指伸在我嘴里,又皱又咸。我的嘴唇紧紧地吻着她的指甲,伸手拿起放在一本精装书上的手机。书脊很厚,上面的字是《为妇女权利辩护》。爸爸发来一条短信:回家吧。我回了一条短信：没有奥利芙不会回去。

"这会伤透他的心的。"我对白人女孩嘟囔着，用舌头推出她的手指。

她眨了几下眼睛，深吸了一口气。"我们都要用自己的方式伤透父亲的心。"她回答道。好极了，我想，也许她爸爸就像我爸爸怕她一样怕我。十几岁的时候，我经常被人提醒，白人不希望阿拉伯人靠近他们的女儿。有一次，我和一个叫克莱尔的澳洲小姐上完哲学辅导课，一起从教室走出来，笑着说我们的教授是个又臭又丑的胖子。突然，克莱尔看到一个开着白色"凯美瑞"的灰白胡子男人，停下脚步，咬着嘴唇对我说："嘿，爸爸来接我了，你可以从另一条路走吗？"作为一个有四个妹妹的穆斯林，我完全理解许多女孩必须把她们的男性朋友藏起来，不让过度保护自己的父亲看到，所以我没有生气。但几天后，我走出教室，跟在克莱尔和穿着人字拖、满脸粉刺的"斯基普"后面，又在停车场看到那个灰白胡子的男人。只是这一次，她把"斯基普"推到白色"凯美瑞"跟前，介绍他们相互认识。透过黑色太阳镜，我平静地看着两个男人握手。于是我接受了这样一个事实，她对父亲隐瞒的不是一个男孩和她并肩而行，而是一个穆斯林，阿拉伯人，黎巴嫩人，他和本·拉登，和比拉尔·斯卡夫都有脱不开的干系。

我把这个故事讲给奥利的时候，她说："真是无聊。但我父亲并不关心种族问题，他关心的是婚姻问题。"我突然意识到，就像奥利总是认为我们谈话都应该用英语一样，我想婚姻对每个年轻女性而言都是生活中很自然的一部分。

我请奥利给我讲讲其中的道理，然后把自己藏在被单下面。被窝里热乎乎的，一片昏暗。没有别的响声，只有清晨呼吸时她喉咙发出沙沙拉拉的声音。奥利告诉我，她上的高中位于西悉尼基督教徒比较多的博根。九年级的时候，她对同学们承认自己是私生子，于是大家给她取了个绰号叫埃德蒙，意指《李尔王》中格洛斯特伯爵的私生子。做个旁注，哈利勒：啄木鸟总是太努力了——倘若在庞奇博尔男子高中，同学们会直接叫你妈妈"杂种"。于是，奥利回家问她爸爸为什么不娶她妈妈，他回答说："宗教是愚蠢的，婚礼是愚蠢的，戒指是愚蠢的，人是愚蠢的。"但当奥利问妈妈同样的问题时，她回答说："那是你爸爸想要的。"奥利发现自己陷入困境：作为一个女权主义者，她不愿意嫁出去；可她也不愿意按父亲的意愿去做。我看到自己完美地陷入两难：一方面是一个绝望的浪漫主义者，相信永恒的结合，另一方面是一个离婚的男人，看穿了婚姻和婚礼的虚伪。我把头和胳膊从被窝里伸出来，轻轻地捏了捏奥利受过伤的鼻子，"你想怎么爱就怎么爱吧。"就在那一刻，我的手机震动了。我爸的最后一条短信：安拉保佑。

在法蒂玛之前，有一个戴十字架的女孩，我父亲拒绝了她。在法蒂玛之后，又出现一个皮肤白皙、长着雀斑的女孩。我父亲答应了她。法蒂玛，一朵花。法蒂玛，香奈儿手提包。法蒂玛，我父亲的诅咒，他不能用强力胶把儿子粘在部族的肚子上。法蒂玛，我父亲的礼物，她告诉父亲，爱不能强求，只有星星才能产生爱。每天晚上我睡在奥利的床上，都能听到法蒂玛恳求我把她带回去，她哭着说，这事不应该发生。我所能做的就是为她祈祷。真主保佑，法蒂玛。愿真主保佑你平安，法蒂玛。对不起，法蒂玛，但这是命中注定的，法蒂玛。

四十

十二月的第二个星期，我回到车库，掌握了独立生活的艺术——从日落到日出，一直开着那台破电视机，用电视广告的声音和充满活力的色彩填充诡异的夜晚。每隔一段时间，我就去奥利的卧室看看。有一天，她在青年俱乐部工作时，我甚至像阿拉伯人一样，整整一个下午独自一人在她的联排屋里叠她所有的衣服。我尤其喜欢叠她的白色汗衫，她至少有十几件汗衫，闻起来都是汗和除臭剂混合的气味，还有二手服装店旧衣服的麝香味。我在奥利的衣服堆里翻找的时候，还发现九十多美元的零钱。我把钱收好，放在一个灰色空茶叶罐里。这个茶叶罐一直藏在一堆袜子下面，还有一条七十年代风格的喇叭牛仔裤，非常适合我。奥利到家的时候我已经穿上了。她看了一眼我宛如冈比[1]的腿，说："看，混乱导致了许多宝藏的发现……"

我开玩笑地问："这就是我打扫你房间得到的回报吗？"

"非常感谢，"奥利回答，"但如果你要在我工作的时候浪费时间，我宁愿你在离我近一点的地方浪费。"她说服我重回拳击馆，虽然我觉得再打下去没有任何意义。但是自从鼻子做了整形手术，手上的老茧一直渴望被皮革摩擦的疼痛，干燥的皮肤一直渴望从肩膀流到拳击台上的汗水。走过拳击馆的走廊时，我看到奥利在前台敲打着电脑键盘。这让我像我在拳击生涯中的任何时候一样坚强。我咧嘴笑着把新办的会员卡递给她，然后奔向地下健身房。凡士林、干血和汗液的味道扑鼻而来。我进去的时候，里奥正在拳击台上，对他指导的那个男孩——新一代棕色皮肤的年轻斗士——尖叫着："屁都不是！"他一看见我，就狠狠地皱了皱眉头，冷笑着说："你的鼻子真丑，但我们会帮你修好的！"

1　冈比（Gumby）：动画片《小绿人冈比》中的人物。

锻炼结束之后,我站在接待处的奥利面前,向她讲述我被打得很厉害,呕吐了一地的时候,背上的湿气正在变干。奥利咯咯地笑到晚上八点。到关门的时候,我护送她回到卧室,地毯上已经重新出现了一堆衣服、书籍、硬币和小饰品。

正是在这段时间里,我重新进入西悉尼大学,因学业优秀,获得荣誉学士学位——这是白人女孩所受的教育对我鼓舞的结果,也是可怜的忌妒之心造成的影响。为了准备上研究生,我写了几篇关于我作为"地毯骑手"的短篇故事和个人经历的文章,通过电子邮件发送给全国各地的报纸、文学期刊和杂志编辑。我发表的第一个故事详细描述了我童年的一件事。这种事让我这样的人不得不写作。九岁之前,我最喜欢看的电影是《拳霸天下》[1]。尚格·云顿扮演的弗兰克·达克斯在职业生涯的黄金时期,在叫作"对抗赛"的武术锦标赛中与世界上最好的拳击手一决雌雄。

对打比赛开幕当天,弗兰克·达克斯第一场比赛的对手是一个棕色皮肤、戴着沙特阿拉伯人传统头巾的男子侯赛因。铃声一响,弗兰克就猛出几拳快速击倒侯赛因,

---

[1] 《拳霸天下》(*Bloodsport*):1988年出品的美国电影,改编自空手道传奇人物弗兰克·达克斯(Frank Dux)的传奇经历。

打破了历史上最快的"对打击倒"世界纪录。但狡猾的侯赛因不承认失败,裁判宣布弗兰克胜利之后,这个阿拉伯人扑过来,试图从背后袭击对手。弗兰克先发制人,用一记反向肘击将侯赛因打昏。

上小学的时候,我住在悉尼内西区的工人贫民窟,每当我和别人打架的时候,我总是把自己想象成弗兰克·达克斯。我会直击三拳,一个回旋踢,然后飞身跃起顺势一脚,几秒钟内就能把对手打得晕头转向。一天午餐时间,一个长了一双蓝眼睛、名叫托马斯·皮尔斯的十一岁男孩骂我"黎巴嫩狗屎"。在他那年级其他孩子的注视下,我接连拳打脚踢,可是没有一拳打到他身上,每一拳都离他一英尺远。托马斯站在后面,等我筋疲力尽,朝我走过来,用力一推,就把我推倒在地上。我在地上躺着的时候,托马斯和其他孩子嘲笑我,大声叫喊:"黎巴嫩狗屎,黎巴嫩狗屎",我终于意识到我不是弗兰克·达克斯。我是侯赛因。

一个黎巴嫩男孩和一个白人女孩在同一张床上完成了他们的人文学科学位,很快就演变成了床单和枕头之间的文化战争。我给奥利介绍詹姆斯·鲍德温[1]:那

---

[1] 詹姆斯·鲍德温(James Baldwin, 1924—1987):美国黑人作家、散文家、戏剧家和社会评论家。一生著述颇为丰厚,共写有六部长篇小说、四部剧本、十几部散文集、一本童书和一卷诗集,其作品涉及的范围非常广泛。

些认为自己是白人的人有两个选择，要么成为人，要么成为无足轻重的什么东西。奥利介绍我认识杰曼·格里尔[1]：心理学家无法改变世界，所以他们只能改变女人。我把她介绍给爱德华·赛义德[2]："如果阿拉伯人占据了足够多的空间引起注意，结果适得其反。"她介绍我阅读朱迪斯·巴特勒[3]：让我们面对现实吧。我们被对方毁了。我们交换阅读心得，争论一整夜，直到在奥利床垫的"中间点"找到对方。在毯子下做爱，在一片漆黑中互诉衷肠。

几个小时后我们醒来，奥利的脸像水母一样湛蓝透明。在我们成为夫妻三个月后，白人女孩告诉我她一直担心的一年一度的家庭聚会。这种聚会每年圣诞节都在她父亲的哥哥巴尼家里举行。巴尼是一名退休的美食广场清洁工。我把头放在奥利的腿上，任凭她的指甲在我的卷发中缠绕，她问我："周围没人的时候，你会对谁

---

[1] 杰曼·格里尔（Germaine Greer）：演员，主要的作品有《兔儿热》《戈登·拉姆齐：西餐厨艺人人学》等。
[2] 爱德华·赛义德（Edward Said，1935—）：美国当代重要的批评理论家，后殖民批评理论代表人物。生于巴勒斯坦的耶路撒冷，现为美国哥伦比亚大学英文系教授。
[3] 朱迪斯·巴特勒（Judith Butler）：1956年出生于美国，耶鲁大学哲学博士，加州大学伯克利分校修辞与比较文学系教授。是当代最著名的后现代主义思想家之一，在女性主义批评、性别研究、当代政治哲学和伦理学等学术领域成就卓著。

'打飞机'？"

"帕梅拉·安德森。"我脱口而出，"我叔叔对波琳·汉森。"

2007年圣诞节期间，我从坎特伯雷路印度汽车经销商那儿买了一辆2000年产的银色三门丰田赛利卡。这辆车看起来就像你在《赛车风云》续集中看到的那种车。那时候，即使是把妈妈做的一盘美食送到和我们近在咫尺的雅斯敏姑妈家，也足以成为发动引擎的好借口。街上所有的黎巴嫩人一看到我就举起手来，尖叫道："你好，亲爱的！"然后我把手从驾驶座宽大的窗户里伸出来，大声回应道："你好！"但到了2010年圣诞节的早晨，除了奥利，没有人能让我重新坐回到方向盘前。她对参加她伯父的年度聚会感到焦虑，要求我开车送她去格兰维尔——我的婚礼就是在那个郊区举行的。在父亲商店后面的车道上安静地"睡"了几个星期后，这辆赛利卡很不安分，一点火就发出咕噜声和隆隆声。我让引擎转动了几分钟，然后沿着哈尔登街出发，去接从拉克巴火车站来的奥利。她一上车，就朝我狡黠地笑了笑，好像强忍着没把想说的话说出来。最后她说："这辆车太具黎巴嫩特色了。"

"那就好，"我回答道，"你伯父能喜欢就行了，兄弟。"

驱车前往的路上，奥利历数每次她去看望这位伯父时，他对穆斯林的种族主义言论——阿拉伯穆斯林切割阴蒂，向基地组织提供购买毒品的资金，每个人都有四个妻子，在拉克巴清真寺地下室里储存了大规模杀伤性武器。如此等等，不一而足。沿着南街行驶的时候，车窗和天窗都打开了，成百上千的阿拉伯人和穆斯林在杂货店、烤鸡店和药店之间平静地漫步，很难相信一个生活在我们中间的澳大利亚人会对我们如此仇恨。"因为他住在你们中间，所以恨你们。"奥利解释道，"一个人倘若生活在高档社区，像你这样的人不会一直出现在他们面前，就很容易喜欢多元文化主义。"我花了几年时间才熟悉了格里布的"风土人情"，先是通过萨哈拉，现在又通过奥利。我完全理解她的观点。两周前我们去了位于格里布角路的一家名为穆斯塔法的黎巴嫩东方主义主题餐厅。这家餐厅生意兴隆，餐厅里面却光线昏暗，墙上挂着一幅幅挂毯，挂毯上是骆驼、沙丘和贝都因人。铺着地毯的地板上摆放着一溜儿靠垫。靠垫上绣着阿拉伯风格的图案。奥利和我在门口受到店老板的欢迎。他叫史蒂夫，带着鼻音对我说："你好！"与拉克巴别的黎巴嫩餐厅不同，那些餐厅的服务员似乎总是眉头紧皱，穆斯塔法餐厅老板却笑意盈盈，菜单上的每样东西的价格都是你在西郊任何地方买同样东西要花的四倍。"六个沙拉三明治就他妈的二十二块。"看菜单时，我对奥利说，"这家黎巴嫩餐厅对黎巴嫩人来说太贵了!"

我把车停在奥利伯伯那幢房子门前时,轮胎压在桉树掉下来的果实上噼啪作响。旧木头露台上的白色油漆都已经开裂,斑斑驳驳。阳台上,一面澳大利亚国旗悬挂在金属栏杆上,只是它的底色是红色,而不是蓝色,立刻让我想起美利坚联盟国的旗帜。奥利下了汽车,穿过绿化带,沿着前院枯黄的草地走去。她转过身,花连衣裙子长到脚踝以下,她紧紧拽着长裙,从腰间往上提,此时此刻没必要注重礼仪了。我向她伸了伸舌头,她笑了,有点神经质,充满爱和内疚,或许还因为花二十二块钱的高价买了几个沙拉三明治。

送完奥利后,我开车去了皇家大饭店隔壁的黎巴嫩糖果店,那是法蒂玛为我们的婚礼选择待客糖果的地方。屋子里空空如也,但是当我盯着前面楼梯两侧的玻璃门,我感觉到哩——哩——哩——的响声在我的身体内回响,部族的手托着我和法蒂玛的屁股,把我们送到空中,上下翻腾,在威士忌、伏特加和尿的作用下颤抖。

在糖果店里,一个服务员给我端上一杯肉桂茶和一个指状小松饼。这个家伙的胸牌上写着"赫克特克·穆罕默德"。他留着浓密的长胡子,刚剃完头,穿着一件白色T恤,上面印着乔治·W.布什的照片,下面写着:被通缉的恐怖分子。

"你这个家伙挺滑稽。"我说。

他向我眨了眨眼睛，长长的睫毛闪动着，回答说："你妈妈才是个滑稽的家伙。"

一边呷着茶，一边舔着食指上的糖浆，我回想着这些年来，为了迁就奥利伯伯这样的人，我们一家人不得不做出妥协。我的父母有六个孩子，其中四个是在我们住在亚历山大时出生的。妈妈和爸爸担心我们在这样一个盎格鲁社区长大可能会受到歧视，所以他们给我们起了盎格鲁名字。我的阿拉伯语名字叫巴尼，但在我的出生证明上写的是本尼。我的哥哥比拉尔变成比尔。我的妹妹约切维德，她的名字即使对一个阿拉伯人来说也很难发音，她变成了辛迪。他们的第四个孩子出生时，我的父母甚至懒得给她起一个阿拉伯名字，干脆叫她露露，这是他们有一半基督教血统的侄女的名字。

我们四个人，还有住在楼上的三个表妹，都上了亚历山大公立学校——整个学校有九个移民背景的孩子，我们家就占了七个。我在学校拒绝吃烤香肠和热狗时，同学们强迫我说我不吃猪肉是因为我的神是猪。我不承认偷了加里·史密斯铅笔盒里的橡皮，同学们强迫我在胸前画十字，并且发毒誓，以死诅咒自己。每当我不小心说阿拉伯语而不是英语，说"Inshallah"而不是"是的，先生"，说"Humdulilaah"而不是"谢谢你，小姐"

时，同学们就围在我周围尖叫："你说英语呀，傻瓜！"

"说英语。"电话铃声响起时，我低声对自己说。奥利的脸在我的"诺基亚"屏幕上闪烁。她忍不住哭了起来，一边抽泣一边说。"喂，你能来接我……接我吗？"

五分钟后，我回到宝琳·汉森追随者俱乐部的门前，奥利站在绿化带上，双手捂着脸，旁边是一个身材高大、上了年纪的白人，留着浓密的棕色胡须，戴着圆形眼镜，他们身后的红色澳大利亚国旗刺痛了我的眼睛。

那人介绍自己是奥利的父亲，卡梅伦。多么讽刺啊，我想，这个无神论者长得和内德·弗兰德斯[1]一模一样。如果不是奥利看上去很沮丧，我一定会笑出声来。

"我向你解释一下，"卡梅伦说，"我哥哥没有受过多少教育……他认为你会强迫奥利戴头巾。"

我对你外公微微一笑，说："好极了。在拉克巴，作为阿拉维派教徒，我长这么大，逊尼派和什叶派一直告诉我，我们不是真正的穆斯林，因为我的母亲、姐妹、姑姑和堂姐妹都不戴头巾。上街时只能戴头套，与塔利班没有什么不同。"

奥利抬起头，泪水涟涟的眼睛周围眼圈墨黑。"伯伯

---

[1] 内德·弗兰德斯（Ned Flanders）：是美国动画情景喜剧《辛普森一家》中的人物，辛普森家的邻居。内德是一名虔诚的基督徒，他是春田镇居民中最友善且最富同情心的人，他通常亦被看作春田镇社会的支柱。

说，'他会让你戴上头巾。'我说：'他不会。'他说：'他会。'我说：'他不会。'他说：'他会的。'我说：'他不会的。'他说：'他会。''他不会。''他会。''他不会。''他会的。'一遍又一遍，一遍又一遍。"

我抓住白人女孩，紧紧地抱着她，手臂抵着她的脊椎骨，嘴巴贴着她的耳朵。"听着，我要告诉你一件非常重要的事，"我压低嗓门儿对她说，"你知道，你爸爸长得像内德·弗兰德斯吗？"

奥利挣脱我的手，直勾勾地盯着我的眼睛，有点不知所措，目光充满渴望。我想，她或许很失望，因为我没有被她伯伯激怒，因为我没有像自杀式炸弹一样在他的草坪上爆炸。你看，对你母亲来说，种族主义是一件全新的事情，她很激动。但对我来说，种族主义只是生活中特别正常的一部分，我很厌烦。

卡梅伦一边看着，一边用手擦了擦脸，喃喃自语道："幸福的家庭大多是相似的……"

"……不幸的家庭各有各的不同。"我回答。

卡梅伦扬了扬眉毛，父亲般慈爱地看着我。"托尔斯泰，"他说，"没错。"

那一刻我便知道，无论这个男人是否相信婚姻制度，他都是我一直想要的岳父。"我很乐意成为这个不幸家庭的一员，先生。"我对他说，向汽车退去，打开副驾驶的车门。示意奥利上车时，仿佛生了锈的关节向那幢房子的阳台发出刺耳的声音。突然，红旗后面，走出一个身材魁梧的秃头男人。他挺着典型的澳洲啤酒肚，穿着一件淡蓝色的T恤，上面印着圣诞老人的图片，还有一行字：给我做个三明治，呵，呵，呵。

尽管他五大三粗，但我一眼就看穿了他。他对我的仇恨源于对我的恐惧，而他对我恐惧，是因为他认为我像他每天晚上在新闻节目里看到的毒贩、黑帮和恐怖分子一样危险。我像住在郊区的黎巴嫩人一样，虚张声势，对着他扬起下巴，挺起胸膛，大声说："我就站在这里，兄弟，你有什么想说的吗？"

草坪上传来他拖着哭腔的声音："你那些人渣表兄弟骂我白人婊子。"

童年的往事历历在目。我和别人每一次谈话，我听到过的每一次谈话，这些词不绝于耳：澳洲婊子，黎巴嫩婊子，亚洲婊子，黑人婊子，病婊子，疯婊子，胖婊子，瘦婊子，同性恋婊子，富婊子，穷婊子……这就是我们在贫民窟说话的方式，哈利勒。我对奥利和她父亲眨了眨眼睛，然后从口袋里掏出手机，举在面前，隔着草坪喊道："我现在就把我那些人渣表兄弟叫过来，你可以和他们商量一下，你看怎么样？"奥利的伯伯开始发抖，他的下巴抽搐着，转身冲进前门，砰的一声关上房门。"跑啊,你这个种族歧视的婊子!"

四十一

傻傻的黎巴嫩人开着"翼豹",苗条的亚洲人开着"本田喜美",未割包皮的"斯基普"开着霍尔顿,胖胖的太平洋岛国人开着塔拉戈斯。我坐在"奇迹之洞"的门口,爸爸在里面缝工厂生产的二手睡袋,我的皮肤被夏日的阳光刺痛。坎特伯雷路上汽车呼啸而过,我不由自主地想到,法蒂玛的"脉冲星"随时都可能停在父亲铺子前的路边。她会穿着格子短裙、粉色背心和最高的高跟鞋走过来,尖叫着:"婚姻是永远的,同性恋!"

她可以留着那两万五千美元,留着那辆车,留着那枚结婚戒指,留着我所有的DVD、摄像机、床单、枕套和肥皂。她可以把洗碗手套也留下,我希望她把那双手套和我们所有的订婚照片、结婚照片和蜜月照片一起扔进篝火里,烧成灰烬。我觉得这不足以还清我欠她的债。

我举起手机,盯着巴基的名字,给他发短信:

我是邪恶的婊子吗?老兄。因为抛弃了妻子?

巴基立刻回答:不,你的澳洲荡妇才是恶魔。该死的第三者。

从我见到巴基的那一刻起,就觉得他是个自作聪明的家伙,他一边看着我的贝雷帽、喇叭牛仔裤,一边不屑地说:"哦,法国人先生。"我忽略了他短信中"第三者"那句话,而是把注意力集中在"不……"那部分。我问他:你怎么知道?

这次巴基让我等了十五分钟才回复。坎特伯雷路车水马龙——一辆公共汽车,一辆半挂车,一辆消防车飞驰而过。最后他回信说:"你是唯一一个在我精神最不健康的时候没有欺负我的人。"

我开始打字回复,"爱你兄弟"或"谢谢你也照顾我兄弟"或"我会永远在你身边"之类的"套话",这时他又给我发了一条消息:"滚蛋,你这个邪恶的家伙,这他妈的是同性恋的话。"

下午三点多,我在班克斯敦火车站找到了她,她在车站前门等我,站台上来来去去的都是模样酷似第三世界的人。奥利就像彩虹中的一朵雪花。我拉着她的胳膊,和她一起漫步到社区花园,十年前,我的一个高中朋友奥马尔被一个越南帮派成员枪杀了。奥马尔是在越南人和黎巴嫩人争夺地盘的混战中被杀的。那之前几个月,一个名叫爱德华的韩国男孩被一群"中东长相"的年轻人枪杀。我向奥利讲述这段动荡时期发生的事,她白皙的皮肤在酷热的天空下变得越来越阴沉。她说:"我为你朋友的事感到难过。"然后停顿一下,想了一会儿,接着说,"白人害怕太阳。"

"阿拉伯人不怕，"我回答道，"我们是太阳做成的。"

"我们也怕你们。"

我带着奥利走进班克斯敦购物中心的阴凉处，来自沙漠的人聚集在那里。到了美食街，她问我午饭想吃什么。在过去的三个月里，为了和她保持一致，我没有吃任何快餐，只吃我们在家做的意大利面和炒菜，以及格里布和纽敦几家素食餐厅的饭菜，但现在我觉得我已经准备好向她展示我的另一半了。"Kilou Fucken Cesseb。"我马上说。

"Kilou Fucken Cesseb？"她重复了一遍我的话，发音几乎完全正确，"什么意思？"

在阿拉伯语中，它的意思是"所有该死的谎言"，但这只是我对肯德基炸鸡的昵称。

"肯德基。"我解释道。

奥利咯咯地笑着，好像我给她讲了个笑话。

"真的，我就想吃那玩意儿。"我看着她强调道。她意识到我不是胡说八道时，白皙的下巴好像被挤压了一下……

我们排在一个黎巴嫩人后面。那家伙把两边的头发都剃光了，肩胛骨之间垂下一缕长发，就像一条黑鳝鱼。我睁大眼睛看着菜单，告诉奥利我要点一大份原味肉汁，然后像喝一罐无酒精啤酒一样喝下去。奥利默默地点了点头，这回可分不清我是在闹着玩还是说心里话，下巴有点紧张地从周围一个顾客转到另一个顾客身上。

我们前面那个黎巴嫩人走到柜台前时，说："我可以要三块鸡肉和胆固醇吗？"

那个年轻的肯德基员工梳着小辫子，嘴里嚼着咖喱，朝他扬起染了色的睫毛。"胆固醇？"

黎巴嫩人犹豫了一下，一边摇头，一边甩着脑后的"鲻鱼"。"哦，我是说凉拌卷心菜，我总是分不清这两个字[1]！"

我把鸡肉条泡在肉汁里，奥利坐在那儿静静地盯着我，还是一句话也没说。最后我问："你有什么问题，是吗？"我吞了一口，鸡肉往下咽时，喉咙、胸膛和胃仿佛都在收缩，就像吞下一块泥土。

"我就是不明白你怎么能把那种东西咽到肚子里。"奥利说。

"是啊，我应该把什么东西咽到肚子里，兄弟？"我嘴里塞满了薯条和鸡皮，直流口水。

"好吧，这附近有差不多一百个不错的地方。"她说，也许是巧合，也许是无知，她指了指吸引她注意力的美

---

[1] 胆固醇的英文是：cholesterol，凉拌卷心菜的英文是：coleslaw。

食街第一个摊位。阿拉丁：正宗的黎巴嫩菜。

我咬紧牙关，因为肚子不太好受。"给我讲讲你的成长经历吧。"我对她说。

"什么？我不明白。为什么？"

"请吧。"

奥利端详着我脸上的表情，意识到我严肃认真，就像谈论一桶炸鸡一样。她说，他们住在一幢有五间卧室的房子里，四口人：爸爸、妈妈、妹妹和她。她告诉我，她的房间贴满了《比弗利山庄90210》[1]和《南方公园》[2]的海报，和后院的阳台相连。她描述了一个绿色的院子，院子里有一个咸水游泳池，每年夏天她都会和三个吸毒的表兄弟在那里聚会，还有一道木栅栏把她家和一条无尽的小溪隔开，周末她会在那里喂蝌蚪和笑翠鸟。她告诉我，她受过大学教育的父母让她每天早上吃烤面包时吃一片维生素C，并坚持每天晚上看她的家庭作业，以确保她所有的单词都能拼写正确，所有的数字都能正确相加。客厅书架上按字母顺序排列着一排排书籍。学校放假的日子里，父亲让她去海洋博物馆和发电站博物馆参观，母亲让她去新南威尔士州美术馆和当代艺术博物馆

---

1   《比弗利山庄90210》(*Beverly Hills 90210*)：美国电影。
2   《南方公园》(*South Park*)：2014年美国发行的角色扮演游戏。

参观。

奥利讲完后，我告诉她我的成长经历，一个来自饱受战争蹂躏的黎巴嫩的家庭——体无完肤，光着脚。我在一个也有五间卧室的房子里长大，但那是一个超过十五个人的大家庭。我十一岁之前，和其他六个孩子一起住在我的卧室里。我的卧室不像奥利的卧室那样连阳台，但从墙角那扇窗户可以俯瞰我们的后院。后院完全是混凝土铺成的，从一头到另一头不超过八步。我们家没有游泳池，但在夏天，当我们穿着内裤在院子里跑的时候，祖母用花园里浇水的软管喷我的兄弟姐妹、堂兄弟姐妹和我——我说的堂兄弟姐妹，并不是指三个被视为吸毒者的堂兄弟姐妹，而是指三十个被视为毒贩的堂兄弟姐妹。我告诉奥利，我的早餐总是可可脆饼和果脆圈。我们家蟑螂横行，我把麦片倒进碗里时，经常会爬出一只蟑螂。我不得不饿到午餐或晚餐。我告诉她，我们家的成年人都没有读完高中，晚上没有人检查我的拼写和算术，客厅里也没有书或书架——我小时候与文学作品最近的接触，是爸爸带我去报刊亭买"刮刮卡"，顺便给我买一本关于虫子或恐龙的杂志。我向奥利解释说，当她去觉得无聊的博物馆和艺术画廊时，我在父亲的仓库里，把东西装在开往市场的货车上。我小时候也因为说脏话惹过麻烦。我对弟弟说："Kes emak"——"去你妈的",我是从大人们那儿学来的,他们偶然会在家里说脏话。结果被妈妈和姨妈们按倒在地上,用凉鞋打了一顿,还把一汤匙辣椒粉塞进我嘴里,这是阿拉伯人对说脏话的孩子经常使用的一种惩罚。我告诉奥利,当她和家人在当地的民族餐馆吃饭时,我的家人正按份吃祖母准备的沙拉三明治。但最重要的是,我向这个白人女孩解释说,我并不怨恨我的童年,也不羡慕她的童年,因为每个周末,我的家人都会聚在小客厅的地板上,分享一桶"肯德基"——母亲用黎巴嫩面包包着两块鸡肉,分发给大家。我爸爸咬着他最喜欢的鸡翅时,我从指甲缝里吸出香草和香料。他会说:"这只鸡太好吃了,简直不像真的。"祖母就会张开她没有牙齿的嘴唇,咧开嘴笑着回答说:"Kilou Fucken Cesseb!"

奥利一声不响地坐着,用手捂着嘴,看着我把盛肉汁的盘子举到嘴唇旁边,狼吞虎咽地喝下剩下的肉汁、调味料、高汤、小麦粒和车前草。"请爱我现在的样子。"我对她说,"我就是我。"

吃完饭,我们俩闲逛经过Vibe,阿拉伯男孩在那里买紧身衬衫;路过Ice,阿拉伯女孩在那里买紧身背心;在IGA,阿拉伯母亲们为她们的六个孩子买了成捆的卫生纸和一桶一桶的冰激凌;穆斯林店铺里,阿拉伯祖父们在那里买念珠。走过空荡荡的食品店时,奥利握着我的手,把我往另一个方向拉。站在我们面前的是一位年轻女子，她的嘴唇红红的，戴着花卉图案的头巾，直勾勾地看着我。身上的香水闻起来像过期的杧果。她从我身边走过时，身上散发出一股烟味，在我耳边嘶嘶地说："狗。"

我的胃翻腾起来，肉汁升起在喉咙里。奥利松开她温暖的手，转过身来，盯着那个围花头巾的女人，然后转头看着我。"她对你说什么了？"

"她骂我叛徒，因为我和一个澳大利亚人在一起。"我解释说。

奥利纤弱的手指又一次捂住嘴。"对不起。"她说。但奥利没有必要道歉——我身上那些被"花头巾"讨厌的东西，我自己都很讨厌。如果法蒂玛的父亲再动手打她，那都是我的错。如果法蒂玛的母亲再决定法蒂玛穿什么，不穿什么，那都是我的错。如果法蒂玛的父母强迫她违背自己的意愿，去叙利亚嫁给她的表哥，那都是我的错。如果有一天，无论明天还是五十年后，法蒂玛回顾她的一生，问安拉她的一生哪里出了问题，她会听到一个洪亮的声音在她的脑海里说："你嫁给狗的那一天。"

奥利和我坐上回她住处的火车。我们面对面坐着，一路上谁也没说一句话。我把太阳穴贴在椅背和车窗之间，闭上眼，发现自己就是出生证明上的那个男孩：本尼·亚当。明天醒来，他会把脸涂成白色，戴上蓝色隐形眼镜，把头发染成金色，然后去克罗努拉。在那里他会在海滩上走来走去，光着上身，醉醺醺地喊："去他妈的，黎巴嫩人！"我抬起眼皮，发现奥利正盯着我，好像我是个外星人。这个女孩想听我说什么？我问自己，但没有勇气问她。自从"花头巾"骂我"狗"，我的肚子就开始咕咕叫。不，等等，也许是在那之前，我嚼鸡肉条，奥利盯着我看的时候。

奥利一打开前门，我就从她身边冲过去，跑到楼上的浴室，把头伸到抽水马桶，吐了起来。黄色的胃液、胆汁和棕色的肉汁、未消化的白色鸡肉块溅得到处都是。上一次呕吐是在法蒂玛用橡胶手套摩擦我的下面之后。此刻，我仿佛突然之间又成了她的丈夫，孤独而被遗忘。胃继续翻腾，肠子好像塞进了喉咙。我鼓起勇气，准备再来一次，但这一次，痛苦地抽搐时，一只温柔的手轻轻地放在我背上，慢慢地画着圈按摩，接着是奥利的声音，没完没了地"嘘嘘嘘"地安慰着我。

我的手臂从马桶盖上滑落下来，脸贴在浴室血橙色的地砖上。这是一个我十分熟悉的地方。作为一个已婚男人，我在这里度过许多个夜晚。我翻了个身，直到现在才看见那盏闪闪烁烁的灯把我投到走廊的另一头，走廊是闩上的。我看见奥利——丰满圆润的脸颊、棕色的雀斑、苍白的嘴唇在我身边浮现出来。"下次我们去Kilou

Fucken Cesseb,"她傻笑着说,"我会点'胆固醇'。"她伸手冲马桶时,黑色的瞳孔在我面前颤抖。当水冲走最后一点秽物时,我听到排水管在浴室的瓷砖墙上回荡着:本尼·亚当。阿拉伯人的房子。寓意满堂吉祥的玄关猴。汤姆叔叔。种族的叛徒。阴谋暗算他人的坏蛋。狗。我的内脏,我的骨头和我的血液从里面腐烂,但我没有崩溃,甚至没有眨眼。我的目光凝聚在那个白人女孩身上,不羞愧,不害怕,什么都没有。因为当我看着她的瞳孔扩展到虹膜时,我看到了太阳和沙漠的孩子。我看见了你。

四十二

第一。白人中产阶级聚居的郊区,俱乐部里到处都是Bogans、Yobbos、Skips[1],以及你能想象到的各种各样的澳大利亚人——从红皮肤、白胡子、戴黑眼罩的醉醺醺高谈阔论的家伙,到和三个金发碧眼的十几岁女儿一起吃比萨的肥胖小学老师。在昏暗的灯光和明亮的电视屏幕下,我敏锐地意识到,因为我的阿拉伯人身份——"没有人喜欢我在这里,奥利芙。"我的闪米特人鼻子吸引了人们的注意吗?即使做了整形手术,是不是

1　Bogans、Yobbos和Skips:都是对贫穷的白人轻蔑的称呼。

还比普通澳大利亚人的鼻子大？是我浓密的卷发、黑色的眼睛和眉毛、橄榄色的肤色吸引了人们的注意力吗？也许是因为阿拉伯穆斯林走路的姿势——胳膊和腿晃来晃去，就像要去打架一样。也许是因为我的穿着方式，运动鞋和宽松的牛仔裤，紧身衬衫前面塞在裤子里，后面耷拉在屁股上。或许完全是因为别的原因，我的怒视，皱眉，我旺盛的精力，使我显得与众不同——我不属于这里。

"你没事吧？"走近座位时，奥利问我。"如果佩克伍德家的人继续盯着我看，我就要把他们中的一个打晕。"我大声回答，然后咧开嘴大笑，试图让她相信我是在开玩笑。

奥利迅速扫视了一下房间，看看有没有人听到我说的话，但我注意到的不是她通常的反应——恐惧，而是有点傻笑的表情。这对我来说有点困惑不解，又不无新鲜之感。每当我在格里布角路上大声说出"同性恋"这个词时，她就会像《呐喊》[1]里的鬼脸一样环顾四周。她的手捂着耳朵，眼睛和嘴巴都张得大大的，好像在期待一群嬉皮士突然出现，带领我们抗议，高唱"我们一定

---

[1] 《呐喊》(*The Scream*)：挪威画家爱德华·蒙克1893年创作的绘画作品，共有四个版本。该画作的主体是血红色背景映衬下的一个人极其痛苦的表情。

会胜利"。

奥利的父亲已经坐在桌子旁边,穿着深蓝色西装,上面留着须后水的印迹。他迅速站起来和我握手。他的手掌肥厚,手指异常粗壮。接着,他向奥利俯过身,好像要吻她,向她问好,但最后一秒,似乎改变了主意,迅速点了点头,摇晃着圆框眼镜。天哪!我刚才是不是亲眼看到了奥利之所以尴尬的根源?天哪!

一落座,我们就点菜。卡梅伦为自己点了一份素食比萨(他是我见过的第一个不考虑比萨是共享食物的人)。奥利点了一份素食烩饭,我点了一份帕尔马干酪鸡,配土豆泥和蔬菜沙拉。等待上菜的时候,我单刀直入,问道:"奥利说你反对我们结婚。"

卡梅伦迷惑不解地看着我,连连摇头,圆鼓鼓的脸颊耷拉下来。"不管怎么说,我都不会做出这样的决定,"他坚定地回答,一字一顿,但这话是对他女儿说的,而不是对我说的。他似乎很生气让他给我留下了这样的印象。然后,他对我解释说,"奥利的母亲和我一起生活四十年了,我们从来没有结婚,两个人可以随时分手,但我们选择了共同生活。"

我同意他的观点,并非因为我是无神论者或异教徒。一年多前,我做出一个具有法律约束力的承诺——与一个来自本部族的女孩共度余生,结果"无疾而终"。我不再寻找一个妻子，我在寻找我的灵魂——另一半我。

我们三个人沉默了一会儿，直到卡梅伦对我叹了口气，浓密的小胡子颤动着，补充道："我只是不想让奥利牺牲自己的一切。"

我把这句话理解为奥利的伯伯在圣诞节那天对她说的话的一个"礼节性的版本"——最终，我们的结合将导致我向她灌输伊斯兰教的教义，迫使她以阿拉伯人的身份生活。卡梅伦的话虽然没有冒犯我，但和她伯伯的话一样，让我感到厌烦。我和鸭嘴兽没有什么不同——它在岩石上醒来，伸个懒腰，跳进河里，遇到两条游过的金鱼。它说："你们好，伙计们，今天早上的水怎么样？"鱼儿面面相觑。"水是什么鬼东西？"你看，哈利勒，你母亲没有融入我的文化，而是我融入了她的文化。她的家人只是不明白。

"我们能不能不要再争论谁做出的牺牲更大？"我翻了个白眼。你外公看了一眼奥利，脸颊的肌肉抽搐了几下，像金鱼一样困惑不解。

白人女孩用手捂着额头。"爸爸，你对白人之外别的种族真的这样一无所知吗？"我咯咯地笑了起来。哈利勒，yaa aani, yaa habibi, yaa rouhi[1]。不必非要追寻

---

[1] yaa aani, yaa habibi, yaa rouhi: 阿拉伯语: My eye, my love, my soul（我的眼睛，我的爱，我的灵魂）。

你究竟是阿拉伯人，还是白人。从阿拉伯血统中获得你想要的，也不要总觉得自己有资格成为白人。你两者都是——两者都不是。

"那么，我父亲会用三头奶牛和两只山羊来换这只小鸡吗？"我一脸严肃，对卡梅伦说。他牙齿打战，正要回答，被奥利打断。"爸爸，这是个玩笑，他只是开玩笑。"

女服务员一手拿着卡梅伦的比萨，一手拿着我的帕尔马干酪鸡和奥利的素食烩饭，动作娴熟而优雅。所有女服务员都知道如何同时上几道菜。这位特别的女服务员又瘦又高，陶土色的皮肤和明亮的绿眼睛，在餐馆昏暗的灯光下闪闪发光。她把三个盘子同时放在餐桌上，然后，就在转身离开的时候，我注意到她颤动着脑袋，向奥利扔了一个油腻腻的东西。

"我恨那个婊子。"奥利在我耳边低声说，一边拿起刀叉，好像准备捅谁似的。

"什么？"我喘着气说。

这时候，我听到那个红皮肤、白胡子、戴着眼罩的傻瓜对着餐馆里的电视屏幕尖叫："啊，来吧，你这个同性恋，我能把这家伙打晕。"他的叫喊让我想起了我的拳击时代，我在马鲁布拉南悉尼青年锦标赛上打业余比赛的情景。观看比赛的人群中总有一些喝得醉醺醺的、游手好闲的人,尖叫着说:我们不能为任何事而战,而他能打败我们。

"我念高中时,那个瘦骨嶙峋的荡妇抢走了我的男朋友——看看她现在,一个该死的服务员。"奥利对我说。她的父亲像皇室成员一样,动作优雅,一声不响地用刀叉吃比萨。正是在这里,在悉尼西郊基督教徒为主的地方,奥利终于向我展示了她自己:童年时的狂妄,童年时的行话,童年时的敌人,而现在她非常自在,所有的羞耻和尴尬都荡然无存。一想到她,我裤裆里面就怦怦直跳——我俩如此不同又是如此相同。

我转身离开奥利,目光落在帕尔马干酪鸡肉上,用叉子戳进最上面那层闪闪发光的厚奶酪,把它切成两半。我切番茄酱,以为切到的是一大块鸡肉碎,结果却切到一块深红色的薄肉。"该死,那是火腿。"奥利一边说,一边盯着我的盘子。

虽然在希尔斯郡这种事可能很常见,但对于在拉克巴、庞奇博尔和班克斯敦的贫民窟长大的阿拉伯穆斯林来说,一块猪肉放在帕尔马干酪鸡肉上是闻所未闻的事情。去他妈的白人和他们的猪!我心想。他们把猪肉放在所有食物里——汉堡、三明治、比萨、沙拉、汤、炒饭、煎蛋华夫饼、黄油卷、砂锅菜、羊角包。有时候,猪对他们来说十分神圣,就像不吃猪肉对我们一样神圣。

几年前,一个名为"为什么你被迫吃清真"的时事节目播出了一个片段,三个白人带着家庭摄像机去澳大利亚第一家清真肯德基,拍摄他们与柜台后面阿拉伯穆斯林工作人员对峙的情景。

卡梅伦一注意我的面部表情——十分厌恶地往后缩了缩——迅速伸出粗大的手指抓起我的盘子,跌跌撞撞地走向厨房柜台,把它还给那些人。奥利对我做了个鬼脸,脸颊和眼睛之间露出一个小酒窝。"对不起,"她说,"他在尽力而为。"

"我知道,"我回答,"你等着看阿拉伯人会怎么做。"她浅棕色的眉毛朝我扬了扬,然后扭了扭脑袋,朝四周扫视了一下,直到发现了那个高中时抢走她男朋友的瘦长荡妇。就在那一瞬间,我低头看了看奥利的晚餐,舔了舔她盘子边上的纳波利塔纳酱。我忍不住了——一种由真正的西红柿加油、大蒜、盐和糖制作而成的浓稠红色酱汁,味道介于汉堡和黎巴嫩烤肉串之间。奥利转过身,低头看着素食烩饭,准备把叉子插进米饭里,突然挑了挑眉毛,因为她在盘子边的纳波利塔纳酱汁中发现了一条和我舌头一样宽、一样长的空白。她的瞳孔兴奋地放大,微笑中混杂着喜悦、困惑和欲望。"你刚才舔了吗?"

第二。这条街道——悉尼郊区深处少数民族工人阶级居住的社区，到处都是黎巴嫩人、阿拉伯穆斯林、"沙浣熊"和你能想象到的各种阿拉伯人——一个竹黄色皮肤、留着长长的黑发、戴着黑色墨镜、头脑发热的粗壮男子骑着轻型摩托车在人行道上来回玩后轮平衡特技。一个围着头巾的胖女人在走廊上抽烟，她的三个满头黑发、十几岁的女儿正兴高采烈地站在那里。我开车带着奥利去父母家，一路上经过所有亲戚的房子。那一刻，她强烈地意识到自己是有别于那些人的白人——"巴尼，这里没有人需要我。"我扶着她从车里下来，带她走到我从少年时代起走过的车道时，吸引了街上所有女人的注意。也许是她那干燥的、雀斑点点的皮肤——即使涂了大量润肤霜之后，也永远不会像阿拉伯人的皮肤那样有光泽——也许是她那一头细而干枯的头发，也许是她那明亮的眼睛和浅棕色的眉毛吸引了她们的注意力？也许是因为她那白人女孩的"学者风范"，走起路来，胳膊和腿规规矩矩，好像在试图避免一场争吵。或者是她的穿着打扮，褪色的绿色衬衫和褪色的红色长裙，都是她从一家二手商店买来的，还有一双棕色人字拖。或者，也许完全是别的原因。她缩着肩膀，双手藏在开衫袖子下面，轻轻呼吸着，明显地与众不同——她不属于这里。

通往父母家的楼梯两侧，还屹立着父亲在我们刚到拉克巴时安装的两只石狮。自从1997年以来，我至少问候过它们一万次。但这次独一无二。这次是一个白人女孩和我一起和它们打招呼。我们走到这两只骄傲而勇敢的"大猫"中间时,我想起了2005年收到的一条短信。是一个黎巴嫩人传给十二个黎巴嫩人,十二个黎巴嫩人传给一百个黎巴嫩人,一百个黎巴嫩人传给一千个黎巴嫩人:黎巴嫩的狮子:起来。今天五千个澳洲人渣在克罗努拉袭击了我们的兄弟姐妹。明天我们就反击。真主与你同在。我带着白人女孩走上父母家不长的楼梯时,感到全身的血液都凝固了——我很害怕,害怕父母和兄弟姐妹不能像我一样看待奥利,不能像我一样看待她:一个脸上长着雀斑的姑娘,而是一个挥舞着联合王国国旗的"黑客"。

我正要按门铃,爸爸打开门,出现在我和奥利面前。他好像一直从门镜里往外面看,不耐烦地等我们到来。他一反常态,穿着"穆斯林"的服装——头戴白色祈祷帽,身穿白色长袍——还把山羊胡蓄成了"极端分子"的大胡子。我突然觉得,他也很紧张。因为我带一个白人女孩回家让他觉得自己不那么"阿拉伯"了。起初他脸上的表情似乎没有什么感情色彩,只是深吸一口气,直勾勾地看着我俩。天哪,我怎么能带一个澳大利亚人回家?突然,爸爸喘了一口气,对奥利露出真诚的微笑,疲惫的古铜色脸上的皱纹仿佛收缩到一起。"奥利芙小姐,愿你平安。"他说,"我们不恨任何人,除了黎巴嫩人。"然后对她眨了眨眼睛,补充道:"Ahlan wa sahlan——你好,欢迎你。"

奥利沉默着,但父亲朝走廊打了个手势,邀请白人女孩进屋后,她立刻垂下肩膀,双手从袖子里伸出来。她和我同时意识到你的"柔道"从来没有伤害过她。

"你为什么这么客气?"爸爸带着奥利穿过走廊时,我小声问他。他用阿拉伯语回答:"因为我们是阿拉伯人,不是澳大利亚人。"我很高兴他用母语说这番话,因为如果奥利能听懂他的话,我会为她心里怎么想而感到羞愧。但后来,在你出生的那一年,我意识到爸爸是对的。当时我们的总理凭借"阻止这些船只"的竞选承诺赢得了选举[1]。很明显,对于外族,澳大利亚人并不欢迎,而且全无羞耻之心。这与小时候埃胡德伯伯教给我的关于使者的圣训[2]截然相反。据说先知穆罕默德的邻居对他恨之入骨,每天都把垃圾扔在穆罕默德的前院泄愤。后来,有一天,邻居发现先知在敲他的门。他打开时,穆罕默德说:"愿你平安,兄弟,有什么事我可以帮助你,因

---

1 此处系指,当时,澳大利亚保守派政客表示,他们将"阻止这些船只"。这是他们对澳大利亚人民承诺的一部分。这种承诺意味着,他们不会允许寻求庇护者和难民,尤其是来自中东、亚洲和非洲的难民进入澳大利亚。
2 圣训(hadiths):此处系指《古兰经》的补充,《穆罕默德言行录》。

为我担心你身体不适。"邻居回答说:"我确实不舒服,你怎么知道的?"先知说:"因为你今天没有把垃圾扔在我的院子里。"

我们走过父母的卧室,父亲对奥利说:"我把四个妻子都关在那里[1]。"然后走过我以前的卧室。自从我离开家,这间卧室一直空着。爸爸对奥利说:"巴尼把所有的东西都带走了,除了他那张帕梅拉·安德森的海报。"走过浴室的时候,父亲对奥利说:"厕所里有专门的水龙头可以洗屁股,但别用,水是凉的。"然后我们沿着走廊走过第三间也是最后一间卧室,妹妹约切维德和奶奶一起住在这里,直到她去世。卧室的门开着,里面放着祖母的木床——就是她十三年前去世时睡的那张床。每当我瞥见那张床,就觉得仿佛有一棵巨大的树桩坐在那里,我就会看到祖母在被单下,巨大的身体上下起伏。她睡梦中的呼吸史诗般的悠远。爸爸指着那张床,对奥利说:"那是我妈妈的位置,她和你一样。"奥利把头向后一仰,把嘴唇和脸颊吸进嘴里,这种对比完全出乎她的意料。她怎么会像那个从阿拉伯沙漠中冒出来的棕色皮肤老太太呢?但我完全明白爸爸的意思。哈利勒,你的曾

---

[1] 这是巴尼父亲的玩笑话。在澳大利亚,白人认为阿拉伯男人都有四个妻子。这自然不是真的。巴尼父亲以此取笑那些澳大利亚种族主义者。

祖父选择了一个女人为妻，他的父亲和教父发誓要让他永远下地狱。但是巴尼·亚当并没有因此而退缩，他对他们说："那就下吧。"

一进客厅，母亲就急匆匆地走到奥利跟前，把白人女孩拉到身边，一口气给了她六个吻：从脸颊到脸颊到脸颊到脸颊到脸颊。奥利每被吻一次，都格外惊喜，都要弯下腰，嘴里念叨着："哦，再来一个！哦，再来一个。"吻完之后，妈妈说："我马上就回来。"奥利还没来得及再说一个字，这个身材矮小、狂热的阿拉伯女人就匆匆忙忙从走廊走过。

幸运的是，或者说不幸的是，客厅里有很多别的阿拉伯人，让那个白人女孩着迷：我的哥哥比拉尔，他穿一件背心，炫耀他的二头肌。他的妻子曼迪，健壮的手掌搁在怀孕的肚子上。妹妹约切维德送给奥利一张我婴儿时的照片——我嘴里叼着一支烟。她的新婚丈夫阿雅安，穿着朴素的背带裤。向奥利打招呼时，他太害羞了，不敢直视她的眼睛。妹妹露露，漫不经心地拥抱了一下奥利，她们的皮肤碰撞在一起，就像雪地上燃烧的火。三妹妹阿比拉只对奥利是否更喜欢《指环王》而不是《哈利·波特》感兴趣（奥利确实喜欢）。还有我最小的妹妹阿曼尼，她只有六岁，还不明白奥利和我们其他人之间有什么真正的区别，她说："我已经背了《古兰经》中的十二章，你知道几章?"

奥利坐在我旁边的大印花沙发上,用手指紧张地捻着我的婴儿照。她之所以紧张是因为她总是紧张。因为她知道在她之前有法蒂玛,在法蒂玛之前有萨哈拉,萨哈拉之前有这样的话:"记住,娶白人女孩是罪过。"我神情专注地看奥利盯着走廊边上浴室的门,又一次欣赏她的谦虚和端庄。在这里,这种品质就像沙山中的一点盐。

哥哥得意扬扬地对她笑了笑,指着浴室门中央的腻子。"你想知道为什么要修补吗?我用拳头把它打了个洞。"他不无炫耀地弯曲着双臂。"能在门板上撞出一个洞的,要么是我的拳头,要么是巴尼的头。"妹夫的目光越过比拉尔的头顶,眼睛盯着地板问:"奥利维亚,你家住在哪儿?"

阿雅安叫错了她的名字,但奥利没有纠正,回答他的问题时眼睛也盯着地板。"格里布。"

"哦,我家以前也住在那儿,"阿雅安接着说,"我们搬到这儿是因为那一带的人其实很有钱,却装得很穷。"

后来,妹妹大声说:"奥利,你想要吗?"奥利还没弄清楚她的意思,更不用说回答了,约切维德就站起来,匆匆忙忙到厨房给她煮咖啡。

看到亚当家族为白人女孩打开前进的道路时,我感到血液在身体里自由流动——只要点头,就可以顺其自然,一路向前。

奥利的手变得湿漉漉的。她用右手拇指和四根手指揉搓着我的"老照片"。我不明白为什么妹妹给她那张照片。也许约切维德是在警告那个白人女孩,她会陷入什么样的境地,和阿拉伯人在一起意味着什么?我不知道奥利对三岁的巴尼·亚当会怎么想。姑妈把一支烟塞进他的嘴里。也许她觉得这很有趣,就像我们家其他人一样。他们在亚历山大的房子里跑来跑去,寻找相机记录这一刻。也许她为这些人有朝一日会为给你拍下这样一张照片而羞愧。放心吧,哈利勒,客厅里还有其他照片,沿着画框挂着,可以让你妈妈知道我们是谁。我们面前的墙上挂着一块镶在镜框里的布,上面用金线绣着阿拉伯文字。那是穆斯林信仰的宣言:"万物非主,唯有真主。穆罕默德是真主的使者。"左边的墙上挂着一幅银色的画,画的是什叶派伊斯兰教的第一任哈里发伊玛目·阿里[1]的双头剑,画上用阿拉伯语写道:"天下再无豪杰似阿里,也无宝剑如佐勒菲卡尔。"[2] 右边是叙利亚穆斯林阿拉维派

---

[1] 伊玛目·阿里(Imam Ali):伊斯兰教先知、政教领袖穆罕默德的堂弟兼女婿,也是阿拉伯帝国的头号名将,征战四方,战功卓著。后来他成为阿拉伯帝国的第四任政教领袖,又被什叶派穆斯林看作世界上第一位伊玛目。他的佩剑也成为全体穆斯林心中的圣物。

[2] 天下再无豪杰似阿里,也无宝剑如佐勒菲卡尔(There is no hero like Ali; and there is no sword like Zulfiqar):出自阿拉伯谚语。

前总统哈菲兹·阿萨德亲吻母亲手的肖像。奥利可能只听说过他是一个凶残的独裁者，但对于我的家人——他们一辈子都不敢告诉外人自己是什么样的穆斯林——来说，他代表着一千三百五十年来，阿拉维派所知道的唯一的权威和安全的象征。在我和奥利坐着的地方后面，挂着爸爸的父亲的照片。也就是我以他的名字命名的那个人，巴尼·亚当。他像一块古老的砂岩，皱着眉头，穿着喇叭裤和紧身黑色衬衫，薄薄的嘴唇上叼着一支细细的白色香烟。也许有一天奥利会明白：成为澳大利亚的穆斯林，成为伊斯兰教的什叶派，成为什叶派的阿拉维派，成为阿拉维派的巴尼派，就等于成为亚当家族中少数中的少数。

突然，妈妈紧紧挽着一个身材瘦削、金色直发、皮肤晒得黝黑的女孩走了进来。那个女孩涂着亮蓝色眼影，粉红色嘴唇闪闪发光。她穿着白色紧身裤，几乎透明，红色内裤一览无余。脚蹬尖头黑色高跟鞋，显得比我家里任何人都高。"奥利，"妈妈说，兴奋得满脸放光，"这是克里斯蒂，她和你一样是澳大利亚人。"

"妈妈！"我气喘吁吁地说，双手搔着额头，"你现在非得这个族，那个族分那么清吗？"

"她嫁给了隔壁的穆斯林男人，"母亲继续说，没理我，注意力仍然在奥利身上，眼睛睁得大大的，喜不自禁，微笑着向儿子的新女友点了点头。然后转向克里斯蒂，放开她瘦弱的胳膊，轻轻推了一下。"好吧，回到你丈夫身边去吧。"

那天晚上晚些时候，开车回她的联排房时，奥利告诉我，她正儿八经谈恋爱的男朋友，是一个名叫特雷弗的中产阶级郊区的白人男孩，他痴迷于迈克尔·乔丹、迈克·泰森和图帕克·夏库尔[1]，但从未见过一个真正的黑人。她说他青灰色的皮肤，红头发，脸上长了很多粉刺，还有一个南十字文身。他经常穿一件霍顿准将飞行员夹克和紧身海军蓝牛仔裤，一弯腰就露出半个屁股。"我跟他分手是因为我觉得自己配不上他。"奥利喃喃地说，然后摇下车窗，让八月的寒风吹在她那张陶瓷般光滑的脸上。她转向我，嘴唇颤抖着笑了起来，比我以前听到过的她的笑声更响，也比以后听到的更响。笑声回荡在坎特伯雷路绿色交通灯、霓虹灯健身标志和黄色拱门上。奥利通过阿拉伯女人的眼睛看自己，觉得她只不过是白人的垃圾。

我在奥利家的沙发上熬了一整夜，她枕着我的大腿

---

[1] 图帕克·夏库尔（Tupac Shakur，1971—1996）：非裔美国西岸嘻哈饶舌歌手和演员。曾经是《吉尼斯世界纪录》中拥有最高销量的饶舌歌手。图帕克的歌曲围绕暴力、黑人贫民区、种族主义、社会福利等问题。以充满激进的革命反抗意识而闻名。他也同时被众多的歌迷、评论者和业内人士看作有史以来最伟大的饶舌歌手之一。

睡觉。月光透过紫色窗帘上薄薄的缝隙洒到屋里。我盯着红色的前门，等待着。先知穆罕默德随时都会来敲门。

四十三

乌云滚滚，奥利坐在厚重的灰色云团之下，双手在胳膊上来回划动，摩挲着胳膊上的汗毛。蚂蚁在她妈妈的墓碑上爬来爬去。"她被推进火里时，我真想随她而去。"奥利的话让我想起父亲在他母亲去世后背诵的话：Ithaa maat al ab, andak rab; isssa maat 'it al em, hef ou tem——如果父亲死了，你还有一个神，如果母亲死了，就给自己挖个坑跳进去。

奥利看着蚂蚁在她说话的时候互相躲避，想起她最早对妈妈的记忆——你的外婆站在幼儿园门口接她回家。一个小女孩儿在斑马线上走着，棒棒糖掉了。女孩儿想都没想就跑回去找糖，结果被一辆正在行驶的卡车撞倒。从那以后，你外婆要求奥利无论到哪里都要牵着她的手，直到她去世的最后几天。每当奥利抱怨没有自由的时候，你外婆都会说："难道你没有看到那个小孩子就在你眼前被车撞死？"

穿过墓地，从火葬场走到天主教徒的墓园，在那儿我们发现一小片被修剪成儿童形状的树木，觉得就像在纳尼亚[1]一样,只有一个例外——露天的自动售货机。这是我第一次看到自动售货机的背面。尽管找不到任何电缆或电源插座,但它还是以某种方式运行。我开始到处寻找能量的来源,从左到右扭动着脖子大喊:"兄弟,电源到底在哪儿?"

最后,奥利没了耐心,抓住我的胳膊,转了个弯儿,走到一座只有正常坟墓一半大的小坟包。坟包前摆着一只毛绒熊、几辆玩具汽车和一个没有包装的棒棒糖。墓碑上写着:小心脚下,这里是我们的世界。

"不……"奥利叫道,紧紧抓住我的三头肌,"这座坟墓让我害怕生孩子。"这是做父母的绝望的呼喊,哈利勒。从你出生的那一刻起,我的死亡就开始了。我灵魂的血液被释放到这个世界上,那么脆弱,不堪一击,像再生纸一样易碎。我深深地爱着你,已经为即将到来的每一刻而悲伤。你泪流满面,又饿又怕,除了妈妈的乳汁,你什么都不知道。我不让你动,让医生给你接种疫苗时,你

---

[1] 纳尼亚(Narnia):这里指电影《纳尼亚传奇:狮子、女巫和魔衣橱》:"二战"期间,四个小孩子随着父母来到乡下避战。这些乡村住宅古色古香,其中有一个房间里摆着一个大衣柜。一天,几个小孩子玩捉迷藏,露西(乔基·亨莉饰)躲进了衣柜里,眼前却意外出现了一个神奇的世界——那里白雪皑皑,荒无人烟。她在雪地上走着走着,遇上了人羊怪物。其他孩子也一一进入这个魔法衣橱。他们得知里面的王国叫纳尼亚,正在被一个邪恶的女巫所统治。女巫想把这几个外来者一网打尽,同时这些孩子得知纳尼亚正在女巫的黑暗统治后,和雄狮亚斯兰并肩作战,帮助纳尼亚开始了复国之举。

一脸反抗，不明白我和你母亲在努力延长你的生命。你想站起来，结果脸朝下倒在燕麦粥碗里，撞了个乌眼青。我对你妈妈大喊，"他是黎巴嫩人！从现在起开始给他吃果脆圈。"你撞到餐桌角碰破了头。小表弟把一辆玩具巴士放在你脸上碾压出一道伤痕。你吃了太多的胡萝卜蛋糕，呻吟着在白色瓷砖地板上吐得到处都是。我在长躺椅上抱着你，摇晃着哄你睡觉时，你一定做了噩梦，尖叫起来，却无法向我解释你看到了什么。我想给你擦屁股时，你又踢又扭，光着身子躺在我怀里睡着了，屎弄脏了我的喇叭裤。还有我陪你走过的每一条路。你五岁时总是抱怨我把你的手握得太紧。

"你看，一个孩子从那么少的东西中创造出那么多的爱。"我对你母亲说，拉着她往前走。奥利芙的孩子——即使和你在一起只有一秒钟，我也会把你带到这个世界。和你在一起的每一秒都是永恒，你生命中的每一秒都抵得上我的整个生命。

最后，我们到达了墓地的穆斯林区。奥利一路上都不放开我，紧紧抓住我的胳膊肘，把头埋在我的腋窝里。我意识到自己身上的气味并不好闻，就想抽身而去，但她抓得更紧。那天，公墓里空无一人，至少没有活着的人。但当我艰难地穿过一座座无人祭奠的坟墓，朝我的车走去时，发现远处有一个孤独的身影——一个男人跪在一块巨大的混凝土墓碑前祈祷。奥利和我停下脚步。"幽灵？"她问。那个男人秃顶，脸上的皮肤绷得很紧，粗壮的肩膀仿佛吞没了他的脖子。两手搭在膝盖上，双臂鼓起，二头肌像大卫雕像一样结实。如果不是因为他泪流满面，我马上就能认出这个人——科达，我表兄的表兄。我一直把他想象成一个邪恶的家伙。他呻吟着："爸爸，爸爸……"他袭击赞恩的那天晚上，我完全忽略了他生活的这一方面——父亲在他十几岁的时候就去世了，作为长子，他要负责照顾母亲和五个弟弟。这对任何一个男孩来说都是沉重的负担。此时此刻，奥利和我看到了这个人善良美好的一面。"没有鬼，"我告诉她，"没有动物。没有怪物。只是一个黎巴嫩人。"

一周后，我们回到了墓地，朝亚当家族坟墓的方向走去。我先带奥利去了我祖母的坟墓。她的墓碑上写着1997年。我跟你妈妈说，这个女人死的那天早上，我走到她那毫无生气的身体和脸跟前，看见奶奶阿拉伯人的皮肤变成了蓝色。但是在外面，阳光下仍然是金色——仿佛那蓝色是从身体里面升起的。她那深陷的眼窝里，凸出的眼球也升了起来。奶奶的嘴唇缩在嘴里，一动不动地躺在那里，像化石一样。那天早上，她的二十几个子女、儿媳、女婿和孙辈围绕着她的遗体哀悼。但令我心碎的是父亲的身影——我第一次看到他哭泣。当我们目光相遇时,他对我耸了耸肩,好像在说:"对不起,巴尼,我只是个普通人。"我对他哭泣,仿佛所有的力气都随着他双肩耸动而消失了。我一直认为那是坚不可摧的、岩石般的手臂。哦,抱歉,哈利勒,我也是凡人。

我在你曾祖母的墓前背诵了《Al-Fatiha》,开头是"Bismiallah al-rahmaan al-raheem",结尾是"Ameen"。这当儿,奥利一直紧紧挽着我的手臂。即使我们又走了四百米去我祖父的坟墓。他的墓碑上写着1971年。我告诉你母亲,我就是以他的名字命名的,我只是从父亲给我讲的故事中和照片上认识了他。巴尼·亚当出生在黎巴嫩,是叙利亚移民的儿子。七岁时,他就能用流利的阿拉伯语阅读整本《古兰经》。"我想我们的读写能力和他一起消失了,"我对父亲说。他亲切地朝我微笑着,知道一些我不知道的事情。"从前的巴尼·亚当能写会算,将来的巴尼·亚当也博学多才。"

站在你曾祖父的墓前,我又一次背诵了《古兰经》第一章开篇的祈祷文:以"Bismiallah al-rahmaan al-raheem"[1]开始,以"Ameen"结束。奥利依然紧紧地搂着我,现在搂得更紧了。天低云暗,她开始颤抖。

"怎么了?"我问,她回答说:"我妈妈死后,什么

---

[1] 《古兰经》的开篇祈祷文,意思是,"以最仁慈,最仁慈的真主的名义。"

都没有了,现在有了你。"听到这些话,绝望刺入我的胸腔——我辜负了萨哈拉,辜负了法蒂玛,安拉知道我注定会辜负奥利。"你真该看看我的婚礼,"我对她说,"我的祖父母会感到非常羞愧。"

天下起雨来,水滴落在墓地的每一个地方,落在穆斯林、基督徒、犹太教徒、佛教徒、印度教徒、无神论者和那些直到他们成为自己才知道是什么的人身上。雨水落在巴尼·亚当的坟墓上,落在墓地门口宛如长矛连起的围栏上,落在光秃秃的荆棘上。我听到雨滴在辽阔苍穹轻轻降落,轻轻降落,我的灵魂缥缥缈缈,就像末日降落在所有的生者和死者身上。奥利把手从我胳膊上抽出来,脸离开我的腋窝,手掌放在我的胸前。"如果我和你结婚,你的祖父母会感到羞耻吗?"

"当然不会。"我说。

"那就娶我为妻吧。"

四十四

娶一个白人女孩为妻,就意味着恨我自己恨到极致之后,再开始爱自己。现在,那些刊登了我的作品的文学期刊、报纸和杂志开始陆续寄来。奥利总是第一个读者。读完之后,她就会问一些人们喜欢问作家的烦人的问题:"你们全家真的只是站在警察面前,假装没听见电话铃响吗?""你哥哥扔了那盒橘子之后,你爸爸真的把它扔到空中了吗?""你前妻真的用强力胶把肚脐环粘在肚脐上了吗?""你教父真的威胁要告诉别人你在拍色情片吗?"我让她坐下,握着她的手,含情脉脉地看着她的眼睛,在她鼻梁上吻了一下。"想象我吧,如果你不想象我,我就不存在……"将来某一天,你或许会问,你妈妈是否真的用阿拉伯语宣读了她的誓言。我可以告诉你,这一次和你妈妈结婚,没有戒指,没有"悍马"和"奔驰"敞篷车,没有摄影师,新郎没穿礼服,新娘没披婚纱,没有伴郎,更谈不上伴郎的西装,没有伴娘,也没有伴娘的礼服,没有接待大厅,没有数以百计的阿拉伯客人——叔叔、伯伯、姑妈、姨妈、堂兄表弟、堂兄表弟的堂兄表弟、堂兄表弟的堂兄表弟的堂兄表弟——没有不真诚的演讲和俗气的情歌,没有歇斯底里的舞蹈和薄如蝉翼的长裙,没有沾满汗水的拥抱和流着口水的亲吻,没有激动人心的鼓点,没有带着浓重阿拉伯口音的矮胖主持人,也没有一纸文书。只有奥利站在我面前,埃胡德伯伯站在我们面前,父母站在我们身后,客厅里——唯一的神、先知穆罕默德、伊玛目·阿里、叙利亚独裁者和我的爷爷巴尼·亚当从镜框里看着我们。

埃胡德伯伯让奥利跟着他念:"万物非主,唯有真主。穆罕默德是真主的使者。"

想象一下你母亲那时候的样子，哈利勒。白人女孩想要重复神圣的诗句时，朝我顽皮地笑了笑，完全不知道她在说什么，也不知道她是否读对了那句话。她用一根细细的黑色发带扎起凌乱的棕色头发，似乎想让自己尽量看起来像个新娘。那之前，我从未真正欣赏过她的脖颈，直到此刻，她向我展示了它的优雅、柔弱、乳白色的肌肤一览无余。我有一种强烈的渴望，想跨到她的身边，双手搂住她的衣领，热烈地亲吻。无法想象人生的路上，我已经走了这么远。如果这只是一场梦，那么我就会尽可能地从梦中汲取生命的力量，在它结束之前死去——死即是睡，睡即是梦。是的，老兄，这就是问题之所在，因为在那死一般的沉睡中，当我摆脱了尘世的烦恼，使漫长的生命成为灾难，并且赢得尊重时，梦又来了。

奥利完成她的"信仰宣言"时，埃胡德伯伯使劲点了点头，表示赞许，胖乎乎的脸颊好像要碰撞在一起。然后他指示白人女孩跟着他用阿拉伯语念诵："我嫁给你，按照神圣的《古兰经》和先知的指示，和平和祝福归于他。我发誓，以诚实和真诚，做你忠诚的妻子。"奥利结结巴巴地念着，发音经常出错。她有点畏缩，又强忍着没有让自己笑出声来。她的目光一直没有离开过我。她用我祖先的语言说话，而我在梦中用她的语言。

接着，埃胡德伯伯转向我——他转身时仿佛整个房子都在摇晃——指示我也用阿拉伯语跟着他吟诵："我以诚实和真诚，发誓，将成为你忠实的、助你一生的丈夫。"我最大的罪过在我宣誓的时候暴露出来。两年前，我已经向法蒂玛许下了这样的誓言，但为了和一个白人女孩在一起，我违背了它。但这一次，哈利勒，我不再依附于沙山，我是风在呼吸之间裹挟的一粒谷物。你的母亲是什么，她是大海朝我扔来的一小片盐。

我觉得我的肩胛骨被谁推了一下，妈妈说："Yulla, boosa, boosa。"意思是"来吧，亲她，亲她。"妈妈的胳膊肘当然是充满爱意和深情，但这让我想到，同样处境的父母，会不会因为孩子背叛了自己，娶了一个"局外人"，而想在孩子背上捅一刀。几年前，我读到一则来自伊拉克北部的消息，一个耶西提女孩被一群暴民用石头砸死，其中包括她自己的家人，因为她想和逊尼派男友私奔。我们怎么能如此憎恨彼此，以至于宁愿屠杀自己的孩子也不允许他们在一起？任何一个头脑清醒的人都不会相信这是安拉的旨意。也许那个耶西提女孩后脑勺被致命一击之前的最后几毫秒里后悔自己爱上一个逊尼派小伙儿。也许对她来说，这一切就像"生存还是毁灭"一样简单——她唯一的选择是爱还是死。

母亲轻轻地推了一下父亲。父亲开始心平气和地祈祷:"Allah-y wa'afe'kun——真主保佑你。"我听到他的呼吸声从耳朵后面传来,微弱而平稳,好像他被打败了一样。但这并不是我第一次看到父亲幡然醒悟,彻底转变。我十三岁之前,我们兄弟姐妹五个倘若犯了错误,他总是拳打脚踢,有时候甚至用皮带和带钢头的靴子来管教我们。后来有一天,我们都在客厅——就是我娶白人女孩的地方——看电视。那时正在上演《甘地传》。圣雄甘地说:"以眼还眼只会让整个世界变得盲目。"约切维德突然转向父亲。"爸爸,你为什么不给我们讲道理而是打我们呢?"记得父亲听了约切维德的问题,那张严厉的、闪米特人的脸变得阴沉而茫然。尖下巴转向电视屏幕,一言不发。但从那以后,他再也没有对我们动手。倘若我们做错了什么事,他就气得大喊大叫,捶打墙壁,扔橘子盒。

我走过去,搂住奥利的脖子。她脖子热乎乎的,汗水淋漓,我抱着她的头朝我的嘴倾斜,吻了吻她的额头,手指顺着后脑勺往上摸索,扯下她束头发的橡皮筋,戴在自己的手腕上。我把这根廉价的橡皮筋当结婚手镯戴在手腕上。作为回报,我要和奥利分享这古老的混乱,它流淌在我的血液中——沙子和太阳火。

我握住她的手说:"跟我来。"接下来我们一起走过的路似乎比我在浴室地板上盯着灯泡看的每一个夜晚都要长。可是实际上,离祖母的旧床不过十步之遥。坐在海绵床垫边上,弹簧吱吱作响,生锈的关节吱吱作响。我向奥利讲述祖母去世前与我分享过的故事,空气中弥漫着对奶奶气味的记忆——大蒜、橄榄、织物柔顺剂和夏天的炎热。一个流浪的"阿拉维派"遇到一个金皮肤的"逊尼派"。他是沙漠中贝都因人的后裔,带她穿过一个柑橘农场,请她做他孩子的母亲。"父母会杀了我们的。"她说。"阿拉维派"没有理睬。相反,他从树枝上摘了一个橙子,慢慢地为"逊尼派"剥了皮,喂她吃。他十分温柔,充满爱意,把一瓣又一瓣柑橘放进她嘴里,看着她吮吸。干热与他们的皮肤融合在一起。他知道——这就是一切。

四十五

我们俩还没准备好,扎头发的猴皮筋儿就断了。"爱情真是一团糟,"奥利说。"谢谢真主,让这'一团糟'把我们带到这里。"我回答道。我们在一起的六年里,我再次遇到了莱拉·海米女士。这一次是在我的毕业典礼上。同年她也获得了博士学位。我俩都穿着黑金相间的长袍,像两个沙漠巫师一样站在大学礼堂外。她说:"我前几天在报纸上读了你的文章。你真的为了一个白人女孩,脑袋撞穿了墙壁吗?"我还两次遇到前妻。第一次是在我们分开十四个月之后,我一个人在班克斯敦的美食街吃着六块炸鸡。她和一个高大结实的男人手牵手走在一起。那个男人是海外"进口的"新移民,穿一件蓝色格子衬衫,衣领竖起来,满头都是发胶。我注意到他长得有点像她的堂兄阿米尔,嘴里喃喃自语道:"我告诉过你,兄弟!"法蒂玛看到我,做了个鬼脸,然后赶紧把目光移开。第二次是在我们分手三年后,还是我一个人在班克斯敦美食街。这时,我已经听从奥利的劝告,不再吃快餐,正在吃一个由糙米、金枪鱼和黄瓜做成的寿司卷。法蒂玛穿着高跟鞋、紧身牛仔裤和红色紧身上衣昂首阔步地走着——胳膊和腿都很细,依然是丰乳肥臀。她推着一辆银色婴儿车,婴儿车上有一个亮闪闪的黑色小车篷。我俩相互对视了一会儿,她朝我微微一笑——我只需要她向我表明她一切都好——然后她就走了。只有一个女人还没有被召唤出来,我再也没有见过她。随着岁月的流逝,我接受了这样一个事实:也许我永远见不到她了。也许她真的是个鬼魂。

奥利和我在拉克巴买了一套三居室的小房子,离我父亲商店后面的车库只有几条街的距离,距离我父母的房子更近。因为太近了,妈妈每天都会端着几盘黎巴嫩食物送过来。我们家的人对妈妈做的饭不怎么感兴趣。只是米饭和塞在菜叶里的清真肉。而那个白人女孩是吃鸡肉玉米卷和蛋黄酱长大的。妈妈很乐意让她胖起来——"好好吃饭,你强壮了才能抱动我的孙子。巴尼的脑袋大,你不知道吗?"实际上,哈利勒,你自己的脑袋和你小小的身体比例适中,除非你从亚当家族继承来的大鼻子也算在内。那样的话,你奶奶的担忧就是合理的……

我们搬进拉克巴最后一幢两居室别墅后不久,奥利和我决定丢弃我们见面前各自的床,放在大街旁边等待一年一度回收物品的车拉走,然后一起去买了一张新床。我花了和前妻结婚时买戒指一样多的钱,选了一张大床和与之相配的床垫。你看,我们明白这不仅是我俩的床,也是你的床,我们家的床,永远浸透着母乳、滑石粉和你的汗香的味道。

从那以后每天早上都只有我和奥利睡在那张床上,每天早上直到那个忙忙碌碌的早晨,橡胶撕裂,你终于决定加入我们。奥利吻了吻我的鼻尖,看着我手上湿漉漉的避孕套笑了笑,说:"错误总会发生的。"但我不相信这是意外,尤其当我们躺在也将是你的"婴儿床"的大床上的时候!我把额头贴在奥利的额头上,她刘海的秀发轻轻拂着我的上嘴唇。我对着她的耳朵叹了口气,"所有阿拉伯人都是某个人的错误,但我们带到这个世界上的这个阿拉伯人永远不会是你的错误。"

过了一会儿，奥利又和我做爱了，不过这第二次，并没有发生什么特别的事情。然后我请她和我一起开车去了亚历山大，那是我们一家从黎巴嫩来澳大利亚之后最初定居的地方。我把车停在一栋双层砖砌的房子前面。房子左边是一座列入遗产名录的联排别墅。主人是白人，养了十几条狗，业余时间看同性恋色情片。右边的理发店也是白人的产业。理发师长了一张马脸，是个酒鬼，经常叫我们滚回伊斯兰堡去。"我们这代人都是在这所房子里出生长大的，"我告诉奥利，"直到祖母把它卖给几个雅皮士，然后用卖房子的钱在拉克巴给每个儿子都买了一套便宜的房子。"

奥利和我沿着科普兰街一直走到厄斯凯内维尔火车站，然后沿纽敦的国王大街一路向前，经过一幅巨大的壁画，上面画着马丁·路德·金[1]。壁画下面写着"我有一个梦想"。那些把头发染成紫色、穿着红色涤纶夹克衫、波希米亚风格的裤子、自以为是的白人嬉皮士盯着我的喇叭牛仔裤、黑色贝雷帽和黑眼睛。而那些自我憎恨的棕色皮肤嬉皮士，鼻中隔穿洞，戴个铁环，头戴假金发，绿色隐形眼镜，色眯眯地盯着我胳膊上挎着的白人

1　马丁·路德·金（Martin Luther King, Jr, 1929—1968）：非裔美国人，出生于美国佐治亚州亚特兰大，美国牧师、社会活动家、黑人民权运动领袖。

女孩。

我们穿过维多利亚公园——维多利亚公园紧挨奥利完成硕士学位的大学——穿过帕拉马塔路。黎巴嫩工匠开着小卡车从那里经过，去悉尼市政府干活儿。然后走向百老汇购物中心。很久以前，我父亲的姐姐在那儿看到我和一个戴十字架的女孩在一起。部族宣布：我们永远不会允许你和那个婊子在一起，羞辱我们。

天空中乌云密布，挡住了阳光，你母亲紧紧握住我的手，纤弱的手指抚摩着我的老茧，一路拉着我沿海湾街走，一直走到那个"西红柿脸女孩"曾经住过的公寓——但那栋楼已经不见了。那些曾经住满房屋委员会安排的房客的公寓已经被拆除，取而代之的是深深的洞，看起来就像一个棕色巨人身上的伤口。工地周围竖起了铁丝网围栏，防止像我这样的人进入。铁丝上悬挂着广告牌，上面是电脑生成的时尚公寓的图片，下面写着黑色的文字：豪宅即将推出。那一刻，我知道萨哈拉的命运和我一样，悉尼内西区不再是贫穷的、把鸡骨头放在口袋里和床底下的棕色皮肤孩子生活的地方。

你母亲松开我的手指，我用左眼透过围栏上的菱形网格，寻找萨哈拉。可是只发现泥土、沙石、红砖碎屑和鸽子粪便。奥利伏在我的背上，柔弱的双臂环抱着我的胸膛，下巴搁在我的肩上。"她过她的日子，巴尼,你过你的日子。"阳光穿过云层,照进我的肌肤,白人姑娘把额头轻轻地贴在我的太阳穴上,吸着我额头流下的汗水。我一下子就完整了。奥利在这里,很快,很快,你也会在这里,冲进这个世界,躺在她的怀里,呼吸着你的第一次呼吸。那是过去、现在和未来的回声。哦——哦——哦——哦。

译后记

迈克尔·穆罕默德·艾哈迈德是澳大利亚近年来涌现出来的最优秀的青年作家之一。他的祖父母和父母于1971年从黎巴嫩的黎波里移民到澳大利亚新南威尔士州。1986年，迈克尔·穆罕默德·艾哈迈德出生于悉尼。后来在庞奇博尔男子高中学习。2004年至2016年，他进入西悉尼大学学习，先后获得文学学士学位、荣誉学位和创意艺术博士学位。在此期间，他还创立了澳大利亚知名的组织——"血汗工厂扫盲运动"，通过阅读、写作为社区居民语言多样化的能力和多元文化的发展做出贡献，为此获得2012年澳大利亚议会柯克罗布森奖，以表彰他在社区文化发展方面的杰出成就。

迈克尔·穆罕默德·艾哈迈德的第一部小说《部族》(*The Tribe*)于2014年由吉拉蒙多出版社出版。这本书叙述了巴尼·亚当一家从黎巴嫩移民到澳大利亚之后艰难的经历，出版后好评如潮，为这个刚刚崭露头角的青年作家赢得了很大的荣誉。《部族》先后获得2015年《悉尼先驱晨报》年度最佳青年小说家奖。入围2014年阅读奖；2015年新南威尔士州总理文学奖和2015年沃斯奖。2014年秋，迈克尔·穆罕默德·艾哈迈德应邀参加外语教学研究出版社和英国作家协会在黄山举办的"创意写作与翻译学习班",第一次踏上中国的土地,和中国文学艺术界的朋友结下不解之缘。学习班结束后,《部族》由李尧和孙英馨博士翻译成中文,2016年由外语教学研究出版社出版。迈克尔·穆罕默德·艾哈迈德的第二部小说《黎巴嫩人》(*The Lebs*)于2018年由澳大利亚阿歇特出版社出版。《黎巴嫩人》获得了2019年新南威尔士州总理多元文化文学奖,并进入2019年澳大利亚最高文学奖——迈尔斯·富兰克林奖短名单。评论家认为,"这是一部引人注目、极富魅力的小说,充满战斗精神和勃勃雄心。迈克尔·穆罕默德·艾哈迈德用生动的故事切入了当今澳大利亚复杂的种族关系,通过塑造多维复杂而又引人注目的角色,带领我们在他的世界中踏上这段不同文化相互冲突的艰难旅程"。

《另一半你》(*The Other Half of You*)是迈克尔·穆罕默德·艾哈迈德的第三部小说,2021年由澳大利亚阿歇特出版社出版,获得2022年昆士兰州小说奖,并再次进入2022年迈尔斯·富兰克林文学奖短名单。《另一半你》是一个关于不同信仰和文化如何看待自己和彼此的故事。这本书实际上是其"成长三部曲"中的第三部:巴尼·亚当在故事中已从一个小男孩成长为父亲。与前两部——《部族》和《黎巴嫩人》不同的是,这部作品以巴尼写给儿子哈利勒的家书的形式出现。哈利勒以黎巴嫩作家和诗人纪伯伦·哈利勒·纪伯伦的名字命名，寄托了年轻的父亲对他视若珍宝的儿子的期望。迈克尔·穆罕默德·艾哈迈德说："我知道这是一条冒险的道路——在我看来，很少有作品能够成功地实现第二人称视角。第二人称小说最常见的例子是那些可怕的'选择你自己的冒险'。"但作者的"冒险"取得很大的成功。本书将主人公巴尼·亚当婚恋的故事，与黎巴嫩移民在澳大利亚饱受白人种族主义歧视的社会现实十分巧妙地交织在一起，向读者展示出一幅难得一见、充满哲思的风情画。尽管《另一半你》包含了各种各样的痛苦，但它是一部非常乐观的作品。书中的角色都在自己的认知范围内尽最大的努力，完善自己。迈克尔·穆罕默德·艾哈迈德说："作为一个有创造力的作家，我总是尽最大的努力去发掘每个角色的人性，试图把他们描绘成复杂的、三维的、有血有肉的人物：有缺陷、有优点，滑稽的、美丽的、无知的、智慧的。"

译者

2023 年 1 月 16 日

图书在版编目（CIP）数据

另一半你 /（澳）迈克尔·穆罕默德·艾哈迈德著；李尧译. 一北京：中国工人出版社, 2024.2
ISBN 978-7-5008-8436-1

Ⅰ. ①另… Ⅱ. ①迈… ②李… Ⅲ. ①中篇小说－澳大利亚－现代 Ⅳ. ①I611.45

中国国家版本馆CIP数据核字（2024）第051517号

著作权合同登记号　图字：01-2024-1267
Copyright © Michael Mohammed Ahmad，2021
The Other Half of You was first published in Australia in 2021 by Hachette Australia Pty Ltd and this Chinese (simplified characters) language edition is published by arrangement with Hachette Australia Pty Ltd.

另一半你

出 版 人	董　宽
责 任 编 辑	宋　杨
责 任 校 对	张　彦
责 任 印 制	黄　丽
出 版 发 行	中国工人出版社
地　　　址	北京市东城区鼓楼外大街45号　邮编：100120
网　　　址	http://www.wp-china.com
电　　　话	（010）62005043（总编室）
	（010）62005039（印制管理中心）
	（010）62379038（社科文艺分社）
发 行 热 线	（010）82029051　62383056
经　　　销	各地书店
印　　　刷	北京市密东印刷有限公司
开　　　本	880毫米×1230毫米　1/32
印　　　张	11.875
字　　　数	180千字
版　　　次	2024年7月第1版　2024年7月第1次印刷
定　　　价	52.00元

本书如有破损、缺页、装订错误，请与本社印制管理中心联系更换
版权所有　侵权必究

"澳大利亚当代文学译丛"是澳大利亚西悉尼大学澳华艺术文化研究院与中国工人出版社·尺寸联合推出的文学翻译系列。该系列由中方主编李尧教授和澳方主编韩静教授主持,中方顾问胡文仲先生和澳方顾问周思先生(Nicholas Jose)指导,中国工人出版社宋杨负责出版运作。该翻译项目旨在将更多的当代澳大利亚重要文学作品介绍给中国读者,推进两国之间的文学文化交流。《另一半你》即是该系列的译本之一。